GOLDMANN

Buch

Archie Goodwin hat kein Glück. Kaum freut sich der Assistent des so gewichtigen wie brillanten Privatdetektivs Nero Wolfe über die ruhige Auftragslage, geschieht ein spektakulärer Mord – und natürlich sollen die beiden ihn aufklären: Der Erfinder eines Preisausschreibens, bei dem eine halbe Million Dollar zu gewinnen ist, wird tot aufgefunden, und unangenehmerweise ist der Zettel mit der Auflösung verschwunden. So richtet sich der Verdacht bald auf die fünf Endrundenteilnehmer, von denen einer vielleicht dem Glück etwas auf die Sprünge helfen wollte…

Autor

Rex Stout wurde 1886 in Indiana geboren. Nachdem er sich eine Weile mit verschiedenen Jobs durchgeschlagen hatte, war es ihm schließlich finanziell möglich, auf ausgedehnte Reisen zu gehen. 1932 begann er Kriminalromane zu schreiben, in deren Zentrum fast immer der Orchideenzüchter, Gourmet und geniale Detektiv Nero Wolfe sowie sein Assistent Archie Goodwin stehen. Rex Stout wurde mit dem *Grand Master Award* der *Mystery Writers of America* ausgezeichnet. Er starb 1975.

Von Rex Stout außerdem im Goldmann Verlag:

Der rote Bulle (2269)
Der Schein trügt (3300)
Die goldenen Spinnen (3031)
P.H. antwortet nicht (5905)

Rex
Stout

Vor Mitternacht

Kriminalroman

Ins Deutsche übertragen
von Carl Brinitzer und Berthe Grossbard

GOLDMANN VERLAG

Der Originaltitel: »Before Midnight«

Umwelthinweis:
Alle bedruckten Materialien dieses Taschenbuches
sind chlorfrei und umweltschonend.
Das Papier enthält Recycling-Anteile.

Der Goldmann Verlag
ist ein Unternehmen der Verlagsgruppe Bertelsmann

Neuausgabe 11/95

Umschlaggestaltung: Design Team München
Foto: TIB / Simcock, München
Druck: Elsnerdruck, Berlin
Krimi 4048
AB · Herstellung: sc
Made in Germany
ISBN 3-442-04048-5

7 9 10 8

I

Ich will nun weiß Gott nicht behaupten, daß unser Gespräch an jenem Dienstag abend im April irgendeine tiefere Bedeutung hatte, von Scherz, Satire, Ironie und anderen schönen Dingen ganz zu schweigen. Aber dieses Gespräch ist doch ein ganz netter Auftakt für die folgende Geschichte und erklärt manche Schlußfolgerungen, die Nero Wolfe später zog. Wir hatten gut gespeist. Fritz hatte eine seiner Spezialitäten aufgetischt, junge Tauben und Würstchen mit Sauerkraut. Wir saßen still und friedlich im Speisesaal des alten gemütlichen Hauses in der 35. Straße West. Nach dem Essen war ich Wolfe ins Büro gefolgt. Auf dem Tisch, rings um den Globus herum, lagen verschiedene Magazine. Wolfe suchte sich einige aus und setzte sich dann an seinen Schreibtisch. Vorsorglich fragte ich, ob es irgend was für mich zu tun gab, denn ich hatte Wolfe davon unterrichtet, daß ich am Donnerstag nachmittag zu einem Baseballspiel gehen wollte, und es hätte mir durchaus nicht gepaßt, wenn er mir dann am Donnerstag vorwerfen würde: »Archie, Sie vernachlässigen Ihre Pflichten!«

Doch Wolfe sagte, er habe keine Arbeit für mich. Dann machte er es sich in dem einzigen Sessel auf Gottes weiter Welt bequem, der seiner Körperfülle Platz genug zur Bequemlichkeit bot. Er schlug eine der Zeitschriften auf. Zwanzig Minuten pro Woche widmete er der Lektüre der Anzeigen. Ich setzte mich an meinen Schreibtisch, angelte lässig nach dem Telefon, ließ die Strippe dann aber wieder aus der Hand gleiten. Eine innere Stimme sagte mir: Archie, sei vorsichtig und weise. Denk an das Baseballspiel am Donnerstag. Vielleicht läßt er dich doch noch laufen . . .

Ich sah, wie Wolfe mit finsterer Miene auf die vor ihm liegende Zeitschrift starrte. Ich erhob mich, ging näher an seinen Schreibtisch heran, wollte doch mal sehen, was sein Gemüt so verfinsterte. Sein Blick war auf eine ganzseitige Anzeige gerichtet, deren Text Millionen meiner lieben Zeitgenossen auswendig kannten.

Oben in der Mitte erblickte man eine kleine, sehr vornehm dreinschauende Flasche mit der Aufschrift *Pour Amour*. Unmittelbar darunter befanden sich noch zwei gleiche Fläschchen und darunter wieder drei andere, und so ging es dann fort. Das alles ergab eine Pyramide aus achtundzwanzig Flaschen. In dem freien Raum links neben der Pyramidenspitze stand: ›*Pour Amour* heißt *Für Liebe*‹. Und rechts oben hieß es: ›Keine Liebe ohne *Pour Amour*‹.

»Sehr interessant«, bemerkte ich. »Darüber läßt sich manches sagen.«

Wolfe grunzte auf bewährte Art und blätterte weiter.

»Erstens«, sagte ich, »muß man davon ausgehen, daß viele Frauen ihre Männer nicht riechen können. Wenn sie nun dieses Parfüm benutzen, so kann das unter anderen Umständen dazu führen, daß die Geburtenziffer . . .«

Wolfe ließ mich meine so schön parfümierten Ansichten über Bevölkerungspolitik, Reklame, Riechwasser und Geburtenziffern nicht beenden. Statt *Pour Amour* roch er Unheil. Drohend knurrte er: »Nun aber Schluß, Archie!«

Ich machte eine schöpferische Pause. »Und zweitens«, fuhr ich fort, »ist es doch unlogisch, daß man auf dieser Reklameseite so viele Flaschen sieht. Reiner Wahnsinn! Wer Parfüm inseriert, sollte immer nur eine einzige Flasche zeigen. Man muß doch den Leuten klarmachen: Parfüm hat Seltenheitswert, dalli, dalli – sonst ist alles ausverkauft. Aber die *Pour-Amour*-Leute scheinen keinen guten Riecher für Reklame zu haben. Sie machen's genau umgekehrt. Sie zeigen eine ganz Flaschenpyramide, als wollten sie zeigen, daß Parfüm ein Massenartikel ist, daß in einer Demokratie jeder das Recht hat, sich nach Herzenslust zu parfümieren, bis die ganze Welt, einschließlich der New Yorker Untergrundbahn, nach Moschus und Myrrhe, Patschuli und Lavendel duftet. Pfui Deibel!«

Ich hatte erwartet, daß sich Wolfe nun seinerseits in duftiger Rede äußern würde. Falsch getippt. Da saß er unbeweglich wie eine Pagode beziehungsweise wie ein Berg aus Fleisch. Er blätterte weiter. Ich holte tief Atem.

»Aber Sie wissen ja, um was es geht, da Sie jede Woche die Inserate studieren. Das Ganze ist ein Wettbewerb, ein Preisausschreiben, bei dem man eine Million Dollar gewinnen kann. Seit fünf Monaten geht die Sache schon. Jede Woche wird da in einem Vierzeiler eine Frau näher beschrieben, und dann muß man raten, wer besagte Dame war, irgendeine historische Persönlichkeit, so ein Frauenzimmer aus der Geschichte, das sich auf Kosmetik verstand. In zwanzig Wochen gab es zwanzig dieser Verslein. Der erste Vierzeiler lautete zum Beispiel:

›Wohl kämpfte Cäsar, um mir Macht zu geben.
Der gute Marc Anton fraß sanft aus meiner Hand.
Und doch beschloß ein Schlangenbiß mein Leben,
als nach verlor'ner Schlacht die Hoffnung schwand.‹

Das war natürlich Kinderspiel. Klar wie Kloßbrühe – das war die alte Kleopatra. Und Nummer zwei war genauso leicht:

›Kolumbus kam zu mir und meinem Gatten
aus Aragonien, bat ums Reisegeld.
Ich bot ihm die Juwelen, die wir hatten,
für die Entdeckung seiner fernen Welt.‹

Ich kann mich zwar nicht erinnern, daß sich Königin Isabella der Kosmetik bediente, aber das muß sie wohl, denn im 15. Jahrhundert hat man ja nicht gebadet. Ich könnte Ihnen frei aus dem Köpfchen auch noch die anderen Verse zitieren – Nummer drei, Nummer vier und Nummer fünf. Alles noch Kinderspiel für gehobene Volksschüler aus gutbürgerlicher Familie. Von Nummer zehn an wurde die Sache aber verdammt knifflig. Ich habe das Zeug dann nicht weitergelesen. Weiß der Teufel, wie die Sache aussah, als die *Pour-Amour*-Leute zu Nummer zwanzig kamen. Aber hier ist noch ein Beispiel – war wohl Nummer sieben oder acht, genau weiß ich das nicht mehr:

›Ich konnt' kein Wörtchen schreiben und nicht lesen.
Mein Sohn – er wurde Englands Peer.
Browns Sprößling ist mein hoher Freund gewesen.
Spricht man von Liebschaft, spricht man auch von mir.‹

Das finde ich aber nun doch sehr unfair, wenn man bedenkt, wie viele Mr. Browns kleine Ableger hatten und wie viele Söhne analphabetischer junger Damen . . .«

»Bah«, sagte Wolfe – und es war der erste Laut, den er seit Beginn meiner Suada von sich gab. »Bah«, sagte er nochmals – und das war der zweite Laut –, »diese junge Dame war Nell Gwyn, die englische Schauspielerin.«

Ich sah ihn starr und stumm an. Ich riß Mund und Nase auf. »Nell Gwyn? Natürlich habe ich schon mal von dieser jungen Dame gehört. Da sie viele Liebschaften hatte, war sie sicher auch mal mit einem Mr. Brown befreundet. Warum auch nicht? Aber dadurch ist sie doch nicht berühmt geworden. Nein, werter Herr, berühmt wurde sie durch ihre Freundschaft mit einem König.«

»Ja, mit einem König. Es war Karl der Zweite. Den Sohn, den er mit Nell Gwyn hatte, machte er zum Herzog. Sein Vater, Karl der Erste, hatte sich als junger Mann bei einer Reise nach

Spanien den Namen Mr. Brown zugelegt. Sehen Sie, alles ganz einfach: Nell Gwyns ›hoher Freund‹ war Karl der Zweite, also ›Browns Sprößling‹!«

»Das kommt davon, wenn man in der Schule immer hübsch aufgepaßt und dann wie Sie ein paar Tausend dicke Bücher gelesen hat. Aber wie steht's hier mit diesem Vers, war wohl Nummer neun:

›Durch ein Gesetz in seinem eignen Namen
war uns der Eheweg verbaut,
doch wenn wir traulich zueinanderkamen,
so liebten wir uns ungetraut.‹«

Ich machte mit der Hand eine herausfordernde Bewegung. »Also bitte schön, werter Herr, wer war diese junge Dame?«

»Archie, Sie wollten doch heute abend ausgehen?«

»Nicht, daß ich wüßte. Nicht heute abend. Lily Rowan ist zwar heute abend im Flamingo-Klub, und ich wollte ursprünglich hingehen und ein wenig tanzen ... Aber dann dachte ich mir, Sie werden mich vielleicht brauchen, und ich rief Lily an. Da sie natürlich weiß, wie unentbehrlich ich Ihnen bin ...«

»Pfui«, sagte Wolfe und wollte gerade damit anfangen, mich scharf zu fixieren, als er es sich anders überlegte, wahrscheinlich weil ihm das Ganze viel zu anstrengend war. »Archie«, sagte er, »ursprünglich hatten Sie Lust wegzugehen. Sie hatten aber nicht die Courage, mich um Erlaubnis zu bitten. Sie wollten mir die Initiative zuschieben. Ich, Ihr geschätzter und bisweilen unterschätzter Arbeitgeber, sollte Sie 'rausschmeißen, damit Sie zu Ihrer Lily in den Flamingo-Klub gehen können. Das war Ihr hinterlistiger Plan. Und er ist Ihnen geglückt. Archie, hauen Sie jetzt gefälligst ab, und zwar auf der Stelle!«

Ich hätte da mindestens drei oder vier Einwendungen erheben können, stand aber lieber auf und ging zur Tür. Auf halbem Wege rief er mir nach: »Sie haben sich obendrein auch rasiert und vor dem Abendessen umgezogen.«

Das hat man davon, wenn man für einen berühmten Detektiv arbeitet. Nichts bleibt verborgen.

2

Da ich nachts reichlich spät nach Hause gekommen war und nichts Wichtiges zu erledigen hatte, erschien ich am nächsten Morgen erst um neun Uhr zum Frühstück in der Küche. Ich hatte keinen sonderlichen Appetit und begnügte mich mit einer halben Pampelmuse, etwas Hafergrütze, ein paar kleinen Pfannkuchen, etwas Speck, dazu ein paar Scheiben Toast mit Marmelade und zwei Tassen Kaffee. Wolfe frühstückte wie immer in seinem Schlafzimmer. Dann begab er sich ins Treibhaus auf dem Dach, wo er erst einmal ein wenig mit seinen geliebten Orchideen spielte.

Fritz, der gerade den vierten Pfannkuchen für mich in die heiße Pfanne warf, sagte: »Eigentlich schön, Archie, daß Sie mal in aller Ruhe frühstücken können, ohne daß in der Nähe ein kleiner Mord passiert, den Sie aufdecken müssen, während mir die Pfannkuchen anbrennen.«

Ich las noch einen Artikel in der *New York Times* zu Ende, die aufgeschlagen vor mir lag, kaute mit Behagen, nippte genießerisch an meinem Kaffee und sagte dann: »Hören Sie, Fritz, ich will ganz offen mit Ihnen reden. Sie sind der einzige Mensch in Gottes freier Natur inklusive New York, dessen Gesellschaft ich beim Frühstück und bei meiner morgendlichen Zeitungslektüre ertragen kann. Sie sind ein lieber Kerl. Wenn Sie zu mir sprechen, dann überlassen Sie es mir, ob ich darauf antworte oder nicht. Ja, Sie erwarten nicht mal, daß ich zuhöre. Und doch verstehe ich Sie, Fritz. Ich verstehe Sie ganz genau. Wenn Sie eben sagten, es sei doch sehr nett, daß ich mal in Ruhe frühstücken kann, dann meinten Sie damit doch: Wenn ich nicht gestört werde, so heißt das, daß wir keine Klienten haben und keine Fälle, die wir bearbeiten müssen – und da fragen Sie sich natürlich, wieweit das für unser Bankkonto zuträglich ist, nicht wahr? Hab ich's erraten?«

»Ja«, sagte er und warf einen neuen goldbraunen Pfannkuchen auf meinen Teller, »ja, das habe ich gedacht. Aber das hat mich nicht weiter beunruhigt. Ich mache mir überhaupt keine Sorgen, solange Mr. Wolfe und Sie ...«

Das Telefon läutete. Ich nahm den Hörer ab. Gott sei Dank haben wir ja auch einen Apparat in der Küche. Ein Mann mit tiefer Baritonstimme stellte sich als Rudolph Hansen vor. Er wollte Nero Wolfe sprechen. Vor elf Uhr gehe das nicht, meinte ich, aber ich könnte Mr. Wolfe ja ausrichten, was er zu sagen habe. Nein, entgegnete Mr. Hansen, er müsse ihn sofort sprechen und würde in einer Viertelstunde bei uns sein. Vor elf Uhr gehe das nicht, wiederholte ich, es sei denn, daß er mir liebenswürdigerweise mitteile, warum die Sache so dringlich sei. Mr. Hansen sagte, er würde trotzdem in einer Viertelstunde bei uns sein – und legte den Hörer auf.

Wenn sich ein Unbekannter bei uns ansagt, dann führe ich meist erst einmal einige Recherchen durch. Aber in einer Viertelstunde wäre ich ja doch nicht allzu weit gekommen. Ich aß also noch einen Pfannkuchen. Ich war gerade mit dem Frühstück fertig und auf dem Wege ins Büro, als es an der Haustür schellte. Ich spähte durch den Schlitz. Aber draußen stand nicht *ein* Unbekannter, nein, gleich ein ganzes Quartett von Unbekannten. Drei Männer in den besten Jahren und einer, der diese Jahre schon hinter sich hatte. Alle waren gut gekleidet. Zwei hatten eine Melone auf dem Kopf.

Ich öffnete die Tür, doch nur um die fünf Zentimeter, die unsere Vorlegekette zuläßt, und sprach durch den Spalt. »Darf ich um die Namen bitten?«

»Mein Name ist Rudolph Hansen. Ich habe vor ein paar Minuten angerufen.«

»Und die anderen Herren?«

»Das ist ja geradezu lächerlich. Machen Sie doch die Tür auf!«

»Scheint nur so, Mr. Hansen. Ist aber gar nicht so lächerlich, wie es aussieht. Im Umkreis von 150 Kilometern – und das schließt Sing-Sing ein, wie Sie wissen – gibt es mindestens hundert Leute, die für ihr Leben gern Mr. Wolfe ihre Meinung sagen möchten, was dann wieder für sein Leben gewisse unangenehme Folgen nach sich ziehen könnte. Zugegeben – Sie sehen nicht gerade wie ein Ringverein aus, aber da Sie nun mal zu viert sind ... Darf ich um die Namen bitten?«

»Ich bin Rechtsanwalt. Die Herren hier sind meine Mandanten, Oliver Buff, Patrick O'Garro und Vernon Assa.«

Die Namen sagten mir gar nichts. Doch das Vorstellen hatte mir Zeit gegeben, unsere lieben Gäste etwas näher aufs Korn zu nehmen. Soweit ich mich auf Physiognomien verstand, mußte ich schon sagen, daß die vier Männer sicher nicht gekommen waren, um uns Schwierigkeiten zu bereiten. Im Gegenteil, sie hatten selbst genug Schwierigkeiten und wollten gewiß, daß wir ihnen halfen, sie zu überwinden. Ich machte also die Tür auf, führte sie ins Büro, ließ sie Platz nehmen, setzte mich an meinen Schreibtisch und hielt ihnen eine kleine Ansprache.

»Tut mir aufrichtig leid, meine Herren, aber so liegen die Dinge nun einmal. Mr. Wolfe erscheint nie vor elf Uhr im Büro. Natürlich hat es auch schon Ausnahmen gegeben, aber nur in seltenen Fällen. Es gibt nur eine Möglichkeit. Sie erzählen mir haargenau, worum es geht. Wenn Sie mich dann überzeugt haben, daß die Sache wirklich dringend ist, werde ich mit Mr. Wolfe reden – und vielleicht wird er sich dann herablassen, ich meine, mit dem Fahrstuhl von seinem Treibhaus auf dem Dach herablassen, um sich Ihre geschätzten Ausführungen persönlich anzuhören. Aber auch das wird geraume Zeit in Anspruch nehmen. Mindestens fünfundzwanzig Minuten. Und jetzt ist es bereits fünfundzwanzig Minuten vor elf. Ich schlage also vor, daß Sie es sich hier bequem machen und ein wenig entspannen.«

»Sie heißen doch Goodwin«, stellte Hansen fest. Sein Bariton hatte etwas von der Tiefe und dem Schmelz verloren, den er am Telefon gehabt hatte. Ich hatte Hansen den roten Ledersessel neben Wolfes Schreibtisch angeboten, mußte nun aber leider feststellen, daß die Farbwirkung nicht besonders günstig war. Das rote Leder und Hansens graue Haut vertrugen sich nicht recht. Und auch sonst war der Effekt nicht so, wie ich ihn mir erhofft hatte, was wohl auf den dürren Hals und die riesengroßen Ohrmuscheln des Rechtsanwalts zurückzuführen war. Ein ganz gewöhnlicher Stuhl ohne Polsterung und ohne rotes Leder hätte sicher besser zu ihm gepaßt.

»Mr. Goodwin«, sagte er, »es handelt sich hier um eine vertrauliche Angelegenheit von größter Dringlichkeit. Bitte, teilen Sie Mr. Wolfe mit, daß wir ihn sofort sprechen müssen.«

»Wir schließen uns alle den Ausführungen unseres Anwalts an«, sagte einer der Mandanten bestimmt. Ein anderes Mitglied dieses merkwürdigen Quartetts hatte sich kaum auf einen Stuhl gesetzt, da sprang er auch schon wieder in die Höhe und lief aufgeregt im Büro auf und ab. Der dritte bemühte sich, mit einem Streichholz eine Zigarette anzuzünden, ohne daß man merken sollte, wie seine Hand dabei zitterte. Da es mir nun langsam dämmerte, daß es so nicht weitergehen konnte, sagte ich höflich: »Also gut, will mal sehen, was sich machen läßt.« Mit diesen Worten stand ich auf.

In der Küche war Fritz mit dem Abwaschen des Frühstücksgeschirrs beschäftigt. Natürlich hätte er es sich nie herausgenommen, klipp und klar zu fragen, ob da wohl wieder ein neuer Klient angebissen habe. Aber mit den Augen stellte er diese Frage doch, als ich mich dem Tisch näherte, wo das Telefon stand. Ich zuckte vielsagend mit den Schultern und klingelte dann Wolfe oben in seinem Treibhaus an.

Eine Minute später hörte ich seine brummige Stimme. »Na, was gibt's?«

»Ich rufe von der Küche aus an. Im Büro sitzen vier Männer mit Seidenhemden nach Maß und Schuhen, die sie auch nicht gerade im Ausverkauf erstanden haben. Die Herren wünschen Sie sofort zu sprechen.«

»Donnerwetter, Archie, Sie wissen doch . . .«

»Natürlich weiß ich. Deswegen bin ich Ihnen ja auch so unentbehrlich, wie ich schon Lily Rowan sagte. Ich wollte Ihnen ja auch nur mitteilen, daß wir Besuch haben. Ich habe den Herren gesagt: Werde mal sehen, was sich machen läßt.«

Ehe er antworten konnte, hatte ich schon den Hörer aufgelegt und wählte nun auf dem Amtsapparat eine Nummer.

Rechtsanwalt Nathaniel Parker, den Wolfe immer anruft, wenn er sich sonst nicht zu helfen weiß, war nicht da, wohl aber sein Bürovorsteher Sol Ehrlich. Ja, er habe von Rudolph Hansen gehört, wisse aber nicht viel über ihn. Er sei Seniorchef einer gutgehenden Anwaltsfirma in Manhattan und habe den Ruf, daß er heikle Sachen mit einem gewissen Takt zu deichseln verstehe. Als ich mit diesem Gespräch fertig war, sagte ich Fritz, die Aussichten für ein anständiges Honorar seien nicht übel . . .

Als ich Punkt elf den Fahrstuhl hörte, mit dem Wolfe zu uns gewöhnlichen Sterblichen herkam, ging ich in die Vorhalle und erstattete ihm mit ein paar Worten Bericht. Dann folgte ich ihm ins Büro. Wie üblich, wartete ich mit dem Vorstellen, bis er an seinem Schreibtisch angelangt war, denn er haßt es, fremden Leuten die Hand zu reichen. Als Wolfe sich gerade hinsetzen wollte, sprang Hansen auf und legte seine Visitenkarte auf den Schreibtisch. Dann setzte er sich wieder.

»Hier ist meine Visitenkarte«, sagte er. »Ich bin Rudolph Hansen, Anwalt in Manhattan. Und diese Herren hier sind meine Mandanten. Das heißt, ich vertrete ihre Firma. Mr. Oliver Buff, Mr. Patrick O'Garro und Mr. Vernon Assa. Wir haben lange auf Sie gewartet und schon viel wertvolle Zeit verloren. Wir müssen Sie unter vier Augen sprechen.«

Wolfes Stirn zog sich in finstere Falten. Die ersten Minuten mit neuen Klienten sind ihm immer höchst zuwider. Manchmal gibt es keine vernünftige Ausrede, um einen Auftrag abzulehnen – und wenn man ihn annimmt, so bedeutet das natürlich Arbeit. Wolfe schüttelte den Kopf. »Wir können hier ganz ungestört sprechen, absolut vertraulich. Mr. Goodwin wird uns nicht stören. Er ist vielleicht nicht unentbehrlich« – das sagte er mit einem boshaften Seitenblick auf mich –, »aber er ist ein wesentlicher Bestandteil dieses Büros.«

»Wir möchten Sie aber lieber allein sprechen.«

»Bedaure. Wenn das so ist, dann haben Sie allerdings viel wertvolle Zeit verloren.«

Er fixierte unsere Besucher – und ich tat es ihm nach. Doppelt hält besser. Oliver Buff – das war der Mann, der schon über die besten Jahre hinaus war – hatte ein rundes, gerötetes Gesicht, wodurch seine Haare noch weißer wirkten. Er trug – ebenfalls wie Hansen – eine Melone. Patrick O'Garro war ganz in Braun. Vernon Assa hatte rundliche Schultern, war klein und untersetzt. Entweder kam er gerade von einem Urlaub in Florida zurück – oder er brauchte überhaupt keine Ferien. Die Sonnenbräune hätte ihm sicher ganz gut gestanden. Sie vertrug sich aber nicht mit seinem grauen Anzug und den schwarzen Schuhen.

Buff gab dem Anwalt Marschbefehl. »Nun legen Sie schon los!«

Hansen wandte sich an Wolfe. »Mr. Goodwin ist doch Ihr Angestellter?«

»Allerdings.«

»Er nimmt also an diesem Gespräch in seiner Eigenschaft als Ihr bevollmächtigter Stellvertreter teil?«

»Vertreter? Geht in Ordnung. Ja, als mein Vertreter.«

»Gut. Darüber herrscht also volles Einverständnis. Darf ich Sie nun zunächst bitten, mich mit der Wahrnehmung Ihrer Interessen zu betrauen und mir zur Bestätigung der erteilten Vollmacht einen Vorschuß in Höhe von einem Dollar zu zahlen.«

»Ein sehr interessanter Vorschlag«, sagte Wolfe ganz trocken und doch etwas spitz, »aber für uns ohne Interesse. Was soll der Scherz?«

»Verzeihung«, sagte Hansen, »aber das ist einfach eine juristische Formalität. Wie Ihnen bekannt ist, wird ein Gespräch zwischen einem Anwalt und seinem Mandanten durch die Vorschriften über die Wahrung des Berufsgeheimnisses besonders geschützt. Ich möchte daher zwischen Ihnen und mir, zwischen Anwalt und Mandant, jenes Vertrauensverhältnis herstellen, das einen Schutz gegen die unbefugte Offenbarung von Privatgeheimnissen bietet. Nachdem das geschehen ist, werde ich Ihnen dann im einzelnen mitteilen, warum die hier versammelten Herrschaften Ihre geschätzte Hilfe in Anspruch nehmen möchten. Natürlich gibt es keinerlei Rechtsschutz für meine Mandanten, das weiß ich leider nur zu gut, wenn Sie selbst, Mr. Wolfe, die Geheimnisse ausplaudern sollten, die Sie jetzt von uns erfahren werden. Die Wahrung des Berufsgeheimnisses gilt ja nur für Rechtsanwälte, Notare, Verteidiger in Strafsachen, Ärzte, Hebammen, Apotheker und Gehilfen dieser Personen. Eine analoge Anwendung auf andere Personen, also Privatdetektive, ist unzulässig. Wir sind Ihnen also gewissermaßen ausgeliefert, Mr. Wolfe. Doch meine Mandanten und ich haben volles Vertrauen zu Ihnen. Wir kennen Ihren Ruf. Ich schlage also vor, daß Sie mir Vollmacht erteilen, Sie in der Frage zu beraten, ob Sie einen Auftrag übernehmen sollen, den Ihnen jetzt die Firma Lippert, Buff und Assa anbieten wird.«

»Was ist das für eine Firma?«

»Sie haben den Namen der Firma doch sicher schon gehört. Es handelt sich hier um die berühmte Agentur für Wirtschaftswerbung.«

Wolfe zuckte mit den Lippen. »Ich muß schon sagen, da haben Sie sich ein nettes Verfahren ausgeheckt. Mein Kompliment. Gar nicht so übel. Aber vergessen Sie nicht – Sie erwähnten es ja selbst –, daß ich unsere Beziehung jeden Augenblick lösen kann. Und dann habe ich keinerlei Verpflichtungen Ihnen und Ihren Mandanten gegenüber.«

»Moment mal«, warf O'Garro ein. »Müssen wir uns wirklich darauf einlassen?«

»Ja«, sagte ihm der Anwalt. »Es geht nicht anders. Wenn Sie Mr. Wolfe engagieren, müssen Sie ihm auch vertrauen.«

»Mir gefällt die Sache nicht . . . Aber wenn's nicht anders geht . . .«

»Es geht nicht anders. Und was sagen Sie, Oliver?«

Buff sagte ja.

»Und Sie, Vernon?«

Assa nickte.

»Sind Sie nun bereit, mir Vollmacht zu erteilen, Mr. Wolfe? Eine Vollmacht, wie ich sie eben näher spezifiziert habe?«

»Ja. Archie, bitte geben Sie Mr. Hansen einen Dollar.«

Ich fischte einen Dollar aus meiner Rocktasche, unterdrückte ein paar scharfe Bemerkungen, die ich gern über diese höchst sonderbare Transaktion gemacht hätte, und reichte dem Anwalt die Dollarnote.

»Ich übergebe Ihnen diesen Betrag«, sagte ich mit feierlicher Würde, »namens und im Auftrag von Mr. Nero Wolfe.«

3

»Sehen Sie, Mr. Wolfe«, sagte Hansen, »das ist eine lange Geschichte. Aber wir wollen uns bemühen, uns so kurz wie möglich zu fassen. Diese Herren hier haben noch bestimmte Termine einzuhalten, Besprechungen im Büro der Staatsanwaltschaft. Ich sage Ihnen jetzt einige Dinge, die in einem unmittelbaren Zusammenhang mit der mir von Ihnen erteilten Vollmacht stehen. Wissen Sie etwas über die Ermordung von Louis Dahlmann?«

»Nein.«

»Die Meldung wurde im Rundfunk durchgegeben.«

»Ich stelle mein Gerät vormittags niemals an. Das gleiche gilt für Mr. Goodwin.«

»Kommen Sie doch endlich auf den springenden Punkt, Hansen!« warf Assa ein.

»Bin gerade dabei. Zu den Hauptkunden von LBA – das ist die Abkürzung für Lippert, Buff und Assa – gehört die Heery Corporation, die unter anderem kosmetische Artikel herstellt, darunter ein Parfüm mit der Markenbezeichnung *Pour Armour*. Dieses Parfüm wurde vor ein paar Jahren in den Handel gebracht und war ein recht großer Erfolg. Im vorigen Frühjahr trat nun ein junger Mann bei LBA ein. Er hieß Louis Dahlmann. Der junge Mann plante einen besonderen Werbefeldzug für *Pour Armour*. Schließlich fand er genügend Unterstützung für seine Ideen. Es wurde beschlossen, seinen Werbeplan der Heery Corporation vorzulegen. Das geschah auch. Der Plan fand großen Anklang und wurde akzeptiert. Der siebenundzwanzigste September wurde für den Beginn der neuen Werbekampagne angesetzt. Es handelte sich um ein Preisausschreiben. Noch nie hatte es Preise in dieser Höhe gegeben. Erster Preis: eine halbe Million Dollar in bar. Zweiter Preis: eine Viertelmillion Dollar. Dritter Preis: hunderttausend Dollar. Daneben gab es noch siebenundfünfzig kleinere Preise. Doch ich muß Ihnen die Sache etwas näher erklären. Seit zwanzig Wochen ist nun jede Woche in Zeitungen und Zeitschriften ein Vierzeiler erschienen, in dem ganz genau ...«

»Danke, Sie können sich hier kurz fassen«, unterbrach Wolfe. »Ich bin im Bilde.«

»Haben Sie sich etwa auch beteiligt?« fragte O'Garro.

»An einem Preisausschreiben beteiligt? Du meine Güte! Nein!«

»Zur Sache, Hansen«, zischte Assa.

Der Anwalt setzte seinen Bericht in aller Ruhe fort. »Letzter Einsendetag war der vierzehnte Februar. Alle Antworten mußten mit einem Poststempel versehen sein, aus dem klar hervorging, daß die Einsendung vor Mitternacht des vierzehnten Februars erfolgt war. Die Beteiligung an dem Preisausschreiben belief sich auf über zwei Millionen. Dahlmann hatte dreihundert Männer und Frauen im Sortieren und Prüfen der eingesandten Antworten ausgebildet. Als sie mit der Sichtung fertig waren, gab es zweiundsiebzig Einsender, die ganz korrekt die zwanzig gesuchten Frauennamen angeführt hatten. Dahlmann hatte nun noch einige weitere Vierzeiler bereit, und am achtundzwanzigsten März sandte er fünf neue Rätselverse an alle zweiundsiebzig Einsender, die bisher richtige Antworten geliefert hatten. Bei größeren Entfernungen wurden seine Briefe mit den neuen Versen per Luftpost geschickt. Der letzte Einsendetermin für die neuen Lösungen lautete: Mitternacht vierter April. Diesmal liefen fünf korrekte Antworten ein. Dahlmann setzte sich mit diesen fünf Leuten fernmündlich in Verbindung und forderte sie auf, nach New York zu kommen. Er sagte ihnen, daß die ersten drei Preise an sie verteilt würden, ebenso zwei der Zehntausend-Dollar-Preise. Die fünf glücklichen Einsender erschienen auch tatsächlich in New York, und gestern abend nahmen alle an einem kleinen Festessen in einem Privatsalon des Hotels Churchill teil. Bei diesem Essen war auch Talbot Heery von der Heery Corporation zugegen, ferner Vernon Assa und Patrick O'Garro. Dahlmann wollte den Einsendern fünf weitere Vierzeiler geben mit einer Lösungsfrist von einer Woche, aber eine Frau, die in Los Angeles lebt, war dagegen. Sie sagte, sie arbeite lieber bei sich zu Hause, und durch die lange Rückreise würde sie kostbare Zeit verlieren. Daraufhin wurde nun beschlossen, den letzten Einsendetermin abzustufen – je nach der Zeit, die jeder von ihnen für die Heimfahrt benötigte. Kurz vor elf Uhr abends trennte man sich. Vier der Wettbewerbsteilnehmer, die von auswärts gekommen waren, hatten Zimmer im Hotel Churchill. Eine junge Dame namens Susan Tescher, die in New York wohnt, ging vermutlich nach Hause.«

»Bleiben Sie doch bei der Sache!« zischte Assa.

»Ich fasse mich so kurz wie möglich. Also Dahlmann ging wahrscheinlich nach Hause. Er war Junggeselle und lebte allein in einer Wohnung in der Perry Street. Um sieben Uhr früh kam immer eine Zugehfrau, um ihm das Frühstück zu bereiten. Als sie heute früh die Wohnung betrat, fand sie ihn tot auf dem Boden des Wohnzimmers liegen. Man hatte ihn von hinten erschossen. Zur Dämpfung des Schalls hatte der Täter ein Sofakissen benutzt. Die Zugehfrau verständigte sofort den Portier des Hauses, der dann die Polizei anrief, die wenige Minuten später am Tatort erschien. Unter Umständen werden Sie noch weitere Einzelheiten über den genauen Sachverhalt brauchen. Sie werden die diesbezüglichen Unterlagen erhalten, sobald sie vorliegen. Der Mord geschah ja erst vor vier Stunden. Vielleicht werden Sie auch auf weitere Einzelheiten des Sachverhalts verzichten, denn das ist schließlich nicht der Grund, weshalb wir uns an Sie gewandt haben. Unser Anliegen ist weit dringlicher, weit wichtiger als ein Mord.«

Ich hatte meine Beine übereinandergeschlagen. Nun setzte ich mich in Positur. Wichtiger als ein Mord?

Hansen beugte sich vor und stützte seine Hände auf die Knie. »Und nun komme ich zum springenden Punkt. Außer Louis Dahlmann kannte niemand die Antworten auf die letzten Verse. Er hatte sie alle selbst gedichtet, die ersten zwanzig Vierzeiler, dann die fünf weiteren für die Vorschlußrunde und auch die letzten fünf. Was die ersten zwanzig Verse betrifft, so hatte er natürlich nach Ablauf des Einsendetermins die Antworten den dreihundert Angestellten mitteilen müssen, die ihm beim Sichten und Prüfen der Einsendungen geholfen hatten. Aber in der Vorschlußrunde, als es sich nur noch um zweiundsiebzig Einsendungen handelte, prüfte er alles allein. Bei den letzten fünf Versen, die die Entscheidung bringen sollten, hütete er die Verse nicht minder vorsichtig als die Antworten. Er tippte sie selbst und machte nur sieben Kopien. Eine davon verwahrte er in einem Bankschließfach, eine behielt er für sich selbst. Leider weiß ich nicht, wo er sie verwahrte. Die anderen fünf Kopien der Verse wurden gestern abend den fünf Teilnehmern am Wettbewerb übergeben.«

»Eine Kopie hatte er in seiner Brieftasche«, sagte O'Garro.

Hansen überging diesen Einwurf. »Jedenfalls kommt es nicht auf die Verse an, nur auf die Antworten. Ich meine die Antworten auf die letzten fünf Vierzeiler. Es handelt sich dabei um eine Liste mit den Namen der fünf Frauen, die er für die letzten Vierzeiler gewählt hatte. Und um ein paar Notizen, warum seine Verse gerade auf diese fünf Frauen paßten. Vereinbarungsgemäß sollte von dieser Lösung nur ein einziges Exemplar vorhanden sein. Dahlmann selbst hatte die Lösung auf einen Briefbogen der Firma Lippert, Buff und Assa getippt und den Text unterzeichnet. Buff, O'Garro und Assa hatten dann ihre Initialen unter das Schriftstück gesetzt, wobei allerdings die Antworten verdeckt waren, so daß niemand sie sehen konnte. In Gegenwart von fünf Zeugen wurde das Schriftstück in einem versiegelten Umschlag in den Safe gelegt. Mit anderen Worten: Außer Dahlmann kannte niemand die Lösungen.«

»Das heißt, soweit uns bekannt ist«, warf Oliver Buff ein.

»Ja, natürlich«, gab der Anwalt zu. »Bei dem Essen, das gestern abend im Hotel Churchill stattfand, hat Dahlmann nun etwas getan, was man – gelinde gesagt – nur als bodenlosen Leichtsinn bezeichnen kann.«

»Das war schon mehr als bodenloser Leichtsinn«, rief Buff. »Das war unverantwortlich! Einfach kriminell!«

»Mir scheint diese Bezeichnung etwas zu stark. Doch sein Verhalten war jedenfalls reichlich töricht. Als er im Begriff stand, die neuen Verse zu verteilen, da holte er aus seiner inneren Rocktasche eine Reihe von Umschlägen hervor – und mit den Umschlägen zog er noch einige andere Dinge aus seiner Tasche, einige andere Papiere und auch seine Brieftasche. Er verteilte die Umschläge und dann ... O'Garro, Sie waren ja dabei. Schildern Sie mal, was sich dann abgespielt hat.«

O'Garro ließ sich nicht lange bitten. »Also, nachdem er die Umschläge verteilt hatte, da begann er alles andere wieder in seine Tasche zu stopfen, zögerte dann aber für einen Augenblick, lächelte alle Anwesenden an, öffnete seine Brieftasche und entnahm ihr ein gefaltetes Stück Papier. Dann hielt er den Bogen hoch, so daß alle ihn sehen konnten, und sagte ...«

»Aber bitte, zitieren Sie jetzt ganz genau!«

»Er sagte: ›Ich wollte absolut sicher sein, daß ich diesen Zettel hier nicht auf dem Tisch zurückließ. Der Zettel enthält die Lösungen für die fünf Verse, die ich Ihnen eben gab!‹ Dann legte er das Stück Papier wieder in seine Brieftasche und steckte die Brieftasche ein.«

»Wenn das nicht kriminell ist!« platzte Buff heraus.

»Und wann ist man dann aufgebrochen?«

»Fast gleich darauf. Die fünf Teilnehmer am Wettbewerb konnten es vor Neugier nicht mehr aushalten. Sie wollten die Verse lesen und sich an die Arbeit machen.«

Hansen ergriff jetzt wieder das Wort. »Sehen Sie, Mr. Wolfe, so liegen die Dinge. Als man Dahlmanns Leiche fand, war er noch angekleidet. Er trug den gleichen Anzug, den er am Abend zuvor anhatte. Alles war noch in seinen Taschen, auch einige Geldscheine, zusammen einige hundert Dollar. Nur ein Gegenstand fehlte. Die Brieftasche war verschwunden. Die Firma Lippert, Buff und Assa wünscht nun von Ihnen, Mr. Wolfe, festzustellen, wer von diesen fünf Leuten die Brieftasche an sich nahm, und zwar möglichst noch heute. Die fünf Teilnehmer befinden sich noch immer in New York. Vier von ihnen wollten heute vormittag nach Hause fliegen. Wir haben sie jedoch daran gehindert, indem wir ihnen sagten, die Polizei wünsche sie zu sprechen.« Hansen warf einen Blick auf seine Armbanduhr. »Wir haben eine Verabredung im Büro der Staatsanwaltschaft. Doch die Herren von der Anklagebehörde können sich ein wenig gedulden. Brauchen Sie noch etwas, um mit der Arbeit anfangen zu können?«

»Sogar eine ganze Menge.« Wolfe stieß einen tiefen Seufzer aus. »Verstehe ich Sie recht, daß ich von der Firma Lippert, Buff und Assa engagiert bin?«

Hansen drehte seinen Kopf zur Seite. »Bitte, Buff, äußern Sie sich.«

»Stimmt«, sagte Buff. »Sie sind von unserer Firma engagiert.«

»Meine Honorarforderungen sind ungewöhnlich hoch. Verstehe ich Sie recht, wenn ich annehme, daß die Festsetzung des Honorars mir überlassen bleibt?«

»Ja.«

»Zum Teufel mit dem Honorar«, zischte Assa, und er wurde mir auf einmal sehr sympathisch.

»Und wo ist Mr. Lippert?« fragte Wolfe.

»Gibt's nicht mehr. Mr. Lippert ist vor zehn Jahren gestorben.«

»Friede seiner Asche. Sie sagten, Mr. Hansen, ich soll ausfindig machen, wer von den fünf Wettbewerbsteilnehmern die Brieftasche an sich nahm. Diesen Auftrag muß ich leider ablehnen, er ist zu eng gefaßt. Was geschieht, wenn keiner der fünf die Brieftasche an sich gebracht hat?«

Hansen starrte ihn an. »Ja, wer soll es denn sonst getan haben?«

»Weiß ich nicht. Auf Grund Ihrer Informationen halte ich es für äußerst wahrscheinlich, daß es einer der fünf gewesen sein muß. Ja, ich möchte es fast mit an Sicherheit grenzender Wahrscheinlichkeit annehmen. Aber ich möchte bei meinen Nachforschungen nicht gebunden sein. Zumindest noch drei andere Personen wußten, daß sich der Zettel mit der Lösung in der Brieftasche befand, und zwar Mr. Heery, Mr. O'Garro und Mr. Assa.«

Assa gab einige unverständliche Zischlaute von sich. O'Garro sagte: »Sie haben völlig recht, Mr. Wolfe. Ich habe übrigens von einer Fernsprechzelle im Churchill sofort Hansen und Buff angerufen und ihnen über diesen Vorfall berichtet. Hansen sagte, da sei nichts zu machen. Buff wollte, daß ich mich mit Dahlmann in Verbindung setzte. Ich sollte ihn dazu bewegen, den Zettel zu vernichten. Ich habe Buff dann aber davon abgebracht.«

»Das ist jetzt auch belanglos«, sagte Hansen. »Wollen wir den Auftrag folgendermaßen formulieren: Es ist Ihre Aufgabe festzustellen, wer die Brieftasche an sich nahm und wer vorzeitig Kenntnis von dem Zettel mit den Lösungen erhielt. Einverstanden?«

»Jawohl, einverstanden«, bestätigte Wolfe. »Es herrscht Einverständnis darüber, daß mein Auftrag nicht die Aufdeckung des Mordfalls in sich schließt.«

»Nein ... ich wollte sagen, ja – darüber herrscht volles Einverständnis. Die Aufklärung des Mordfalls ist Sache der Polizei. Ich möchte nur noch betonen, daß wir die Polizei nicht über Dahlmanns leichtfertiges Verhalten gestern abend informiert haben. Die Polizei weiß nichts davon, daß er den Zettel aus seiner Brieftasche hervorgeholt hat. Niemand von uns – und das gilt auch für Mr. Heery – wird auch nur das geringste darüber verlauten lassen. Dieses Schriftstück ist bisher nicht erwähnt worden, und wir wünschen, daß es auch nicht erwähnt wird. Die Polizei wird selbstverständlich die fünf Teilnehmer am Preisausschreiben einem Verhör unterziehen. Wahrscheinlich ist das bereits geschehen. Es ist natürlich möglich, daß einige von ihnen den Vorfall mit dem Zettel erwähnen werden. Ich persönlich habe da allerdings meine Zweifel. Was glauben Sie, O'Garro?«

O'Garro nickte. »Nach dem Eindruck, den ich gestern von den fünfen gewann, sind sie ganz gewiß keine Narren. Es geht schließlich um eine halbe Million Dollar, ganz zu schweigen von den anderen Preisen. Ich glaube, daß keiner von ihnen den Zettel erwähnen wird. Was meinen Sie, Assa?«

Assa stimmte zu. »Ja, das nehme ich auch an. Da ist allerdings diese alte Klapperschlange, diese Miss Frazee. Weiß der Teufel, was sie nicht alles bei der Polizei zu Protokoll geben wird.«

»Aber«, meinte Hansen, »auch wenn sie etwas über diesen Vorfall verlauten lassen und wenn uns die Polizei dann fragt, warum wir ihn nicht erwähnt haben, so können wir immer noch sagen, daß wir die Sache für völlig bedeutungslos hielten, denn es sei doch offensichtlich gewesen, daß Dahlmann nur scherzte. Sollte die Polizei uns das nicht abnehmen, dann müssen wir mit äußerstem Nachdruck erklären, es sei völlig ausgeschlossen, daß Dahlmann einen Zettel mit den Antworten auf seine fünf Rätselfragen in seiner Brieftasche hatte. Es liege auch nicht der geringste Anlaß zu der Vermutung vor, daß irgendwer ihn ermordet habe, um diesen überhaupt nicht vorhandenen Zettel gewaltsam an sich zu bringen. An sich ist die Polizei meistens recht diskret, aber ich fürchte doch, daß die Sache mit dem Zettel an die Öffentlichkeit gelangen könnte. Und das muß unter allen Umständen vermieden werden.«

Bei diesen Worten hatte sich Hansen in seinem roten Ledersessel weit vorgebeugt. »Vielleicht«, sagte er, »sind Sie sich nicht ganz darüber klar, Mr. Wolfe, wie verzweifelt die Lage ist. Dieses Preisausschreiben ist der sensationellste Werbefeldzug, der je unternommen wurde. Wir haben eine Million Dollar als Preise ausgesetzt, wir – das heißt Lippert, Buff und Assa, die dieses Preisausschreiben für die Heery Corporation durchführten. Zwei Millionen Menschen haben sich beteiligt. Ganz Amerika wartet auf das Ergebnis. Natürlich haben wir auch daran gedacht, die letzten fünf Vierzeiler einzuziehen und durch neue zu ersetzen. Aber das erschien uns etwas riskant. Es würde ein Eingeständnis sein, es würde so aussehen, als ob wir den Verdacht hätten, daß einer von den fünf Teilnehmern Dahlmann ermordet habe und so in den Besitz der Lösungen gelangt sei – und damit würden wir zugeben, daß Dahlmann die Lösungen in seiner Brieftasche hatte. Die fünf Teilnehmer könnten sich weigern, die Vierzeiler wieder an uns auszuhändigen. Sie könnten erklären, sie hätten diese Verse im Einklang mit den für das Preisausschreiben aufgestellten Bedingungen erhalten. Das würde dann zu einer furchtbaren Verwirrung führen. Wenn die Firma Lippert, Buff und Assa dann die weitere Durchführung des Preisausschreibens ablehnen sollte, könnten die fünf klagen, und es dürfte wohl kein Zweifel bestehen, daß sie den Prozeß gewinnen würden.«

Er holte ein Stück Papier aus seiner Tasche und faltete es auseinander. »Hier ist die Liste für die Einsendetermine. Alle Beteiligten haben eine Kopie erhalten.«

›Susan Tescher, New York City, letzter Einsendetermin:
vor Mitternacht – 19. April;
Carol Wheelock, Richmond, Virginia, letzter Einsendetermin:
vor Mitternacht – 19. April;
Philip Younger, Chicago, Illinois, letzter Einsendetermin:
vor Mitternacht – 19. April;
Harold Rollins, Burlington, Iowa, letzter Einsendetermin:
vor Mitternacht – 19. April;
Gertrude Frazee, Los Angeles, Kalifornien, letzter Einsendetermin: vor Mitternacht – 20. April.‹

Hansen steckte die Liste wieder in die Tasche und ließ sich in den Sessel zurückfallen. »Verstehen Sie, Mr. Wolfe, ich sagte Ihnen schon, daß wir die Einsendetermine gestaffelt hatten, was für Miss Frazee besonders günstig war.« Hansen hielt einen Augenblick inne. Dann fuhr er fort: »Da sie alle noch in New York sind, könnte man sie vielleicht dazu bringen, einer Verlängerung des Einsendetermins zuzustimmen. Aber was machen wir, wenn Miss Tescher, die ja hier in New York lebt, nicht mitmacht? Was machen wir, wenn sie vor Ablauf ihrer Frist ihre Lösungen einschickt? Ja, dann würden wir schön dasitzen ...«

»Ja, das wäre eine schöne Bescherung«, kommentierte Wolfe mit einem leichten Grunzen.

»Es gibt da nur einen Ausweg«, sagte der Anwalt. »Wir müssen erfahren, wer den Zettel hat. Wenn möglich, müssen wir es noch heute erfahren. Spätestens morgen. Allerspätestens aber vor Ablauf der letzten Einsendefrist, also am zwanzigsten April vor Mitternacht. Wenn wir dann den Beweis in Händen haben, können wir den fünfen sagen: ›Einer von euch hat die Lösung gestohlen. Aus diesem Grunde müssen wir die Ihnen im Hotel Churchill übergebenen Verse zu unserem größten Bedauern für ungültig erklären. Sie werden von uns neue Verse mit neuen Einsendeterminen erhalten. Erst dann werden wir die Preise verteilen.‹ Die fünf werden sich damit abfinden müssen, ob sie wollen oder nicht. Unter diesen Umständen hätten sie ja keine andere Wahl. Was meinen Sie, Mr. Wolfe?«

»Stimmt«, gab Wolfe zu. »Aber die Person, die den Zettel unrechtmäßig in ihren Besitz gebracht hat, würde dann im Kittchen sitzen wegen Mordverdachts und dürfte kaum Zeit haben, über die Lösung der neuen Rätselfragen nachzudenken.«

»Da hat diese Person eben Pech gehabt.«

»Ja, gewiß. Aber auch Sie hätten dann Pech, Mr. Hansen. Die Polizei würde dann nämlich wissen, daß Sie die Unwahrheit sagten, als Sie erklärten, Sie hätten Dahlmanns Verhalten gestern abend im Churchill-Hotel nur für einen Scherz gehalten.«

»Läßt sich auch nicht ändern. Jedenfalls hat die Polizei dann den Mörder.«

»Auch das kann nicht bestritten werden«, gab Wolfe zu. »Aber Sie gehen ein allzu großes Risiko ein, wenn Sie annehmen, daß ich den Dieb innerhalb einer Woche ausfindig mache. Vielleicht gelingt es mir nicht. Und wenn es mir nicht gelingt, sitzen Sie ganz schön in der Tinte. Vor Mitternacht am zwanzigsten April? Meine Herren, ich habe kein anderes Rüstzeug als meinen Verstand. Ich habe nur Mr. Goodwin und ein paar Helfer, auf die ich mich wirklich verlassen kann. Die Polizei aber hat ein paar Tausend Leute, einen gewaltigen Apparat und ganz andere Beziehungen als ich. Ich schlage Ihnen also vor, sich in Ihrer Angelegenheit Rat und Hilfe bei der Polizei zu holen.«

»Das haben wir uns bereits überlegt. Ein solcher Schritt wäre nicht nur riskant, sondern höchst gefährlich. Morgen vormittag würde alle Welt wissen, daß die Lösungen unseres Preisausschreibens gestohlen worden sind. Es würde im wahrsten Sinne des Wortes einen Mordsskandal geben, von dem sich die ehrenwerte Firma Lippert, Buff und Assa nie wieder erholen würde.«

»Ja, aber dann hätten wir den Dieb. Wir könnten das Preisausschreiben auf Grund neuer Bestimmungen zu Ende führen, über die sich alle Beteiligten geeinigt haben. Das wäre eine völlig andere Situation. Die ehrenwerte Firma Lippert, Buff und Assa wird großartig dastehen. Man wird sie dazu beglückwünschen, daß sie in einer schweren Krise rasch und kühn gehandelt hat.«

»Die Polizei wird anderer Ansicht sein.«

»Was geht die Polizei Ihre Firma an? Einen Dreck, meine Herren! Die Polizei inseriert nicht, gehört nicht zu Ihren geschätzten Kunden. Aber sonst wird Ihnen jeder gratulieren, der Verband der Werbefachleute, die gesamte Wirtschaft, die Presse, das amerikanische Volk.«

Wolfe faßte nun seine Besucher scharf ins Auge. »Meine Herren, ehe wir uns weiter unterhalten, möchte ich noch feststellen, ob Sie übereinstimmend der Ansicht sind, daß es besser ist, die Polizei auszuschalten. Sind Sie dafür, Mr. Buff?«

Buffs gerötetes Gesicht wurde noch röter. Seine Stirn war feucht. »Ja«, sagte er, »ich bin dafür. Mir bleibt ja keine andere Wahl.«

»Und Sie, Mr. O'Garro?«

»Ebenfalls dafür. Wir hatten uns darüber schon geeinigt, ehe wir zu Ihnen kamen.«

»Und Sie, Mr. Assa?«

»Auch dafür. Dieses Frage-und-Antwort-Spiel ist ja die reinste Zeitverschwendung.«

»Keineswegs. Wenn es sich nur um eine solche Kleinigkeit wie die Verhaftung eines Mörders handeln würde . . . aber hier geht es um viel kompliziertere Dinge. Da sind noch ein paar Punkte, die geklärt werden müssen. Ich möchte zum Beispiel gern wissen, ob die Person, die die Brieftasche an sich nahm, tatsächlich auch in den Besitz der Lösungen kam. Befand sich der Zettel mit den Lösungen wirklich in der Brieftasche? Wäre es nicht denkbar, daß Dahlmann den fünf Rätselratern ein anderes Blatt Papier zeigte? Wäre es nicht denkbar, meine Herren, daß der arme Dieb bitter enttäuscht wurde und die erhoffte Lösung nicht in der Brieftasche fand? Alles ist möglich, und alles ist denkbar. In diesem Fall würde sich der mir erteilte Auftrag natürlich als wesentlich schwieriger erweisen und ein völlig anderes Vorgehen meinerseits erforderlich sein.«

»Aber, Mr. Wolfe, da brauchen Sie sich keine unnötigen Sorgen zu machen«, versicherte ihm O'Garro. »Es besteht nicht der geringste Zweifel, daß Dahlmann den Zettel mit den Lösungen aus der Brieftasche zog. Ich war ja dabei.«

»Ja«, sagte Assa, »ich wette zwanzig zu eins, daß es der Zettel mit den Lösungen war. Wie ich Louis kannte – und ich kannte ihn gut –, hat es ihm ganz gewiß einen unbändigen Spaß gemacht, den fünf aufgeregten Rätselfreunden den Zettel mit den Lösungen vor die Nase zu halten. Aber Louis war ein anständiger Kerl. Er hätte nie und nimmer einen anderen Zettel dazu benutzt. Glauben Sie nicht auch, Buff?«

»Meine Ansicht kennen Sie ja.« Buff blickte grimmig drein. »Mich hat das Verhalten von Dahlmann nicht überrascht. Es entsprach ganz seinem Charakter. Schon im Alter von zweiunddreißig war Dahlmann ein wirkliches Genie in seinem Fach. In weiteren zehn Jahren wäre er *der* Mann auf dem Gebiet der amerikanischen Werbung gewesen. In diesem Punkt waren wir uns doch alle einig, nicht wahr? Aber in ihm steckte auch eine Spur Wahnsinn. Und die Sache mit dem Zettel ist der beste Beweis dafür. Nachdem Sie mich gestern abend angerufen hatten, O'Garro, wäre ich am liebsten gleich zu ihm in die Wohnung gegangen. Aber dann sagte ich mir, hat ja doch keinen Zweck. Doch jetzt tut es mir leid, daß ich nicht zu ihm gegangen bin. Lippert, Buff und Assa befinden sich in einer größeren Krise als je zuvor seit den achtunddreißig Jahren, die ich für die Firma tätig bin. Und das alles wegen Dahlmanns Leichtsinn! Wäre Louis noch am Leben und wäre er jetzt hier, ja, meine Herren, ich müßte mich verdammt zusammennehmen, um nicht ...«

Wolfe wandte sich an den Anwalt. »Sind Sie ebenfalls überzeugt, Mr. Hansen, daß es sich nicht um einen Scherz handelte?«

»Allerdings.«

»Also gut. Ich dagegen werde mich weiter an diese Annahme halten, bis das Gegenteil bewiesen ist. Zunächst muß ich die fünf Teilnehmer an der Schlußrunde des Preisausschreibens sprechen, nach

Möglichkeit einzeln, obwohl die Zeit drängt.« Er warf einen Blick auf die Wanduhr. »Vielleicht werden sie bereits von der Polizei verhört. Aber wir wollen nichts unversucht lassen. Darf ich einen der Herren bitten, die nötigen Maßnahmen zu treffen? Ich möchte, daß einer der fünf um halb eins kommt, der nächste um drei, dann wieder einer um sechs und dann einer . . .«

»Aber warum erst um sechs?« fragte Assa. »Sie brauchen doch nicht drei Stunden für jede Unterredung!«

»Hoffentlich nicht. Eine Stunde dürfte wohl genügen. Aber von vier bis sechs bin ich anderweitig beschäftigt.«

»Das ist doch einfach grotesk! Was heißt hier anderweitig beschäftigt? Sie arbeiten für uns und nicht anderweitig.«

Wolfe sah ihn mit größter Seelenruhe an. »Mr. Assa, Ihre geschätzte Firma hat mich nicht als Tagelöhner engagiert. Ich werde nicht stundenweise bezahlt. Ich teile mir die Arbeit ein, wie es mir paßt. Einer soll also um drei Uhr hier sein, der nächste um sechs, dann wieder einer um sieben und einer um acht. Sie können den Leuten sagen, daß ihr längerer Verbleib in New York gewisse Probleme im Zusammenhang mit dem Preisausschreiben aufgeworfen hat – und daß Sie es begrüßen würden, wenn man diese Probleme mit mir, einem Vertreter Ihrer Firma, besprechen würde. Selbstverständlich werden Sie den Zettel nicht erwähnen, den Dahlmann gestern seinen Gästen im Hotel Churchill vor die Nase hielt. Ich selbst werde mein Abendessen gegen neun Uhr einnehmen. Falls Sie ein Bericht über das Ergebnis meiner Besprechungen interessiert, können Sie mich um halb elf Uhr aufsuchen.«

»Ich würde gern bei den Besprechungen dabeisein«, sagte Hansen. »Um halb eins wird es mir leider nicht möglich sein.«

»Es wird Ihnen auch später nicht möglich sein, Mr. Hansen. Die Angelegenheit ist viel zu verzwickt. Ich werde leider auf Ihre Gesellschaft verzichten müssen. Ja, möglicherweise werde ich auch Mr. Goodwin bitten müssen, mich mit meinen Besuchern allein zu lassen. Da fällt mir ein, daß ich noch eine bestimmte Aufgabe für Mr. Goodwin habe. Wo befindet sich das Bankschließfach, in dem die richtigen Lösungen deponiert worden sind?«

»Bei der Continental Trust Company, Zweigstelle siebenundvierzigste Straße.«

»Darf ich darum bitten, daß einer von Ihnen, meine Herrschaften, Mr Goodwin dort um halb drei Uhr trifft und ihn zum Safe begleitet? Ich möchte, daß die Umschläge mit den Lösungen der letzten fünf Verse aus dem Safe genommen und von Mr. Goodwin abgeschrieben werden. Die Originale sollen dann zurück in den Safe gelegt werden. Die Kopien wird mir Mr. Goodwin persönlich übergeben.«

»Unmöglich«, sagte O'Garro sehr fest und entschieden. »Diese Umschläge dürfen nicht geöffnet werden.«

»Unsinn.« Wolfe fing jetzt an, etwas reizbar zu werden, wie das immer bei ihm der Fall ist, wenn ihm neue Ideen kommen. »Warum sollen sie nicht geöffnet werden? Diese Verse mitsamt den Lösungen sind sowieso schon Makulatur. Das Zeug kann nie wieder benutzt werden. Wie sich die Sache auch entwickeln mag, auf diese Verse können Sie unmöglich die Preisverteilung stützen. Das wäre doch nur dann moralisch zu rechtfertigen, wenn wir den einwandfreien Beweis in Händen hätten, daß sich der Zettel mit den Lösungen nicht in Dahlmanns Brieftasche befand. Haben wir diesen Beweis? Antwort: Nein.«

Allgemeines Schweigen. Unsere Besucher sahen sich gegenseitig an. Wolfe wartete.

Dann sprach Buff im Namen der Firma. »Ja, Mr. Wolfe, Sie haben recht.«

»Dann ist also keinerlei Risiko damit verbunden, wennn ich mir diese Verse und Lösungen einmal näher ansehe, vorausgesetzt natürlich, daß Mr. Goodwin und ich diese Information als streng vertraulich behandeln. Ich könnte mir vorstellen, daß uns diese kleine Nachforschung sogar ein gutes Stück weiterbringt. Also, wie ist es, ist einer von Ihnen bereit, Mr. Goodwin um halb drei Uhr bei der Continental Trust Company zu treffen?«

»Ja«, erwiderte Buff. »Wahrscheinlich werden wir sogar zwei Herren schicken. Die Umschläge galten bisher als absolut unantastbar. Vielleicht hat auch Mr. Heery den Wunsch, bei der Öffnung der Umschläge zugegen zu sein.«

»Bitte, das steht ganz in Ihrem Belieben. Da fällt mir übrigens ein, daß natürlich die Heery Corporation an diesem Fall genauso interessiert sein dürfte wie Ihre Firma. Weiß Mr. Heery, daß Sie mich engagiert haben? Ist er mit Ihren bisherigen Plänen einverstanden?«

»Ja, durchaus.«

»Danke. Dann ist für den Augenblick alles erledigt. Bitte, benutzen Sie das Telefon auf Mr. Goodwins Schreibtisch. Soll er Sie verbinden?«

Dieser freundliche Vorschlag wurde abgelehnt. Aber als ich von meinem Stuhl aufstand, nahm O'Garro sofort Platz. Sehr höflich fragte er mich nach der Nummer vom Hotel Churchill und war dann einige Zeit mit Telefonieren beschäftigt. Nachdem wir anderen einige Minuten seinen Gesprächen zugehört hatten, legte er den Hörer auf und sagte: »Zwei sind nicht zu erreichen. Rollins war gerade im Begriff, zur Polizei zu gehen. Die Mordkommission wünscht ihn zu sprechen. Miss Frazee wird um halb eins hier sein.«

Hansen erhob sich. »Wir müssen uns jetzt verabschieden. Wir haben uns sowieso schon um eine halbe Stunde verspätet.«

Aber Wolfe ließ sie noch nicht gehen. Da war noch eine weitere Information über die fünf Rätselrater, die er von seinen Besuchern wünschte. Nachdem auch das erledigt war, begleitete ich unsere Gäste hinaus. Als ich wieder ins Büro zurückkam, saß Wolfe noch immer am Schreibtisch, die Augenlider geschlossen, ein deutliches Zeichen dafür, daß er seine Gedanken sammelte und nachdachte. Ganz still und behutsam setzte ich mich an meinen Schreibtisch, nahm ein Blatt Papier zur Hand und tippte dann eine kleine Liste der als Täter in Frage kommenden Personen. Bei dieser Arbeit wurde ich durch nahende Schritte gestört. Ich drehte mich um. Es war Fritz, der ein Tablett mit Bier hereinbrachte.

»Danke«, sagte ich sehr entschieden. »Nehmen Sie das Bier bitte auf der Stelle zurück, Fritz!«

Da hörte ich eine dumpfe, verzweifelte Stimme aus dem Hintergrund. Es war Wolfe. »Nein«, brüllte er, »nein, Fritz, lassen Sie das Bier hier. Ich brauche es. Ich muß meine arme, leidende Seele besänftigen. Sie ahnen ja nicht, was mir bevorsteht. Ein weibliches Wesen wird mich jetzt heimsuchen! Eine Frau! Eine Frau!«

»Ach wo«, unterbrach ich seine Klagen. »Das ist doch nichts als ein Vorwand. Sie sind nicht unglücklich, weil uns jetzt eine Frau besuchen wird. Sie sind unglücklich, freudlos, mühselig und beladen, weil Sie einen Auftrag mit fester Frist übernommen haben. Da vergißt man es natürlich leicht, daß Sie mir am neunzehnten Januar, nachmittags um drei Uhr siebenundzwanzig, die Order erteilt haben, ich dürfte unter keinen Umständen zulassen, daß Sie jemals wieder auch nur einen Tropfen Bier vor dem Mittagessen zu sich nehmen. Na ja, ich kann es verstehen, daß Sie jetzt völlig fertig sind, denn dieser Fall sieht ganz danach aus . . . Auf alle Fälle ein verzwickter Fall, der mir nicht gefällt. Aber vor dem Mittagessen gibt's trotzdem kein Bier! Wir wollen aber den armen Fritz Brenner nicht vor den Kopf stoßen.«

Ich ging auf Fritz zu, nahm ihm das Tablett aus der Hand und trug das Bier dann eigenhändig in die Küche zurück.

4

Wenn ich auch nur die geringste Ahnung gehabt hätte, was Wolfe mit dem Besuch von Miss Gertrude Frazee bevorstand, Gründerin und erste Vorsitzende der Liga zur Bewahrung der natürlichen Reize der Frau, dann hätte ich es ganz gewiß nicht übers Herz gebracht, den armen Wolfe um sein Bier zu bringen. Und hätte Wolfe selbst es geahnt, hätte er mit 99prozentiger Wahrscheinlichkeit den Auftrag glatt abgelehnt und die ehrenwerte Firma Lippert, Buff & Assa mitsamt ihrem Rechtsberater zum Teufel geschickt.

Ich müßte jetzt Miss Frazees Äußeres etwas näher beschreiben. Aber ich ziehe es vor, darauf zu verzichten. Nur am Rande sei bemerkt, daß ihre Kleidung aus lauter Museumsstücken bestand. Im übrigen hatte sie eine lange und spitze Nase; von der Stirn waren höchstens zweieinhalb Zentimeter zu sehen, der Rest war von grauen Haaren bedeckt. Ihr Mund schien völlig schief zu sein. Im übrigen war sie genauso groß wie ich – ein Meter siebenundsiebzig.

Sie hatte auf dem roten Ledersessel Platz genommen und hielt mit beiden Händen ihre Handtasche fest, die sie auf dem Schoß deponiert hatte. Sie sah ganz so aus, als ob sie ein Lineal verschluckt hätte. »Ich sehe durchaus nicht ein«, sagte sie zu Wolfe, »daß der Tod dieses Mannes auch nur die geringste Auswirkung auf das Preisausschreiben haben kann. In den Bedingungen stand kein Wort über Todesfälle.«

Wolfe war zunächst noch ganz sanft und milde. »Ja gewiß, Gnädigste, in den Bedingungen für das Preisausschreiben steht nichts über Mord und dergleichen Dinge. Aber es ist ja auch gar nicht der Tod dieses Mannes, der sich jetzt auf das Preisausschreiben auswirkt, sondern die polizeiliche Verfügung, daß die fünf Teilnehmer an diesem Wettbewerb bis auf weiteres New York nicht verlassen dürfen. Man hat Sie deswegen gebeten, Gnädigste . . .«

»Man hat mich nicht gebeten! Man hat mir gedroht! Die Leute auf der Polizei sagten, wenn ich abreise, würde man mich zurückholen und wegen Mordverdachts verhaften.«

Ich schüttelte den Kopf. Wie konnte diese Person nur so was behaupten! Kein Kriminalbeamter konnte sich in diesem Sinne geäußert haben. Einfach unmöglich!

Wolfe war noch immer sanft und milde. »Ja, das ist nun mal so. Die Leute bei der Polizei sind bisweilen etwas reichlich hochfahrend und grob. Muß wohl mit ihrem Beruf zusammenhängen. Aber ich wollte mit Ihnen nicht nur dieses Preisausschreiben besprechen, sondern einige persönliche Dinge. Ich meine Dinge, die Ihre Person angehen. Nach der Verteilung der Preise wird man alle möglichen Informationen über die Sieger des Preisausschreibens wünschen, und die Firma, die ich vertrete, möchte dann imstande sein, diese Informationen prompt zu liefern. Ihre verzögerte Abreise bietet uns jetzt die beste Gelegenheit dazu. Mein Mitarbeiter, Mr. Goodwin, wird einige Notizen machen. Wie ich annehme, Miss Frazee, sind Sie unverheiratet?«

»Ja. Und ich werde auch nie heiraten.« Über ihre spitze Nase blickte sie auf meinen Notizblock. »Ich bestehe darauf, alles vorher zu sehen, was über mich gedruckt wird.«

»Wird geschehen. Haben Sie schon jemals einen Preis in einem Wettbewerb gewonnen?«

»Ich habe mich nie beteiligt. Ich hasse alle Preisausschreiben.«

»Ach so. Aber diesmal haben Sie sich doch beteiligt?«

»Ja natürlich. Das ist eine alberne Frage.«

»Zugegeben.« Wolfe war die Höflichkeit in Person. »Und doch ergibt sich hier ein interessantes Paradox«, fuhr er fort. »Sie hassen Preisausschreiben – und haben sich an diesem Preisausschreiben beteiligt. Gewiß gab's da einen zwingenden Grund?«

»Meine Gründe sind meine Privatsache und gehen niemanden etwas an. Auch Sie nicht. Aber ich schäme mich nicht. Vor zehn Jahren habe ich die Amerikanische Liga zur Bewahrung der natürlichen Reize der Frau gegründet. Unsere Liga hat Tausende von Mitgliedern. Man kann sie überhaupt nicht zählen. Was halten Sie übrigens von Frauen, die sich mit fetten Salben und Ruß beschmieren und nach einem scheußlichen Zeug stinken, das man aus Teer und verrottetem Gemüse hergestellt hat? Die Welt wird systematisch verpestet, die Schönheit mutwillig zerstört. Das geht nun schon drei Jahrtausende so. Sehen Sie sich doch einmal unsere Frauen an. Sie schmieren ihr Gesicht mit Fett ein, malen sich die Lippen an! Und die Fingernägel und die Zehen! Das ist einfach nicht mit anzusehen – und so ist nun meine Liga auf den Plan getreten. Wir sind für die natürliche Schönheit, die Schönheit der unverbildeten Frau. Ja, ich weiß, daß mir die Natur diese herrlichste Gabe versagt hat. Ich bin nicht nur unansehnlich, vierschrötig und ungeschlacht. Ich bin häßlich. Aber die Hübschen haben kein Recht, die Schönheit der Natur zu zerstören. Die Welt ist für alle da. Auch für uns. Auch für mich. Zu dieser Erkenntnis kam ich schon früh in meinem Leben. Für diese Ideen kämpfe ich. Zeitlebens habe ich mir mein Brot verdienen müssen. Doch ich habe sparsam gelebt, immer etwas beiseite gelegt. Und vor zehn Jahren war es soweit. Da hatte ich genug Geld, um meine Liga zu gründen. Ich sagte Ihnen schon, daß wir viele Mitglieder haben. Es sind über dreitausend. Aber die Mitgliedsbeiträge sind sehr niedrig, und in unserer Kasse herrscht ständig Ebbe. Im vorigen September sah ich nun die Anzeige, in der das Preisausschreiben angekündigt wurde. Wieder dachte ich mir, unser Kampf ist ja hoffnungslos. Gegen uns steht eine mächtige Industrie, und dahinter steht das Kapital. Und dann fiel mein Blick abermals auf die Anzeige. Ist das nicht unsere große Chance? dachte ich mir. Warum sollen wir nicht das Geld unserer Feinde für unsere gute Sache benutzen? Ich saß da und grübelte, und schließlich antwortete ich auf diese Frage mit einem lauten Ja. Die meisten Mitglieder unserer Liga leben in Los Angeles und in der Umgegend dieser Stadt. Das sind alles kultivierte, gebildete Frauen. Ich rief einige an und bat sie, ihrerseits wieder bei ihren Freundinnen und Bekannten anzurufen. Alle waren von meinem Vorschlag begeistert. Nun begann ich mit der Organisation. Binnen zwei Wochen waren dreihundert Frauen unserer Liga an der Arbeit. Mit den ersten zwanzig Vierzeilern hatten wir überhaupt keine Mühe. Nur Vers achtzehn machte anfangs einige Schwierigkeiten. Aber schließlich fanden wir auch hier die Lösung. Und dann kam die zweite Gruppe von Vierzeilern, der große Auswahlkampf. Die Sache war sehr unfair, weil alle Briefe mit den Versen zur gleichen Zeit in New York aufgegeben waren – und das war für uns in Los Angeles natürlich ein Nachteil, ein arger Zeitverlust. Auch die Lösung war viel schwerer zu finden. Doch wir haben's geschafft, und ich brachte unsere Antworten drei Stunden vor Ablauf der Einsendefrist zur Post. Auch mit den neuen Versen werden wir's schaffen.« Siegesgewiß trommelte sie mit ihren Fingern auf ihre Handtasche. »Ja, wir werden's schaffen. Da gibt's überhaupt keinen Zweifel. Wir werden die Lösungen finden – und wenn die Sache noch so schwierig sein wird. Eine halbe Million Dollar. Und alles für die Liga!«

Wolfe betrachtete Miss Frazee sehr aufmerksam, wobei er sich bemühte, nicht finster dreinzuschauen, was ihm auch fast gelang. »Nicht unbedingt eine halbe Million«, sagte er. »Es sind ja auch noch vier Mitbewerber da.«

»Aber wir werden den ersten Preis bekommen«, sagte sie zuversichtlich, »und der erste Preis ist eine halbe Million.« Plötzlich beugte sie sich vor. »Sagen Sie, sehen Sie manchmal den Finger Gottes?«

»Wie bitte?«

»Ich meine, haben Sie nie eine Vorahnung? Als kleines Mädchen habe ich das zweimal gehabt – und es traf alles ganz genauso ein. Später habe ich nie wieder solche Ahnungen gehabt. Und dann auf einmal, als ich diese Anzeige sah, da war er wieder – der Finger Gottes. Er zeigte auf das Inserat. Auf den ersten Preis. Auf die halbe Million. Ich wußte, daß wir sie gewinnen werden. Der Kassenwart unserer Liga arbeitet schon an den Projekten, die wir ausführen wollen.«

»So«, sagte Wolfe. Doch seine Stimme klang gar nicht mehr so sanft und milde wie am Anfang des Gesprächs. »Und was haben Sie mit den neuen fünf Vierzeilern gemacht, die Ihnen Mr. Dahlmann gestern übergab? Haben Sie die Verse an Ihre Ligaschwestern weitergeleitet? Und wie? Per Telefon, Kabel oder Luftpost?«

»Ha«, sagte sie. Offenbar war das alles, was sie zu dieser Frage zu sagen hatte.

»Aber Sie haben ihnen die Verse doch sicher übermittelt, damit sie sich gleich an die Arbeit machen konnten, nicht wahr?«

Ihr Rücken straffte sich. »Das geht niemand etwas an. Die Bedingungen des Preisausschreibens enthalten nichts, was die Inanspruchnahme von Hilfe anderer verbietet. Auch gestern abend wurde nichts darüber gesagt. Heute früh habe ich meine Vertreterin angerufen, Mrs. Charles Draper. Sie ist die zweite Vorsitzende unserer Liga. Ich mußte ihr ja mitteilen, daß ich heute nicht mehr abreisen konnte. Es war ein ganz privates Gespräch.«

Und das schien es auch zu bleiben. Wolfe ließ die Sache fallen und ging zum nächsten Thema über. »Auch aus einem anderen Grund wollte ich Sie gern sprechen, Miss Frazee. Namens und im Auftrag der Firma Lippert, Buff und Assa wollte ich mich bei Ihnen für den törichten Scherz entschuldigen, den Mr. Dahlmann gestern mit Ihnen trieb, als er ein Stück Papier hervorholte und sagte, das seien die Antworten auf die Verse, die er gerade verteilt habe. Sein Verhalten war nicht nur völlig witzlos, sondern im höchsten Grade geschmacklos. Ich entschuldige mich hiermit im Namen der Firma, vor allem im Namen seiner Kollegen, die gestern ebenfalls anwesend waren.«

»Aha, das ist es also«, sagte Miss Frazee. »Ich hatte mir so was Ähnliches schon gedacht. Deswegen kam ich auch her, um der Sache mal näher auf den Grund zu gehen.« Ihr Kinn schob sich nach oben, ihre Stimme wurde härter. »Das zieht nicht bei mir. Bitte, bestellen Sie das Ihren Herrschaften. Jetzt weiß ich, was ich wissen wollte.« Sie erhob sich. »Weil ich häßlich bin, glauben Sie auch, daß ich keinen Verstand habe. Sie glauben es, und Ihre Herrschaften glauben es. Ihre parfümierten Reklamehelden werden diesen Irrtum noch bedauern. Ich werde dafür sorgen, daß sie es bedauern!«

»Bitte, setzen Sie sich. Was Sie da sagen, ist mir völlig unverständlich.«

»Ha«, stieß sie hervor, ließ es aber bei diesem ›Ha‹ nicht bewenden. »Sie sind doch angeblich ein vernünftiger Mann, soweit Männer überhaupt ... Aber lassen wir das. Man weiß ganz genau, daß einer von diesen Leuten hinging und ihn ermordete, sich den Zettel mit den Lösungen verschaffte, und nun wollen diese Herrschaften ...«

»Bitte, einen Augenblick! Wen meinen Sie eigentlich? Wer sind ›diese Leute‹? Wer sind ›diese Herrschaften‹? Wollen Sie etwa behaupten, daß Mitglieder der von mir vertretenen Firma den Zettel mit den Lösungen an sich nahmen? Darf ich Sie bitten, deutlich zu werden, so daß Ihre Worte auch für Nichtmitglieder Ihrer Liga verständlich sind.«

»Ich verbitte mir diesen sarkastischen Ton.«

»Und ich wiederhole meine Frage. Wer sind ›diese Leute‹?«

»Natürlich nicht die Leute von der Reklamefirma. Nein, ich meinte einen der Teilnehmer des Preisausschreibens. Ihre Reklameleute meinte ich aber auch. Den Zettel haben diese Herren natürlich nicht gestohlen, aber da er nun mal gestohlen ist, erklären sie frech und munter: War ja alles nur ein Spaß, einen solchen Zettel gab's überhaupt nicht. Wenn wir unsere Antworten einschicken, werden sie die Preise verteilen, und dann werden diese Herren vergnügt und munter die ansteigenden Verkaufskurven ihres Stinkwassers *Pour Amour* betrachten und glauben, alles sei in bester Ordnung, es sei denn, daß die Polizei doch den Mörder erwischt, was aber vielleicht nie geschehen wird. Und der Mörder wird die richtigen Antworten haben, die Lösungen für alle fünf Verse. Doch er wird erklären müssen, wie er zu diesen Antworten kam, und das wird er nicht können, denn die neuen Aufgaben sind so schwer, daß man sie einfach in ein paar Stunden nicht lösen kann.«

Das klang alles reichlich konfus, mir sogar völlig unverständlich. Wolfe aber schien Miss Frazee verstanden zu haben. »Hm«, sagte er nachdenklich. »Aber Sie, Miss Frazee, Sie könnten erklären, wie Sie zu den richtigen Antworten kamen. Ihre Schwestern von der Liga haben sich doch gewiß schon an die Lösung der Verse herangemacht. Aber warum wollen Sie schon gehen?«

Sie hatte sich erhoben, schritt auf die Tür zu, drehte sich aber um. »Ich gehe jetzt ins Hotel zurück. Ich habe da eine Verabredung mit jemandem von der Polizei. Auch den Leuten von der Polizei werde ich's beweisen, daß eine Frau denken kann und kein armer Wurm ist, den man einfach tritt, wenn's einem Spaß macht. Ich glaube, die Polizei weiß schon, mit wem sie's zu tun hat. Ich habe diesen Leuten erklärt ...«

»Bitte wem? Wer sind ›diese Leute‹?«

»Ich habe der Polizei gesagt, daß ich nicht verpflichtet bin, zu ihnen zu kommen. Wenn die Herren von der Polizei etwas von mir wünschen, sollen sie gefälligst zu mir kommen. Ich habe ihnen auch nicht gestattet, mein Zimmer und meinen Koffer zu durchsuchen. Wenn sie wollen, können sie mich verhaften, habe ich ihnen gesagt. Es sind schon ganz andere Frauen verhaftet worden. Aber sie haben's nicht gewagt. Man hat mich gefragt, was ich gestern gesehen und gehört habe. Und ich habe ihnen alles erzählt, und ich werde es dem Mann von der Polizei, der jetzt zu mir kommt, noch mal erzählen. Aber das genügt diesen Herren nicht. Sie wollen noch mehr wissen. Ob ich glaube, daß der Zettel wirklich die Antworten enthielt? Aber was geht es diese Leute an, was ich denke! Ich kann denken, was mir beliebt. Oder etwa nicht? Aber Ihnen will ich es jetzt erzählen, und Sie können es dann Ihren Klienten berichten ...«

Sie setzte sich wieder in den roten Ledersessel. Ich nahm den Notizblock zur Hand. Doch kaum saß die hysterische Miss Frazee, da sprang sie auch schon wieder auf. »Nein«, sagte sie hart und schroff. »Ich habe eine Verabredung.« Und dann stolzierte sie aus dem Büro. Mit Riesenschritten. Als ich den Garderobenständer in der Vorhalle erreichte, hatte sie bereits ihren Mantel an.

Als ich das Büro wieder betrat, saß Wolfe wie ein Häuflein Unglück da, ein sehr großes Häuflein, gewiß. Er war in sich zusammengesunken, atmete schwer. Ich war zutiefst gerührt, als ich ihn so dasitzen sah, und um ihn zu trösten, sagte ich: »Da hat sie nun also doch der Polizei erzählt, daß dieser dämliche Dahlmann den Zettel herumzeigte.«

Wolfe schwieg.

Ich hätte Tränen des Mitleids weinen können. Ganz sanft sagte ich nun: »Noch zwanzig Minuten bis zum Lunch.«

Wolfe schwieg.

»Etwas Bier gefällig? Ich bin bereit, eine Ausnahme zuzulassen.«

Bei dem Wort Bier verzerrte sich sein Gesicht. Doch er schwieg noch immer.

»Wie wär's«, schlug ich vor, wenn ich jetzt mal das Telefonfräulein bitte, uns mit Mrs. Charles Draper aus Los Angeles zu verbinden? Sie könnten die gute Dame dann fragen, wie's mit den Antworten auf die neuen Vierzeiler steht.«

Endlich hörte ich Wolfes vertraute Stimme wieder. »Hat keinen Sinn«, knurrte er. »Hat keinen Sinn«, sagte er nochmals, schon weniger mürrisch. »Wenn sie Dahlmann umbrachte und sich durch den Mord den Zettel verschaffte, dann hat sie gewiß bereits bei ihrer Liga angerufen und ihren Freundinnen die Verse mitgeteilt. Dumm ist diese hysterische Person bestimmt nicht. Wenn ich jetzt die richtige Lösung wüßte ... doch nein, so weit sind wir noch nicht. Archie, Sie haben doch eine Verabredung um halb drei.«

»Stimmt. Noch ein Vorschlag zur Güte, Sir. Da alle Spesen ersetzt werden, wie wär's, wenn wir noch ein paar Leute engagieren. Saul, Fred und Orrie, Johnny und Bill? Die könnten sich dann an die Fersen unserer geschätzten Rätselrater heften ...«

»Hat keinen Sinn.« Und er knurrte wieder mißmutig. »Diese Routinearbeit können wir der Polizei überlassen. Wenn da etwas zu holen ist, werden die's schon schaffen, ehe wir überhaupt mit unseren Recherchen beginnen. Wahrscheinlich ...«

Und so unwahrscheinlich es klingt, bei dem Worte ›wahrscheinlich‹ läutete das Telefon. Ich nahm den Hörer ab. Die Stimme kannte ich, sie war ruppig und rauh. Ich bat den Anrufer, sich einen Augenblick zu gedulden, und informierte Wolfe, daß ihn Sergeant Purley Stebbins zu sprechen wünsche. Wolfe nahm den Hörer seines eigenen Apparats ab.

»Ja. Hier Nero Wolfe. Na, Sergeant, wie geht's?«

»Schwer zu sagen. Ich hätte Sie gern mal besucht. Paßt es Ihnen um drei?«

»Leider nicht. Schon besetzt.«

»Und um halb vier?«

»Leider noch immer besetzt.«

»Da werde ich mich wohl bis sechs gedulden müssen. Also sagen wir Punkt sechs. Geht das in Ordnung?«

Natürlich kannte Purley Wolfes Zeiteinteilung ganz genau. Von vier bis sechs ist Schonzeit. Da darf ihn niemand stören, da ist er oben im Treibhaus bei seinen Orchideen.

»Tut mir aufrichtig leid, Mr. Stebbins. Aber ich habe heute beim besten Willen keine Zeit. Vielleicht können Sie mir sagen, um was ...«

»Klar. Natürlich kann ich Ihnen das sagen. Hätte mich gern mit Ihnen über einen Mord unterhalten und Ihre Ansicht gehört.«

»Ich bearbeite zur Zeit keinen Mordfall.«

»Wirklich? Ja zum Teufel, warum haben Sie dann ...« Stebbins schluckte, fing noch mal an, diesmal aber weit ruhiger. »Schauen Sie, Mr. Wolfe, ich kenne Sie, und Sie kennen mich. Sie wissen ganz genau, daß ich nicht gern um den heißen Brei herumgehe. Was hat's also damit auf sich, daß Sie heute eine Person namens Gertrude Frazee um halb eins besuchte und wahrscheinlich noch immer bei Ihnen ist? Wollen Sie immer noch behaupten, daß Sie der Mord an Louis Dahlmann nichts angeht? Hören Sie, Mr. Wolfe, das können Sie mir nicht erzählen. Ich muß Sie dringend sprechen. Ich habe einige Fragen an Sie zu richten. Also, wie ist es? Paßt es um sechs?«

»Mr. Stebbins«, sagte Wolfe und beherrschte sich, so gut er konnte. »Ich habe keinen Auftrag, den Mord an Louis Dahlmann zu untersuchen, und bearbeite zur Zeit auch keinen anderen Mordfall. Ich erinnere mich nur zu gut, daß Sie und Ihre geschätzten Kollegen von der Mordkommission bei früheren Gelegenheiten immer verschnupft waren, wenn ich mich an die private Bearbeitung von Mordfällen heranmachte. Sie hielten das für Ihre Domäne und haben alles getan, um mir das Leben sauer zu machen. Wenn ich mich wieder mal in einen Mordfall einmischen sollte, weiß ich, was ich von Ihnen und Ihren Kollegen zu erwarten habe. Aber diesmal, Mr. Stebbins, greife ich nicht in Ihre heiligen Kompetenzen ein. Ich verbitte mir daher auch meinerseits jede Einmischung.«

Und peng legte er den Hörer auf. Ich hatte am Apparat auf meinem Schreibtisch zugehört und sagte zu Wolfe: »Herzlichen Glückwunsch. Das war eine nie wiederkehrende Chance, und Sie haben sie großartig ausgenutzt. Aber das dicke Ende kommt sicher noch nach, wenn Purley erst Cramer Bericht erstattet hat.«

»Ja, ich weiß.« Wolfes Stimme klang jetzt erleichtert. »Ist die Kette an der Haustür vorgelegt?«

Ich ging in die Vorhalle, um nach der Kette zu sehen, und dann zu Fritz in die Küche. Ich sagte nur ein Wort: »Belagerungszustand.«

5

Ich könnte mir jetzt die Sache ganz leicht machen und einfach berichten: Jawohl, liebe Leser, ich habe meine Verabredung um halb drei eingehalten, habe die Verse mitsamt den Lösungen bekommen. Schluß. Aber ich glaube, es ist jetzt höchste Zeit, daß ich Ihnen Mr. Talbot Heery vorstelle, was gleich geschehen soll. Also ich hatte mir den Generaldirektor einer Parfümfabrik ganz anders vorgestellt, aromatisch duftend, mit einem würzigen Bukett aus Flieder, Jasmin, Lavendel und Patschuli im Knopfloch. Aber Mr. Heery war ganz frei von allen Düften und im übrigen etwa ein Meter achtzig groß, hatte breite Schultern und war wohl an die zehn Jahre älter als ich. Seine glatte Haut war ganz straff über die Knochen gespannt, und man hatte den Eindruck, daß er sich eigentlich nie rasieren müsse. Auf seinem Gesicht konnte ich auch keine Spur von Fett, Ruß oder Schminke feststellen. Er hätte zweifellos Ehrenmitglied der amerikanischen Liga zur Bewahrung der natürlichen Reize des Mannes sein können.

In seiner Begleitung befanden sich Buff und O'Garro, aber nicht Assa. Zunächst mußten sie den Leuten von der Bank umständlich erklären, was ich hier zu suchen hatte, ehe man uns in die Stahlgewölbe hinunterließ. Buff, Heery und ich wurden nun in einen kleinen Raum geführt. Nach kurzer Wartezeit erschienen O'Garro und ein Angestellter der Bank mit einer kleinen Stahlkassette. Der Angestellte verschwand. O'Garro öffnete die Kassette und entnahm ihr sechs Umschläge, die mit Siegeln versehen waren. Vier der Umschläge waren offen. O'Garro fragte mich: »Sie wollen doch nur die allerletzten Verse sehen, nicht wahr?«

Ich bejahte, und er reichte mir nun die beiden noch nicht geöffneten Umschläge. Auf dem einen stand: ›Zweite Gruppe von je fünf Versen – Preisausschreiben *Pour Amour*‹ und auf dem anderen: ›Zweite Gruppe von je fünf Antworten – Preisausschreiben *Pour Amour*.‹ Als ich mein Taschenmesser zückte, um die beiden Umschläge aufzuschneiden, sagte O'Garro: »Mir wäre es lieber, wenn ich die Verse und die Antworten nicht zu sehen bekomme«, und stellte sich diskret an die Wand. Die beiden anderen Herren schlossen sich ihm an. Von ihrem Posten aus war die Schreibmaschinenschrift nicht zu lesen. Wohl aber konnten sie mich beobachten. Und das geschah auch. Auf dem Tisch lagen Schreibblöcke und einige Bleistifte bereit. Ich benutzte aber lieber meinen eigenen Füller und mein eigenes Notizbuch. Die fünf Vierzeiler waren alle auf einen

Bogen getippt, ebenso die Lösungen: fünf Frauennamen nebst einigen Erläuterungen.

Das Abschreiben dauerte nicht lange. Als ich die Bogen zusammenfaltete und wieder in die Umschläge steckte, sagte Buff: »Ihr Name ist doch Archie Goodwin?«

»Erraten.«

»Darf ich Sie dann bitten, eine Erklärung folgenden Inhalts auf jeden der beiden Briefumschläge zu setzen und dann zu unterschreiben: ›Nach Öffnung des Umschlags wurde das darin befindliche Schriftstück am 13. April 1955 von Archie Goodwin abgeschrieben, im Beisein von Talbot Heery, Oliver Buff und Patrick O'Garro‹!«

Ich dachte einen Augenblick nach. »Nein, meine Herren«, sagte ich, »ich möchte nicht leichtfertig meinen Namen unter eine Erklärung setzten, bei der es schließlich um eine halbe Million Dollar geht. Ich schlage eine andere Formulierung vor: ›Nach Öffnung des Umschlags wurde das darin befindliche Schriftstück am 13. April 1955 von Archie Goodwin mit unserer Zustimmung und in unserem Beisein abgeschrieben.‹ Diese Erklärung wird dann von Ihnen unterzeichnet.«

Sie waren damit einverstanden. Ich schrieb den Text, und sie unterzeichneten. O'Garro legte dann die Umschläge wieder in die Kassette, schloß sie ab und verschwand damit. Kurze Zeit später kam er wieder, und wir verließen alle zusammen die Bank. Draußen verabschiedeten wir uns voneinander. Heery, der ein Taxi herbeiwinkte, meinte, mein Büro liege auf seinem Weg und ich könnte mit ihm mitfahren. Das tat ich dann auch.

Als unser Taxi bei einer Verkehrsampel an der Fifth Avenue halten mußte, sagte Heery: »Ich habe noch etwas Zeit und werde mit Ihnen aussteigen. Ich möchte gern noch ein paar Worte mit Mr. Wolfe sprechen.«

»Im Augenblick leider nicht zu machen«, sagte ich. »Er hat eine Verabredung.«

»Aber mir paßt es gerade jetzt.«

»Schade. Aber da kann man nichts machen. Er hat heute den ganzen Tag zu tun. Eine Verabredung nach der andern. Vor elf Uhr abends wird er bestimmt nicht fertig sein.«

»Ich wünsche ihn aber jetzt zu sprechen.«

»Tut mir leid – und es wird auch Mr. Wolfe leid tun. Aber wenn Sie mir Ihre Nummer geben, kann ich Sie anrufen und Ihnen sagen, wann es passen würde.«

Er zog seine Brieftasche hervor und holte einen blitzblanken

Zwanzigdollarschein heraus. »Bitte, eine Kleinigkeit für Ihre Bemühungen. Ein kurzes Gespräch mit Mr. Wolfe dürfte genügen. Sagen wir zehn Minuten.«

Ich fühlte mich sehr geschmeichelt. Fünf Dollar wären der übliche Satz gewesen und zehn Dollar schon eine fürstliche Entlohnung. So sagte ich: »Ich weiß Ihr großzügiges Angebot aufrichtig zu schätzen. Aber ich bin von Beruf weder Portier noch Kastellan. Bei Mr. Wolfe ist alles spezialisiert. Für verschiedene Funktionen beschäftigt er verschiedene Leute. Meine Funktion ist es zum Beispiel, zeitgenössische Poesie zu sammeln, die in Tresoren verwahrt ist.«

Nachdem er die Banknote wieder säuberlich in der Brieftasche verstaut hatte, sagte er, ohne auch nur im geringsten seinen Ton zu ändern: »Bei passender Gelegenheit werde ich Ihnen mal die Hosen strammziehen und Ihnen den Buckel blau färben.« Und damit war unser Gespräch beendet. Während sich unser Taxi durch den Verkehr schlängelte, dachte ich über drei oder vier Entgegnungen nach, die ich ihm hätte geben können. Aber schließlich war er es ja, der das Taxi bezahlte, und dann war es ja auch sehr nett und großzügig von ihm gewesen, mir nicht fünf oder zehn Dollar anzubieten, sondern gleich zwanzig. Als der Wagen an der 35. Straße West hielt, sagte ich also nur: »Auf Wiedersehen bei passender Gelegenheit.« Sprach's und stieg aus.

Im Drugstore an der Ecke, in der es außer Frankfurter Würstchen und Buletten auch Watte, Pillen, Salben, Karbol und essigsaure Tonerde gibt, die neuesten Zeitungen und Zeitschriften, Bleistifte und Radiergummi, Kämme, Rasierklingen und Coca-Cola, ging ich in die Telefonzelle und wählte unsere eigene Nummer. Wolfe war am Apparat. Nein, bisher sei noch kein Besuch gekommen. Da es unter Umständen ganz interessant sein konnte, mal festzustellen, ob unsere Freunde von der Polizei alle fünf Teilnehmer des Preisausschreibens beschatteten oder ob sie nur Miss Frazee ihre Uraufmerksamkeit geschenkt hatten, bezog ich ein paar Häuser weiter Posten. Von hier aus konnte ich den Eingang zu unserem Haus genau beobachten. Es war jetzt zehn Minuten nach drei. Natürlich hielt ich besonders Ausschau, ob irgend jemand per Taxi kam. Fußgänger interessierten mich weniger. Da sah ich auf einmal ein mir bekanntes Individuum per pedes nahen, und zwar von rechts. Vorsichtshalber blickte ich rasch auch nach links zu unserem Hauseingang und bemerkte gerade noch, daß ein weibliches Wesen die Vortreppe zu unserem Haus hinaufging. Ich wandte mich nun wieder nach rechts, von wo das mir bekannte Individuum nahte – Art

Whipple, ein Beamter von der Mordkommission. Ein paar Schritte, und ich stand neben ihm. Mein Anblick überraschte ihn. Er wollte etwas sagen, machte den Mund auf. Da er aber keine Worte fand, machte er den Mund wieder zu.

»Keine Angst«, beruhigte ich ihn. »Ich werde ihr nichts sagen, es sei denn, daß Sie mich bitten, ihr eine Botschaft auszurichten.«

»Scheren Sie sich zum Teufel«, sagte er.

»Danke, aber von dieser freundlichen Aufforderung kann ich im Augenblick keinen Gebrauch machen. Was übrigens unseren Damenbesuch betrifft, so wird besagte Dame mindestens eine Stunde bei uns bleiben. Wenn Sie sich jetzt in die kleine Imbißhalle an der Ecke bemühen, um dort zu warten, werde ich Sie telefonisch verständigen. Sie können dann besagte Dame wieder abfangen, wenn sie unser Haus verläßt. Viel Vergnügen und angenehme Wartezeit.«

Gerade als ich die Stufen zu unserem Haus hinaufging, hörte ich, wie Fritz durch den Türspalt sagte: »Darf ich um Ihren Namen bitten, gnädige Frau?«

Als Fritz mich sah, machte er sofort die Tür auf. Ich ließ unsere Besucherin eintreten und fragte sie, ob sie nicht ihren Mantel ablegen wolle, aber sie sagte, sie würde ihn lieber anbehalten. Sie stellte sich dann als Mrs. James R. Wheelock aus Virginia vor.

Ich führte sie zu Wolfe ins Büro. »Und hier ist Mrs. Wheelock aus Virginia.« Dann holte ich mir aus unserem Geldschrank meinen Notizblock, schloß den Schrank wieder ab und setzte mich an meinen Schreibtisch. Inzwischen hatte Wolfe Mrs. Wheelock gebeten, auf dem roten Ledersessel Platz zu nehmen.

Nach unseren Informationen war Mrs. Wheelock Hausfrau. Sie sah aus, als hätte sie eine Woche lang nichts gegessen und einen Monat lang nicht geschlafen. Wenn sie nicht so spindeldürr gewesen wäre, hätte sie sicher ganz nett ausgesehen. Aber so bot sie in ihrem verstaubten Mantel ein Bild des Jammers.

Mit leiser und wohllautender Stimme sagte sie: »Ich glaube, ich sage Ihnen zunächst mal ganz offen und ehrlich, daß ich gar nicht kommen wollte. Aber Mr. O'Garro bestand darauf. Er sagte, es sei unbedingt nötig. Ich habe beschlossen, den Mund zu halten, mit niemanden zu sprechen. Wenn Sie mir aber etwas mitzuteilen haben - bitte, ich stehe zu Ihrer Verfügung.«

Wolfe sah sie mitleidig an, und ich hätte ihr gern erklärt, daß er je nach Laune grob wie ein Klotz, mürrisch wie ein Eisbär, zanksüchtig und reizbar sein kann, daß ihn aber der bloße Anblick eines hungernden Mitmenschen fast immer zu Tränen rührt. Mit sanfter

Stimme sagte er also: »Sie sind sich wohl bewußt, Mrs. Wheelock, daß ich im Auftrag der Firma Lippert, Buff und Assa zu Ihnen spreche, die das Preisausschreiben für die Heery Corporation durchführt.«

»Ja. Das weiß ich von Mr. O'Garro.«

»Ich habe Ihnen nicht viel mitzuteilen. Beginnen wir damit, daß ich ein Gespräch mit Miss Gertrude Frazee hatte, die ja auch zu den Teilnehmern am Preisausschreiben gehört. Wie Sie vielleicht wissen, ist sie Gründerin und erste Vorsitzende einer Organisation, die sich Liga zur Bewahrung der natürlichen Reize der Frau nennt. Sie behauptet, daß ihr etwa dreihundert Mitglieder der Liga bei den Lösungen geholfen haben, was übrigens in keiner Weise gegen die Bedingungen des Preisausschreibens verstößt. Bisher hat sich Miss Frazee nicht dazu geäußert, ob sie die gestern abend verteilten Verse telefonisch an ihre Helferinnen in Los Angeles weitergeleitet hat. Es dürfte aber wohl anzunehmen sein, und ich möchte weiter vermuten, daß die dreihundert Mitglieder der Liga bereits an der Lösung dieser neuen Aufgabe arbeiten.«

Sie starrte ihn an.

»Dreihundert Helferinnen?« brachte sie mühsam hervor.

Wolfe nickte.

»Aber das ist doch reiner Betrug ... Das geht doch nicht, das dürfen Sie doch nicht zulassen ...«

»Vielleicht werden wir da gar nichts machen können. Wenn sie gegen keine der gestern abend vereinbarten Bedingungen verstoßen hat, ja was dann? Ich gebe zu, daß der Mord an Dahlmann eine geradezu groteske Situation geschaffen hat.«

»Ich muß mit den anderen Teilnehmern sprechen.« Sie zupfte an ihrem Mantel. »Wir werden das nicht zulassen. Wir werden uns weigern, die gestern verteilten Aufgaben zu lösen. Wir werden darauf bestehen, daß man uns neue Verse zuschickt, wenn man uns endlich erlaubt, nach Hause zu fahren.«

»Das ist ja genau das, was Miss Frazee will. Sie würde dann vor Ablauf der vereinbarten Frist ihre Lösungen einschicken und den ersten Preis verlangen – und wenn man ihr dann diesen Preis nicht freiwillig gibt, würde sie klagen und mit größter Wahrscheinlichkeit ihren Prozeß gewinnen. Nein, meine verehrte Mrs. Wheelock, so geht die Sache nicht. Da müssen Sie sich schon was Besseres ausdenken, um diese Konkurrenz abzuwimmeln. Sie haben natürlich auch fremde Hilfe in Anspruch genommen, die Hilfe Ihres Mannes, Ihrer Freunde.«

»Mir hat niemand geholfen.«

Sie begann zu zittern. Zuerst gerieten die Hände in nervöse Bewegung. Dann zitterte sie am ganzen Körper. Ich dachte schon, jetzt wird jeden Augenblick etwas Furchtbares passieren. Wir haben in diesem Büro schon mancherlei erlebt. Junge und alte Frauen, fette Matronen und Filigranpüppchen sind hier schon in Ohnmacht gefallen. Einige habe ich noch in letzter Minute, ja in allerletzter Sekunde durch einen Schluck Kognak retten können. Andere mußte ich schütteln, ehe sie wieder zu Bewußtsein kamen. Ja, wir haben da manches erlebt. Doch was sich nun abspielte, war eine neue Variante. Mrs. Wheelock streckte die Zunge aus. Ich dachte erst, daß sie mich damit meinte. Aber das war's nicht. Nein, sie streckte die Zunge aus, um dann mit aller Kraft und mit all ihren Zähnen auf die Zunge beißen zu können. Es war ganz gewiß kein erfreulicher Anblick. Doch die Methode schien zu wirken. Mrs. Wheelock hörte auf zu zittern.

»Verzeihung«, sagte sie. »Aber als Sie von Hilfe sprachen, als Sie sagten, daß man mir doch auch geholfen habe, mein Mann, meine Freunde – ja, da wurde mir auf einmal so schwindlig zumute. Es begann mir vor den Augen zu flimmern. Nein, Mr. Wolfe, mir hat niemand geholfen. Die ersten Wochen – das war nicht so schwer. Dann aber wurden die Verse immer schwerer, immer dunkler. Ich weiß wirklich nicht, wie ich's geschafft habe. Ich wollte Ihnen ursprünglich gar nichts sagen. Aber nun, nachdem Sie mir erzählt haben, daß Miss Frazee dreihundert Helferinnen hat – nun hält mich nichts mehr zurück. Jetzt will ich Ihnen alles sagen. Ich bin zweiunddreißig, Mr. Wolfe, ich habe zwei Kinder. Mein Mann ist Buchhalter, verdient fünfzig Dollar die Woche. Ich selbst war Lehrerin, ehe ich geheiratet habe. Jahrelang habe ich mich im Haushalt gequält, gespart und geknausert, mir nichts gegönnt, um mit dem geringen Gehalt meines Mannes auszukommen. Und dann sah ich dieses Inserat, und ich dachte mir, wenn du dieses Preisausschreiben gewinnst, dann ist all das Elend vorüber. Dann können wir uns ein Haus kaufen und zwei Autos, eins für mich und eins für meinen Mann, und ich kann mir endlich neue Kleider anschaffen und muß nicht mehr in den alten schäbigen Fetzen herumlaufen. Und mein Mann kann einen Kursus besuchen und das Examen für vereidigte Bücherrevisoren und Steuerberater machen, falls seine Intelligenz dazu ausreicht. An jenem Tage, als ich das Inserat sah, da hatte ich's mir in den Kopf gesetzt: Jetzt reiße ich die Zügel an mich. Ich weiß nicht, ob Sie mich verstehen ...«

»O doch«, sagte Wolfe.

»Als dann die Verse immer schwerer wurden, konnte ich niemanden um Hilfe bitten, denn sonst hätte ich ja den Preis teilen müssen. In den letzten sieben Wochen, als es um die ersten zwanzig Verse ging, habe ich kaum noch gegessen und so gut wie gar nicht mehr geschlafen. Und dann kamen die nächsten fünf Verse, die Vierzeiler für die Ausscheidung. Das war die schlimmste Woche. Da habe ich überhaupt nicht mehr geschlafen. Ich war so unruhig, so aufgeregt. Ich fürchtete, eine meiner Antworten sei falsch. Erst ein paar Minuten vor Mitternacht ging ich mit meinem Brief zur Post. Ich wollte mit eigenen Augen sehen, daß der Brief abgestempelt wurde. Es war entsetzlich. Und ich habe alles allein gemacht. Und nun soll ich zusehen, wie eine andere den Preis gewinnt – durch Betrug, durch fremde Hilfe, einfach dadurch, daß sie dreihundert Personen an der Lösung arbeiten läßt, während wir hier sitzen und nicht nach Hause dürfen? Nein, das geht nicht, das lasse ich nicht zu!«

»Gewiß, gewiß«, sagte Wolfe sehr verbindlich, »das ist überaus unfair. Doch ich möchte bezweifeln, daß man hier von Betrug reden kann, ich meine im streng juristischen Sinne. Vielleicht hat jemand noch unfairer gehandelt als Miss Frazee und einen noch kühneren Plan ausgeheckt und entsprechend gehandelt, indem er Mr. Dahlmann ermordete, um in den Besitz der richtigen Antworten zu gelangen.«

»Das ist eine Sache, über die ich nicht reden will. Ich habe es mir fest vorgenommen.«

»Sicher hat die Polizei schon mit Ihnen über diesen Punkt gesprochen?«

»Allerdings. Und sogar stundenlang.«

»Und man hat Sie dann sicher auch gefragt, was Sie sich wohl dachten, als Mr. Dahlmann gestern abend plötzlich einen Zettel hervorholte und sagte, da seien alle Antworten drauf. Was haben Sie auf diese Frage geantwortet?«

»Darüber rede ich nicht.«

»Haben Sie das auch der Polizei gesagt, daß Sie darüber nicht reden wollen?«

»Nein. Zu diesem Entschluß kam ich erst später.«

»Nachdem Sie sich mit jemandem beraten hatten?«

Sie schüttelte den Kopf. »Mit wem hätte ich mich beraten können?«

»Vielleicht mit einem Anwalt. Oder telefonisch mit Ihrem Mann.«

»Ich habe keinen Anwalt, und meinen Mann würde ich bestimmt nicht anrufen. Ich weiß genau, was er sagen würde. Er hält mich ohnehin für wahnsinnig. Ich könnte keinen Anwalt bezahlen, weil ich kein Geld habe. Wir bekommen hier nur unser Hotel bezahlt. Alle Nebenausgaben müssen wir selbst bestreiten. Ich habe mich bei Ihnen verspätet, weil ich mir kein Taxi leisten konnte – und dann erwischte ich den falschen Autobus. Nein, ich habe mich mit niemandem beraten. Es ist mein eigener Entschluß ...«

»Der Polizei haben Sie also mitgeteilt, was Sie sich dachten, als Mr. Dahlmann den Zettel zeigte?«

»Ja.«

»Und warum wollen Sie es mir dann nicht sagen? Ich versichere Ihnen, Mrs. Wheelock, ich habe hier nur ein Interesse. Namens und im Auftrag meiner Klienten will ich dafür sorgen, daß die Preise auf faire und ehrliche Art verteilt werden. Das wird natürlich äußerst schwierig sein, wenn sich einer der Teilnehmer am Preisausschreiben den Zettel von Mr. Dahlmann verschafft hat und wenn dieser Zettel tatsächlich die Lösungen enthält. Das sehen Sie doch ein, nicht wahr?«

»Ja.«

»Nun sind meine Klienten allerdings der Ansicht, daß dieser Zettel nicht die Lösungen enthält, daß sich Mr. Dahlmann nur einen Scherz erlaubte. Mit anderen Worten: Nach Ansicht meiner Klienten besteht das Geheimnis nach wie vor. Halten Sie diese Ansicht für falsch?«

»Nein.«

»Sie teilen also diese Ansicht?«

»Ja.«

»Dann müssen Sie auch der Polizei gesagt haben, daß Sie das Vorzeigen des Zettels gestern abend für einen Scherz hielten. In diesem Fall sind die Schlußfolgerungen eindeutig: Es wäre dann geradezu absurd, wenn man Sie verdächtigen wollte, daß Sie zu Mr. Dahlmann in die Wohnung gingen und ihn umbrachten, um sich den Zettel zu verschaffen. Man könnte also vernünftigerweise annehmen, daß kein Verdacht gegen Sie besteht.«

Ehe sich Mrs. Wheelock äußern konnte, wandte sich Wolfe an mich. »Archie, Sie haben mich doch, unmittelbar bevor Sie ins Haus kamen, von der Ecke aus angerufen. Haben Sie jemanden getroffen?«

»Ja, Mr. Wolfe. Ich traf Art Whipple.«

»Bitte, berichten Sie Mrs. Wheelock über diese Begegnung.«

»Als Sie die Straße entlang kamen, stand ich ein paar Häuser weiter. Ich sah, daß Ihnen ein Kriminalbeamter in Zivil folgte, ein Mann von der Mordkommission. Wir unterhielten uns kurz. Wenn Sie nachher das Haus verlassen, können Sie sich selbst davon überzeugen, daß er noch da ist. Sie werden ihn gleich erkennen. Er ist ungefähr so groß wie ich und trägt einen dunkelgrauen Anzug.«

»Er ist mir gefolgt?«

»Jawohl.«

»Ist das nicht die übliche Routine?« fragte sie Wolfe scheinbar ruhig, doch ihre linke Hand begann merklich zu zittern. Wolfe schloß seine Augen. Vermutlich nahm er an, daß sie sich nun wieder auf die Zunge beißen würde. Sie tat es aber nicht. Statt dessen stand sie plötzlich auf und fragte: »Darf ich . . . darf ich Ihr Badezimmer benutzen?«

Ich sagte ihr, ja natürlich könne sie das tun, und führte sie zum Badezimmer im Erdgeschoß. Sie blieb dort eine gute Viertelstunde, ohne daß ich irgendein Geräusch von drinnen hörte. Sicher, die Wände sind bei uns alle schalldicht. Doch ich habe verdammt gute Ohren. Als ich eine diesbezügliche Bemerkung zu Wolfe machte, grunzte er nur. Er saß da und wartete geduldig. Dann grunzte er wieder, jetzt aber mit einem fast schon ungeduldigen Unterton. Er blickte auf die Wanduhr. Zwanzig vor vier. Von nun an schaute er alle zwei Minuten auf die Uhr. Er hatte ja nur noch bis vier Uhr Zeit. Dann mußte er hinauf ins Treibhaus zu seinen geliebten Orchideen. Zehn vor vier. Wolfe setzte erneut zu einem Grunzen an. Da öffnete sich die Tür. Mrs. Wheelock kam aus dem Badezimmer zurück.

Sie blieb vor Wolfes Schreibtisch stehen. »Ich bitte vielmals um Entschuldigung«, sagte sie mit ihrer leisen und wohlklingenden Stimme. »Ich mußte einige Pillen schlucken. Das Essen im Hotel ist recht gut. Aber ich kann einfach nichts zu mir nehmen. Ich habe schon seit langer Zeit nicht mehr richtig gegessen. Haben Sie mir sonst noch etwas mitzuteilen?«

»Ja«, sagte Wolfe rauh, aber herzlich. »Essen Sie Milchtoast! Eine Spezialität meines Kochs Fritz Brenner. Setzen Sie sich.«

»Ich kann beim besten Willen nichts essen. Wirklich nicht.«

»Dann versuchen Sie's mit einer Tasse Bouillon. Auch eine Spezialität unsers Hauses. Sie kann in acht Minuten fertig sein. Ich muß Sie allerdings verlassen, aber Mr. Goodwin . . .«

»Nein, danke. Ich möchte jetzt lieber gleich ins Hotel zurück, um mit den anderen über Miss Frazee zu sprechen. Auf der Fahrt im

Autobus werde ich mir alles noch einmal überlegen. Es ist doch Betrug, finde ich ...« Sie ging zum Sessel, wo sie ihren Mantel abgelegt hatte. Ich half ihr hinein und brachte sie dann zur Tür.

Da ich wußte, wie überfüllt Autobusse um diese Zeit sind, drückte ich ihr dezent ein paar Dollars für ein Taxi in die Hand. Sie wollte das Geld zunächst nicht nehmen. Erst als ich ihr sagte: »Geht alles auf Spesen – wird mit Lippert, Buff und Assa verrechnet«, nahm sie das Geld. Als ich in die Vorhalle zurückkam, war Wolfe gerade dabei, die Fahrstuhltür zu öffnen.

»Haben Sie die Antworten in den Safe getan?« fragte er.

»Ja, natürlich. Ins Innenfach. Wie ich Ihnen schon am Telefon sagte, waren Buff, O'Garro und Talbot Heery da. Aber ich habe Ihnen noch nicht gesagt, daß mich Heery im Taxi nach Hause brachte. Er wollte, daß ich ihn sofort bei Ihnen vorließ, und bot mir zwanzig Dollar. Ich sagte ihm ...«

»Ich will wissen, was er Ihnen sagte.«

Ich erzählte ihm die ganze Geschichte Wort für Wort. Ich schloß mit der folgenden kleinen Anmerkung: »Ich glaube übrigens nicht, daß mir Heery die Hosen strammziehen könnte, es sei denn, jemand leistet ihm Hilfestellung. Soll ich einen Termin vereinbaren?«

»Nein«, sagte Wolfe, »Heery soll sich gedulden.« Dann fuhr er mit dem Fahrstuhl nach oben. Ich ging ins Büro. Es gab da noch einige Dinge, die ich zu erledigen hatte. Auch meine Notizen über die Gespräche mit Miss Frazee und Mrs. Wheelock mußten noch abgetippt werden, obwohl es mir schien, daß beide Damen nichts Welterschütterndes zu erzählen gehabt hatten. Natürlich kannte ich die Methode von Wolfe. Durch seine unvermittelten Fragen, die oft gar nichts mit der Sache zu tun haben, hofft er immer, daß ihn eine hingeworfene Bemerkung auf den richtigen Weg führt. Aber diesmal hatte er mich doch enttäuscht. Ein Genie wie er hätte rascher zum Ziel kommen müssen, vor allem, da Zeit jetzt Mangelware für uns war. Vor Mitternacht des 20. April mußten wir's geschafft haben.

Ich tippte gerade meine Notizen über Miss Frazee ab, da wurde ich durch das Klingeln des Telefons unterbrochen. »Hier ist das Büro von Nero Wolfe, Archie Goodwin am Apparat«, sagte ich. Am anderen Ende sprach eine männliche Stimme. »Ich möchte Mr. Wolfe sprechen. Mein Name ist Patrick O'Garro.«

»Leider beschäftigt«, sagte ich. »Es müßte schon sehr dringend sein. Sonst kann ich ihn unter keinen Umständen stören. Können Sie mir sagen, worum es geht?«

»Ich wollte wissen, ob er in der Sache weitergekommen ist.«

»Wenn ja, dann nur in seinem eigenen Köpfchen. Mir hat er nichts davon gesagt. Im übrigen hat er Ihnen ja für heute abend einen ausführlichen Bericht versprochen. Bisher haben wir uns mit Miss Frazee und Mrs. Wheelock unterhalten. Wie steht's mit den anderen?«

»Ja, deswegen rufe ich ja an. Susan Tescher wird um sechs bei Ihnen sein und Harold Rollins um sieben. Aber Younger kann nicht kommen. Er hat eine Herzattacke gehabt, liegt im Hotel im Bett. Man hat ihn vom Büro des Staatsanwalts im Krankenwagen zurück ins Hotel bringen müssen. Unter keinen Umständen wollte er in ein Krankenhaus. Mein Arzt war bei ihm und sagt, die Sache sei nicht weiter gefährlich. Doch er wird vorläufig im Bett bleiben. Morgen wird ihn der Arzt noch mal besuchen.«

Ich sagte, daß ich Wolfe alles mitteilen würde, und ließ mir die Nummer von Youngers Hotelzimmer geben. Nachdem ich aufgelegt hatte, rief ich Wolfe über das Haustelefon in seiner Orchideenplantage an. Nach einer Minute meldete er sich. »Na, was gibt's?«

»O'Garro rief eben an. Der dritte Besucher kommt um sechs und der vierte um sieben. Nur Philip Younger kann nicht kommen. Als er beim Staatsanwalt war, begann sein Herz zu streiken, und nun liegt er im Bett. Soll ich ihn besuchen?«

»Ja, aber Sie müssen um sechs wieder zurück sein.«

Ich sagte, das würde sich machen lassen. Und dann war nichts mehr von Wolfe zu hören.

Ehe ich mich auf die Beine machte, mußte ich noch eine kleine Konferenz mit mir selbst abhalten. Auf der Tagesordnung stand ein sehr schwerwiegendes Problem. Vor Jahren einmal hatte ich mir nach einer unliebsamen Episode vorgenommen, ja sogar geschworen, daß ich das Haus nie ohne einen Schießprügel verlassen werde, wenn es sich um etwas handelt, das auch nur ganz entfernt mit Mord zusammenhängt. In diesem Fall war es unsere Aufgabe, einen Dieb zu fangen und nicht einen Mörder. Doch das ist Haarspalterei, sagte ich mir, holte meinen Revolver aus der Lade und steckte ihn ein.

6

Man mußte nicht gerade als Prophet geboren sein, um anzunehmen, daß die Empfangsdame hoch oben im achtzehnten Stock des Hotels Churchill einige Schwierigkeiten machen würde, da die Presse ja sicher schon hinter unseren fünf lieben Rätselratern her war. So ging ich also zunächst mal zu Tim Evarts – seines Zeichens Hoteldetektiv. Tim war mir zu einem kleinen Gegendienst verpflichtet. Er klingelte also die Empfangsdame oben im achtzehnten Stock an, nachdem ich ihm feierlich versprochen hatte, weder Unheil noch Brand zu stiften. Die Empfangsdame ließ mich daraufhin ungehindert passieren.

Zimmer 1826 befand sich in der Mitte eines langen Korridors. Außer einem Zimmermädchen, das mit Handtüchern umherlief, war niemand zu sehen, woraus ich dann auf Grund jahrelanger Erfahrung den Schluß zog, daß die Schleicher von der New Yorker Polizei noch keine Beobachtungsposten im Hotel aufgestellt hatten. Mein erstes Klopfen an der Tür von Zimmer 1826 verschaffte mir bereits eine freundliche Einladung zum Eintreten, allerdings kaum hörbar. Ich öffnete jedenfalls die Tür und sah gleich auf den ersten Blick, daß die ehrenwerte Firma Lippert, Buff & Assa mit ihren Gästen nicht knauserig gewesen war. Das Zimmer war vom 15-Dollar-Format und enthielt zwei Betten, die mit dem Kopfende an der linken Wand standen. In einem dieser Betten, eingekuschelt zwischen den Decken, lag ein männliches Wesen mit zerzaustem weißem Haar. Besagtes Wesen sah recht trübselig und erbärmlich aus.

Ich trat ans Bett heran. »Gestatten Sie, daß ich mich vorstelle«, sagte ich. »Mein Name ist Archie Goodwin. Ich komme von Nero Wolfe im Auftrag der Firma Lippert, Buff und Assa.« Am Bett stand ein Stuhl. Ich setzte mich. »Es gibt da noch einige Kleinigkeiten im Zusammenhang mit dem Preisausschreiben zu klären, über die ich mich jetzt mit Ihnen unterhalten möchte.«

»Quatsch«, sagte er. Nichts weiter.

»So geht das nicht«, erwiderte ich. »Mit dem Wort Quatsch allein ist die Sache nicht erledigt. Wollten Sie damit zum Ausdruck bringen, daß ich ein Quatschkopf bin? Oder daß das Preisausschreiben Quatsch ist? Bitte, mein Herr, äußern Sie sich etwas präziser.«

Er schloß die Augen. »Ich bin krank.« Er machte die Augen wieder auf. »Morgen wird alles wieder in Ordnung sein.«

»Sind Sie so krank, daß Sie nicht sprechen können? Ich möchte

Ihren Zustand nicht verschlimmern. Ich habe noch nie Herzbeklemmungen gehabt. Weiß nicht, ob so was gefährlich ist.«

»Ich habe keine Herzbeklemmungen. Ich leide an Tachykardie, falls Sie wissen, was das ist. Beschleunigte Herztätigkeit – das ist alles. Ist nicht weiter gefährlich. Ich wäre schon längst aufgestanden. Aber ich muß vorsichtig sein. Es laufen hier zu viele Idioten frei herum. Tachykardie ist kein Spaß. Die Herztätigkeit beschleunigt sich immer mehr, wenn man Angstgefühle hat, wenn man besorgt und nervös ist. Und in diesem Zustand befinde ich mich jetzt. Meine Angstpsychose, meine Besorgnis und Nervosität verdanke ich diesen Idioten.«

Er stützte sich auf den Ellbogen, griff nach einem Glas Wasser, das auf dem Nachttisch stand, und trank ein Schlückchen.

»Welche Idioten meinen Sie eigentlich?« fragte ich sehr höflich.

»Sie sind auch einer von diesen Idioten. Warum sind Sie hergekommen? Doch nur, um mich darüber auszuquetschen, wo ich meinen kleinen Schießprügel versteckt habe, mit dem ich diesen Dahlmann erschossen haben soll.«

»Nein, werter Herr«, sagte ich noch immer sehr höflich. »Im Namen von Nero Wolfe erkläre ich Ihnen hiermit, daß wir am Tod von diesem Mr. Dahlmann nur insoweit interessiert sind, als dadurch das Preisrätsel betroffen wird.«

»Sehen Sie, da haben wir's«, knurrte er. »Quatsch. Ich habe es Ihnen ja gleich gesagt. Wieso und warum soll dieser Tod das Preisausschreiben betreffen? Da hat irgendein Idiot diesen Mann erschossen, eine eifersüchtige Frau oder irgend jemand, der mit ihm abrechnen wollte. Und weil das gestern geschah, glauben diese Schlauberger nun, der Mord hinge mit dem Preisausschreiben zusammen. Ja, diese Halunken glauben sogar, einer von uns hätte das getan. Nehmen wir mal an, ich wäre wirklich so dumm gewesen und hätte geglaubt, daß die Lösungen auf dem Zettel standen, den er uns gestern zeigte. Nehmen wir weiter an, ich wäre zu ihm gegangen. Seine Adresse hätte ich natürlich sofort herausfinden können, steht ja wohl im Telefonbuch. Ich hätte dann also bei ihm geklingelt. Er hätte mich in die Wohnung gelassen, nachdem ich ihm sagte, daß ich noch eine kleine Änderung im Zusammenhang mit dem Preisausschreiben besprechen wollte. Dann hätte ich auf meine Chance gewartet. Das wäre wahrscheinlich schon etwas schwieriger gewesen, weil der Mann vielleicht doch nicht ganz so dumm war und vermutete, daß ich es auf den Zettel mit den Lösungen abgesehen hatte. Aber auch das hätte ihm nicht viel genützt. Piff, paff, puff hätte ich plötzlich losgeknallt, dann den Zettel eingesteckt und wäre darauf still und friedlich in mein Hotelzimmer zurückgekehrt, wo ich mich jetzt befinde. Alles sehr einfach, was?«

Da er gern weiterreden wollte, nickte ich nur.

»Hätten diese Halunken dann das Preisausschreiben fortgesetzt, ich meine, nachdem ich diesen Dahlmann umgelegt habe, wär' doch mit meinen Chancen Essig gewesen. Angenommen, ich wäre nun nach Hause gefahren, nach Chicago, ehe man die Leiche fand. Man hätte mich sofort nach Auffindung der Leiche nach New York zurückgeholt, und ich hätte kommen müssen. Und hätte ich dann vor Ablauf meiner Einsendefrist die richtigen Lösungen eingeschickt, hätte ich kaum erklären können, wie ich zu diesen Lösungen kam. Was wäre also meine Belohnung für diesen hübschen Mord gewesen? Man hätte mich auf den elektrischen Stuhl gesetzt. Und das wäre das Ende vom Lied gewesen und das Ende vom Preisausschreiben – wenigstens für mich. Quatsch sage ich Ihnen. Alles Quatsch. Es ist reinste Idiotie, wenn diese Trottel annehmen, daß einer von uns den Mord begangen haben könnte.«

»Es gibt da noch eine andere Möglichkeit«, sagte ich. »Sie sprechen immer von Idioten und Trotteln. Aber wie wär's, wenn Sie selbst ein Idiot oder Trottel wären? Die Analyse, die Sie eben zum besten gaben, hat mich sehr interessiert. Aber setzen wir mal den Fall, daß es Sie packte, als Dahlmann den Zettel zeigte, daß Sie nicht mehr zu halten waren und an die halbe Million Dollar dachten, die doch so leicht zu gewinnen wäre, wenn ... Und da haben Sie kurz entschlossen und ohne über die weiteren Folgen nachzudenken, Dahlmann ermordet. Mit dem Nachdenken begannen Sie erst, als Sie dem Staatsanwalt gegenübersaßen. Kein Wunder, daß Ihr Herz dann etwas zu flattern begann.«

Er drehte sich um und schloß die Augen. Ich saß da und betrachtete ihn. Er atmete etwas rascher als normal, und einer seiner Halsmuskeln zuckte mehrfach, aber das waren sicher noch keine Vorboten eines nahenden Kollapses. Ich hatte ihn jedenfalls nicht zu Tode erschreckt und – bisher wenigstens – das Versprechen gehalten, das ich dem Hoteldetektiv gegeben hatte.

Mr. Younger drehte sich wieder um. »Ich weiß selbst nicht warum. Aber ich möchte Ihnen gern was zu trinken anbieten. Sie sehen meinem Schwiegersohn so ähnlich. Mag sein, daß das der Grund ist. Da drüben in meinem Koffer ist eine Flasche Whisky, die ich von meinem Schwiegersohn geschenkt bekam. Bitte, bedienen Sie sich. Ich selbst habe keine Lust, was zu trinken.«

»Danke. Ich habe im Augenblick auch keine Lust. Vielleicht ein andermal.«

»Ganz wie Sie wünschen. Was nun meine eigene Idiotie beziehungsweise Trottelei betrifft, so bin ich tatsächlich früher einmal ein Idiot und Trottel gewesen. Vor sechsundzwanzig Jahren war das, damals im Jahre 1929. Ich hatte ein paar Millionen Dollar beiseite gelegt – und auf einmal war alles futsch. Außer mir gab es noch fünfzig Millionen andere Idioten und Trottel, die damals ihr Geld verloren haben. Aber das war schließlich auch kein Trost. Ich hatte die Nase voll, nahm eine Stellung an und verkaufte Additionsmaschinen. Ich habe nie wieder an der Börse spekuliert. Vor ein paar Jahren veranlaßte mich mein Schwiegersohn, mit der Arbeit aufzuhören, da er als Architekt sehr anständig verdiente. Das war an sich auch ganz in Ordnung. Es ging mir nichts ab. Doch ich langweilte mich. Ich wollte etwas tun – und eines Tages sah ich nun die Anzeige für dieses Preisausschreiben. Ehe ich mich's versah, war ich von der Sache ganz besessen. Ich beschloß, meiner Tochter und ihrem Mann ein herrliches Geschenk zu machen, wenn ich den Preis gewinnen würde, woran ich eigentlich nicht zweifelte.«

Er hustete, schloß die Augen, machte ein paar tiefe Atemzüge. Dann fuhr er fort: »Und verstehen Sie, junger Mann, das liegt nun alles schon sechsundzwanzig Jahre zurück. Damals war ich ein Idiot und verlor alles, was ich besaß. Aber ich habe daraus gelernt. Ich wollte, Sie und alle anderen hier würden das endlich begreifen. Alles, was Sie mir eben erzählt haben, ist mir völlig egal. Damit lockt man keinen Hund hinter dem Ofen hervor und keinen armen Teufel mit Tachykardie aus dem Bett. Mich interessiert nur: Was geschieht jetzt mit dem Preisausschreiben? Im Augenblick sieht's ja so aus, als wollte man all die schönen Dollars einfach als Liebesgabe verteilen. Für nichts und wieder nichts. Aber da kennen mich diese Herrschaften schlecht. Ich werde dagegen angehen. Sehen Sie sich doch nur mal diesen jungen Fratz an, diese Susan Tescher. Die hat's gut. Lebt hier in New York und arbeitet im Archiv der Zeitschrift *Clock*, wo sie alle Antworten auf Lager hat. Und dann sehen Sie mich an, wie ich hier liege, einsam und allein, mit klopfendem Herzen. Nein, das lasse ich mir nicht gefallen. Ich werde dagegen angehen!«

»Aber wie?« fragte ich sehr höflich, sachlich und auch ein wenig interessiert.

»Ja, junger Mann, das ist eben die Frage.« Er kratzte sich die rechte Wange mit der linken Hand und dann die linke Wange mit der rechten Hand. »Ich habe mich heute nicht rasiert. Hören Sie, mir geht da so ein Gedanke durch den Kopf. Ich sehe eigentlich nicht ein, warum ich nicht mit Ihnen darüber sprechen soll.«

»Also schießen sie los. Seit der Sache mit Dahlmann haben Sie ja eine gewisse Übung im Schießen.«

Er grinste – und seine Augen kamen mir jetzt gar nicht mehr so krank und trübe vor. »Sie scheinen ein ganz vernünftiger junger Mann zu sein.«

»Stimmt. Ein Schuß ins Schwarze.«

»Möglicherweise ist auch diese Susan Tescher ein ganz vernünftiges junges Mädchen. Wenn sie's versuchen sollte, das Preisausschreiben auf eigene Faust zu lösen, genauso wie gestern abend vereinbart wurde, dann wird sie's sicher noch bereuen, daß sie jemals von diesem idiotischen Wettbewerb gehört hat. Ich glaube, es wäre das Beste, wenn wir andern uns mit ihr zusammentun und dann die Preise teilen. Alles zusammen ergeben die ersten fünf Preise achthundersiebzigtausend Dollar, macht geteilt durch fünf einhundertvierundsiebzigtausend Dollar für jeden von uns. Damit sollten wir uns zufriedengeben. So wie die Dinge jetzt liegen – sagen Sie, hat es da nicht eben an der Tür geklopft? – Herein!«

Die Tür öffnete sich langsam. Es trat Mrs. Carol Wheelock ein. Ohne Mantel und Hut. Als ich mich von meinem Stuhl erhob, blieb sie stehen. Sie wollte sich gerade umwenden und davonrasen, da begrüßte ich sie herzlich. »Hallo, wie geht's? Bitte treten Sie doch näher.«

»Lassen Sie die Tür offen!« rief Younger.

»Keine Angst« sagte ich, »ich bin ja hier.«

»Sie Idiot, das weiß ich ja. Aber wenn sich eine Frau in meinem Hotelzimmer befindet, bleibt die Tür offen. Verstanden?«

»Ich hätte nicht kommen sollen.« Mrs. Wheelock stand noch immer wie angewurzelt da. »Ich hätte vorher anrufen sollen, aber sicher werden alle Leitungen abgehört ...«

»Sie brauchen sich nicht zu entschuldigen. Macht weiter nichts.« Ich rückte einen zweiten Stuhl ans Bett heran. »Mr. Younger liegt noch im Bett, weil sein Herz etwas klopft. Ist nicht weiter schlimm.«

»Nehmen Sie Platz«, sagte Younger. »Ich wollte sowieso mit Ihnen reden.«

Sie zögerte noch immer. Dann trat sie näher und setzte sich. »Weiß er über Miss Frazee Bescheid?«

Ich schüttelte den Kopf. »So weit sind wir noch nicht gekommen.«

Sie sah Younger an. »Ich habe Miss Tescher bisher nicht erreichen können, und ehe ich mit Mr. Rollins spreche, wollte ich mich noch mit Ihnen unterhalten. Sie wissen doch sicher, daß Miss Frazee Vorsitzende der Liga zur Bewahrung der natürlichen Reize der Frau ist. Man hat es gestern abend erwähnt. Sie erinnern sich doch noch daran. Mr. Dahlmann hat gestern abend auch ein paar witzige Bemerkungen darüber gemacht. Er sagte, es würde doch sehr lustig sein, sehr komisch, wenn sie einen Preis gewinnen würde ... und einer der ersten fünf Preise war ihr ja auch schon sicher.«

»Ich fand das gar nicht lustig und erst recht nicht komisch«, sagte Younger.

Mrs. Wheelock ließ sich nicht beirren. »Jedenfalls hielt Mr. Dahlmann seine Bemerkungen für witzig. Was ich Ihnen sagen wollte, ist etwas ganz anderes. Dreihundert Mitglieder ihrer Liga haben Miss Frazee bei den Lösungen geholfen. Dreihundet Frauen ... dreihundert ... und auch die letzten Verse, die wir gestern abend erhielten, hat sie ihren dreihundert Helferinnen in Los Angeles übers Telefon diktiert ... Und jetzt arbeiten diese dreihundert Frauen bereits an den Lösungen.«

»Moment mal«, warf ich ein. »Mr. Wolfe hat Ihnen nur gesagt, daß diese dreihundert Frauen Miss Frazee bisher geholfen haben, nicht aber, daß sie auch schon an der Lösung der neuen Verse arbeiten. Das ist nur eine Vermutung, wenn ich auch zugeben muß, daß manches dafür spircht.«

Younger hatte sich auf einen Ellbogen gestützt. Sein Pyjama war vorn offen. Man sah seine behaarte Brust. »Dreihundert Frauen?«

»Jawohl. Ich möchte daher bezweifeln, ob Sie Miss Frazee für Ihren Plan gewinnen können, die Preise zu poolen und dann in fünf Teile zu teilen. Da müssen Sie sich schon etwas anderes ausdenken ...«

»Raus mit Ihnen!« brüllte Younger. Aber damit war nicht ich gemeint. Diese freundliche Aufforderung galt Mrs. Wheelock. »Verlassen Sie sofort das Zimmer! Ich will jetzt aufstehen und habe keine Pyjamahosen an. – Hallo, warten Sie noch einen Augenblick! Werden Sie sich in Ihrem Zimmer aufhalten? Bleiben Sie da, bis Sie von mir hören. Ich will versuchen, Rollins zu finden. Dann werden wir den Kampf zu dritt aufnehmen. Wir werden kämpfen, daß die Fetzen fliegen. Bleiben Sie auf Ihrem Zimmer!«

Mit einem Ruck schleuderte er die Bettdecke beiseite. Mrs. Wheelock verließ fluchtartig das Zimmer. Ich sah auf meine Uhr und griff nach meinem Hut.

»Ich habe noch eine Verabredung«, sagte ich, »und wie ich sehe, haben Sie jetzt ja alle Hände voll zu tun. Und rasiert sind Sie auch nicht!«

Als Antwort auf meine freundliche Abschiedsansprache sagte er nur ein Wort: »Quatsch!«

7

Orchideen, so habe ich in der Schule gelernt, gehören einer Pflanzenfamilie an, die weitverzweigt ist und die seltsamsten Sprößlinge hervorbringt – alle mit eigenartigen, meist farbenprächtigen Blüten. Die meisten kommen in tropischen und subtropischen Gebieten vor und wachsen als Epiphyten auf Bäumen. Es gibt aber auch Orchideen, die auf dem Dach wachsen – und das habe ich nicht in der Volksschule gelernt, sondern erst bei Nero Wolfe. Als ich jetzt sein Treibhaus oben auf dem Dach betrat, da standen gerade die *Cattleya Mossiae* in Blüte. Und ich wußte, was mir blühte.

Wolfe, der sich gerade über dem Waschbecken die Hände säuberte und sich mit Theodor unterhielt, knurrte mich an: »Hätten Sie nicht warten können?«

»Rhetorische Fragen beantworte ich nicht«, sagte ich ganz kühl, was bei der tropischen Hitze im Treibhaus nicht ganz einfach war. »Es ist jetzt zehn vor sechs. Wenn Sie jetzt 'runterfahren, dürfte Miss Tescher schon dasein. Sicher wollen Sie meinen Bericht über den Besuch bei Mr. Younger noch vorher hören. Falls nicht, werde ich mich ein wenig an den prächtigen Orchideen ergötzen.«

»Also legen Sie los, da Sie schon mal hier sind.«

Ich gab ihm einen wörtlichen Bericht. Er hatte keine Fragen zu stellen und machte auch keine Bemerkungen. Als ich fertig war, hatte er seine Hände und auch die Fingernägel gesäubert. Auf dem großen Arbeitstisch stand ein armseliges Pflänzchen in einem Topf. Er betrachtete es mit gerunzelter Stirn.

»Schauen Sie sich nur diese *Oncidium varicosum* an«, sagte er mit tiefer Trauer in seiner Stimme. »Vom Hausschwamm befallen – und das im April. Das ist noch nie passiert. Völlig unerklärlich. Theodor ist der Ansicht . . .«

Mitten im Satz läutete das Haustelefon, und ich werde wohl nie mehr erfahren, welcher Ansicht Theodor war. Dagegen erfuhr ich, was Fritz auf einer ganz anderen Ebene, nämlich im Erdgeschoß, so in Aufregung gebracht hatte, daß er uns in den höheren Regionen anklingelte. »Archie, Sie haben mir nur gesagt, daß ich eine Miss Tescher einlassen soll. Sie ist jetzt hier. Aber mit ihr sind drei Männer auf der Bildfläche erschienen. Was soll ich tun?«

»Sind sie schon drinnen?«

»Natürlich nicht. Sie stehen draußen auf der Vortreppe. Und es hat jetzt angefangen zu regnen.«

Ich sagte ihm, ich würde gleich 'runterkommen, und informierte Wolfe, daß Miss Tescher mit ihrer Eskorte eingetroffen sei. Dann raste ich in meinem gewohnten Eilmarsch die Treppen hinunter. Als ich unten angelangt war und vor der Haustür stand, konnte ich schon auf den ersten Blick feststellen, daß Fritz tatsächlich bis drei zählen konnte. Ja, es waren drei Männer, die da draußen im Regen standen und auf die Tür starrten, ohne mich aber sehen zu können. Alle drei waren mir unbekannt. Da ich es weder für zweckdienlich noch menschlich hielt, daß sie noch weiter durchnäßt wurden, machte ich die Tür auf und ließ sie eintreten. Wortlos zogen sie ihre Mäntel aus. Die junge Dame, die sich in ihrer Begleitung befand, sagte mit klarer, energischer Stimme: »Ich bin Susan Tescher.«

Ich stellte mich nun meinerseits vor, nahm ihr den Mantel ab und hängte ihn auf. Susan war etwas über mittelgroß, schlank, aber keineswegs hager. Auf den ersten Blick wirkte alles an ihr smart, von den überdimensionalen Ohrringen abgesehen, die eine Uhr darstellten. Ihre Augen waren grau, ihr blondes Haar hatte einen metallischen Glanz, und ihr Teint war wie Milch und Blut. Es wäre nur noch hinzuzufügen, daß sie offensichtlich nicht der Frauenliga angehörte, da sie ihren Lippenstift großzügig benutzt hatte.

Als wir gerade ins Büro gehen wollten, öffnete sich die Fahrstuhltür. Heraus trat Wolfe. Er blieb stehen und sah die junge Dame an.

»Ich bin Susan Tescher«, sagte sie.

Er verbeugte sich. »Mein Name ist Nero Wolfe. Und wer sind diese Herren hier?«

Sie stellte vor: »Mr. Hibbard von der Rechtsabteilung der Zeitschrift *Clock*.« Mr. Hibbard war groß und dürr. »Mr. Schultz, Schriftleiter von der *Clock*.« Mr. Schultz war groß und breit. »Und dies hier ist Mr. Knudsen, einer unserer Hauptschriftleiter.« Mr. Knudsen war groß und knochig.

Ich war vorausgeeilt, um den roten Ledersessel für Susan zu sichern, denn ich weiß ja, daß Wolfe diesen Sessel für alle Besucher bevorzugt, die er auf Herz und Nieren ausfragen will. Das machte weiter keine Schwierigkeiten. Die drei Männer waren mit den übrigen Sitzgelegenheiten durchaus zufrieden. Als ich meinen Notizblock hervorholte, gab Schultz Mr. Hibbard einen Wink, und Hibbard Mr. Knudsen. Sie sagten kein Wort.

»Darf ich Sie fragen«, begann Wolfe, »in welcher Eigenschaft diese Herren erschienen sind?«

Wolfe musterte die drei Männer, die noch immer schwiegen. Miss Tescher antwortete: »Sicher ist Ihnen bekannt, daß ich bei der Zeitschrift *Clock* stellvertretende Leiterin des Archivs bin.«

»Es war mir nicht bekannt. Aber ich bin Ihnen für diese Information sehr dankbar.«

»Wir haben heute nachmittag eine Redaktionsbesprechung gehabt, auf der die Ereignisse von gestern abend und heute früh erörtert wurden, natürlich unter besonderer Berücksichtigung des Umstandes, daß ich persönlich in diese Sache verwickelt bin. Ganz im Vertrauen kann ich Ihnen mitteilen, daß auch Mr. Tite, der Herausgeber und Verleger unserer Zeitschrift, zugegen war. Ich hatte gedacht, daß nun mein letztes Stündchen bei der *Clock* geschlagen hat. Aber Mr. Tite ist ein Mann von Charakter, sehr fair – und vor allem seinen Angestellten gegenüber sehr loyal. Ich möchte noch betonen, daß ich mich mit der Lösung des Preisausschreibens nur in meiner Freizeit beschäftigt habe. Aber natürlich bin ich eine voll ausgebildete Archivarin und weiß ganz genau, wo und wie man nachschlagen muß. Bei der Redaktionskonferenz wurde nun beschlossen, daß mich Mr. Hibbard, Mr. Knudsen und Mr. Schultz begleiten sollten. Sie stehen zu Ihrer Verfügung, falls Sie sich mit irgendeiner Frage an die Herren wenden wollen.«

»Mr. Hibbard ist von Beruf Rechtsanwalt?«

»Ja.«

»Ist er Ihr Anwalt?«

»Ja, ich weiß nicht ... Warum sollte ich denn ...?« Sie warf Hibbard einen Blick zu. »Nein«, sagte sie dann, »er ist nicht mein Anwalt.« Sie hob ihren Kopf ein wenig. »Ich möchte etwas sagen.«

»Bitte.«

»Ich kam nur zu Ihnen, um der Firma Lippert, Buff und Assa eine Gefälligkeit zu erweisen. Mr. Assa hat mich darum gebeten. Gestern abend haben wir uns alle darüber geeinigt, auf welche Art und Weise die Endentscheidung im Preisausschreiben fallen soll. Die Bedingungen, über die wir uns gestern abend einigten, lassen sich nur abändern, wenn man zugleich auch die gesamte gestrige Vereinbarung modifiziert. Ich wüßte also nicht, was wir im Zusammenhang mit dem Preisausschreiben noch zu erörtern haben. Wenigstens ist das meine Ansicht. Und verstehen Sie, Mr. Wolfe, wenn ich sage, daß wir im Zusammenhang mit dem Preisausschreiben nichts mehr zu erörtern haben, so ist das nicht persönlich gemeint – nicht gegen Sie gerichtet. Ich weiß ja so viel über Sie und Ihre Arbeit, da ich erst vor zwei Jahren alles Material über Sie zusammengestellt habe. *Clock* wollte damals Ihr Bild als Titelbild bringen. Bitte, fragen Sie mich nicht, warum das unterblieben ist. Ich weiß es wirklich nicht. Das gehört auch nicht zu meinem Ressort. Natürlich haben wir immer eine lange Liste von Persönlichkeiten, die wir gern auf das Titelblatt setzen möchten, und wir können ja unmöglich ...«

Knudsen räusperte sich recht geräuschvoll. Susan warf ihm einen Blick zu. Aber sonst erfolgte, wie ich genau beobachtete, keine geheime Verständigung zwischen beiden. Susan wandte sich wieder an Wolfe. »Sie sehen, es ist ganz gewiß nicht persönlich gemeint. Es ist nur einfach nichts da, worüber wir uns unterhalten könnten.«

»Von Ihrem Standpunkt aus«, gab Wolfe zu, »haben Sie wahrscheinlich recht. Und da jeder Mensch seiner ganzen Veranlagung nach alle Dinge immer nur aus der eigenen Perspektive sieht, halten Sie Ihren Standpunkt natürlich für den allein ausschlaggebenden. Aber bisweilen ist es doch ratsam und oft sogar notwendig, daß man sich klar darüber wird, daß es neben unserem eigenen Ich auch noch Millionen anderer Ichs gibt. Da muß man sich schon ein wenig anpassen und bisweilen sogar nachgeben. Nehmen wir einmal an, ich bitte Sie um Auskunft über Dinge, die nicht zu Ihrem rein persönlichen Bereich gehören, sondern zu einem Bereich, den Sie mit anderen Mitmenschen teilen müssen. Nehmen wir einmal an, ich richte folgende Frage an Sie: Welche Bemerkungen wurden gestern abend von den übrigen Teilnehmern am Preisausschreiben gemacht, als Mr. Dahlmann einen Zettel hervorzog und sagte, daß er die Lösungen des Preisausschreibens enthalte? Wie haben Sie da reagiert? Was haben Sie gesagt? Und welche Äußerungen haben Sie von den anderen gehört?«

»Handelt es sich hier nur um Annahmen, wie Sie eben sagten, oder wollen Sie diese Fragen wirklich beantwortet haben?«

»Ich bitte um eine Antwort.«

Susan sah Knudsen an. Er drehte seinen Kopf in Richtung Schultz. Schultz drehte seinen Kopf in Richtung Hibbard. Hibbard drehte seinen Kopf in Richtung Susan, und Susan wandte sich wieder an Wolfe. »Als mich Mr. Assa bat, zu Ihnen zu gehen, da sagte er, es handle sich um eine Besprechung im Zusammenhang mit der Preisaufgabe. Diese Fragen haben nichts damit zu tun.«

»Sie wollen also die Beantwortung der Fragen verweigern?«

»Ja, das möchte ich.«

»Die Polizei hat doch gewiß die gleichen Fragen bereits an Sie gerichtet. Haben Sie auch der Polizei gegenüber die Aussage verweigert?«

»Ich glaube nicht, daß ich verpflichtet bin, Ihnen Auskunft darüber zu geben, was man mich bei der Polizei gefragt hat und was ich geantwortet habe.«

»Offenbar wollen Sie sich auch darüber ausschweigen, was die anderen Teilnehmer am Wettbewerb zu Ihnen sagten.«

»Ich kenne die anderen Teilnehmer nur ganz flüchtig. Ich habe sie überhaupt erst gestern abend kennengelernt.«

Wolfe war die Ruhe in Person und rieb sich geduldig die Nasenspitze. »Gestatten Sie mir die Bemerkung, Miss Tescher, daß sich meine Besprechungen mit den übrigen Teilnehmern des Wettbewerbs auf einer etwas breiteren Grundlage abgespielt haben. Und das gilt auch für Mr. Goodwin. Man hat da verschiedene Vorschläge gemacht. Einer zum Beispiel ging dahin, daß alle fünf Teilnehmer übereinkommen, die ersten fünf Preise zu poolen. Jeder der fünf würde sich dann mit einem Fünftel des Gesamtbetrages zufriedengeben. Ich betone: Dieser Vorschlag wurde weder von meinen Klienten gemacht noch von mir. Ich richte lediglich die Frage an Sie, ob Sie grundsätzlich zur Annahme dieses Vorschlags bereit wären?«

Zur Beantwortung dieser Frage mußte sich Susan nicht erst ratsuchend an ihre Begleiter wenden. »Nein«, sagte sie, »natürlich nicht. Warum sollte ich auch?«

»Sie sind also nicht der Ansicht, daß Mr. Dahlmanns Tod und die Umstände, unter denen dieser Tod erfolgt ist, unbedingt eine Abänderung des Preisausschreibens zur Folge haben müßten?«

Sie neigte ihren Kopf vor. Ganz langsam und sehr bestimmt sagte sie: »Nein, Mr. Wolfe, ich bin nicht dieser Ansicht.«

»Dennoch«, beharrte Wolfe, »läßt es sich nicht leugnen, daß es außer Ihnen, Verehrteste, auch noch andere Ansichten gibt. Ich akzeptiere Ihren Standpunkt. Das bedeutet aber nicht, daß man die anderen Standpunkte einfach beiseite schieben kann. Sie und Ihre Mitbewerber haben auf die Lösung dieses Preisausschreibens unendlich viel Zeit, Mühe und Scharfsinn verwandt. Wie steht es mit Ihrer Zeit? Wie viele Stunden, Tage, Wochen haben Sie seit Beginn des Preisausschreibens geopfert?«

»Genau weiß ich das nicht. Viele hundert Stunden bestimmt.«

»Auf Grund der Bedingungen ist es nicht verboten, sich helfen zu lassen. Haben Sie fremde Hilfe in Anspruch genommen?«

»Nein. Eine Freundin von mir, die eine große Bibliothek hat, ließ mich abends und auch frühmorgens, ehe ich ins Büro ging, ihre Bücher benutzen. Aber sie hat mir nicht geholfen. Nachschlagen ist schließlich mein Fach. Darauf verstehe ich mich aus dem Effeff. Als man uns fünf neue Vierzeiler gab, die wir in einer Woche lösen sollten, um die Entscheidung herbeizuführen, habe ich mir eine Woche unbezahlten Urlaub genommen.«

Wolfe nickte. »Und die anderen haben natürlich ähnliche Opfer gebracht und sich anstrengen müssen. Bitte, versetzen Sie sich jetzt einmal in die Lage Ihrer Mitbewerber. Gegen ihren Willen werden sie jetzt hier festgehalten, sind ohne eigenes Verschulden von ihren Stützpunkten entfernt. Wenn ich sage, ohne eigenes Verschulden, möchte ich unter Umständen in einem Fall eine Einschränkung machen. Sie dagegen haben Ihren Wohnsitz in New York. Sie können weitermachen wie bisher. Dadurch haben Sie gegenüber Ihren Mitbewerbern einen nicht wieder aufzuholenden Vorsprung. Sehen Sie das nicht ein? Haben Sie da keinerlei Hemmungen? Halten Sie diese Entwicklung für fair?«

»Es kommt nicht darauf an, was ich für fair halte. Wir haben eine Vereinbarung getroffen. Ich bin es nicht, die gegen diese Vereinbarung verstößt. Und im übrigen kann ich auch nicht weitermachen wie bisher. Durchaus nicht. Ja, wenn ich es könnte, würde ich jetzt in der Bibliothek sitzen und an den Lösungen arbeiten. Ich habe mir noch eine weitere Woche freigenommen. Aber heute habe ich den ganzen Tag verplempern müssen. Zuerst auf der Polizei. Dann kam die Redaktionskonferenz. Und nun die Besprechung bei Ihnen. Heute abend werde ich mich wieder an die Arbeit machen können. Aber Gott weiß, was morgen wieder los sein wird.«

»Wären Sie bereit, eine Einladung anzunehmen, sich mit den anderen zu treffen, um eine neue Vereinbarung zu treffen?«

»Nein, das wäre ich nicht. Da ist nichts zu vereinbaren.«

»Ich bewundere aufrichtig, Miss Tescher, wie sich Ihre Gedanken immer auf einer Einbahnstraße bewegen.« Wolfe lehnte sich zurück und stützte die Ellbogen auf seinen Sessel. »Ich muß Ihnen noch etwas über Miss Frazee sagen. Sie befindet sich in einer ähnlichen Lage wie Sie. Sie ist in Los Angeles beheimatet, wo dreihundert Freundinnen von ihr, alle Mitglieder einer Liga, deren Vorsitzende sie ist, von Anfang an gemeinsam mit ihr an der Lösung des Preisausschreibens gearbeitet haben. Vermutlich hat sie ihren dreihundert Helferinnen die Verse telefonisch übermittelt, die gestern abend verteilt wurden. Es ist anzunehmen, daß die dreihundert Damen bereits eifrig an den Lösungen arbeiten. Der Fall liegt ähnlich wie bei Ihnen, obwohl ich zugebe, daß es da gewisse Unterschiede gibt. Möchten Sie sich dazu äußern, Miss Tescher?«

Susan starrte ihn an, völlig sprachlos.

»Ich sagte: gewisse Unterschiede«, fuhr Wolfe fort. »Es mag sein, daß Miss Frazee nicht gegen die Bedingungen des Preisausschreibens verstoßen hat. Jedenfalls hat sie sich einen unfairen Vorsprung gesichert – auch Ihnen gegenüber, denn Sie haben ja bereits einen vollen Tag verloren. Weiß der Himmel, wie man Ihnen im Lauf dieser Woche noch zusetzen wird. Miss Frazees Freundinnen dagegen können unbehindert und ungestört weiterarbeiten. Glauben Sie nicht, daß es sich lohnen würde, diese Seite der Angelegenheit etwas näher zu besprechen?«

Nach Susans Gesichtsausdruck zu schließen, hätte sie gewiß diese Seite der Angelegenheit am liebsten mit Miss Frazee allein abgemacht. Ehe sie noch Worte fand, erhob sich Knudsen, gab seinen beiden Kollegen und Susan einen dezenten Wink mit dem Zeigefinger und stolzierte auf die Tür zu. Nun erhoben sich auch die anderen und folgten ihm. Wolfe saß da und blickte voll Verwunderung auf seine abziehenden Gäste. Da ich mir nicht klar darüber war, ob sie die Sitzung vertagen oder nur eine kleine Ruhepause einlegen wollten, blieb ich still auf meinem Stuhl sitzen. Erst als ich sah, wie Schultz, der als letzter hinausging, die Tür hinter sich schloß, hielt ich es für ratsam, doch mal festzustellen, was da eigentlich gespielt wurde. Ich legte also meinen Notizblock hin und ging ebenfalls hinaus. Unsere lieben Gäste hatten beim Garderobenständer Aufstellung genommen.

»Irgendwelche Hilfe gefällig?« fragte ich freundlich.

»Nein«, sagte Susan. »Wir halten eine Beratung ab.«

Ich ging zurück ins Büro, machte die Tür hinter mir zu und sagte Wolfe: »Bitte nicht stören! Unsere Gäste halten jetzt eine Konferenz ab. Wenn ich ins Vorderzimmer gehe und mein Ohr ganz dicht an das Schlüsselloch zur Halle lege, dann könnte ich genau hören, was die Herrschaften sagen. Aber es ist schließlich Ihr trautes Heim. Soll ich lauschen?«

»Pfui!« sagte Wolfe und schloß die Augen. Da mir kaum etwas anderes zu tun übrigblieb, gähnte ich erst einmal tüchtig. Die Zeit kroch dahin. Ich blickte auf die Uhr. Zwanzig vor sieben.

Das war heute nun schon das zweite Mal, daß man uns ausgiebig warten ließ. Viertel vor sieben drehte ich das Radio an, um die Übertragung eines Baseballspiels zu hören. Aber es war stinklangweilig. Ich gähnte nochmals. Gern wäre ich in die Küche gegangen, um meine ermatteten Lebensgeister mit einem Glas Milch zu erfrischen, denn mit dem Abendessen würde es ja spät werden, das ahnte ich schon. Aber der Weg zur Küche führte über die Halle, und ich wollte ja die Konferenz nicht stören. Ich erinnerte Wolfe daran, daß Harold Rollins in fünf Minuten auftauchen würde. Er nickte gelangweilt. Zwei Minuten nach sieben klingelte die Glocke an der Haustür. Ich ging hinaus, um aufzumachen.

Unsere lieben Gäste konferierten noch immer am Garderobenständer. Als sie mich sahen, verstummten sie sofort und blickten mich schweigend an. Draußen vor der Tür stand ein männliches Individuum. Ich öffnete die Tür und sagte: »Sie sind Mr. Rollins, nicht wahr? Bitte, treten Sie ein.«

Wäre es nach mir gegangen, so hätte ich jetzt Mr. Rollins gebeten, im Vorderzimmer zu warten, zumindest bis die Konferenz vorüber war. Aber hätte Wolfe das gewünscht, so hätte er mir diesbezügliche Weisungen erteilt. Ich nahm also Rollins Hut und Mantel ab und führte ihn ins Büro. Gerade, als ich den Fuß über die Schwelle setzte, hörte ich Susan sagen: »Bitte, Mr. Goodwin!«

Prompt zog ich meinen Fuß von der Schwelle zurück. Ich drehte mich um und ging auf Susan zu, die mich schon beim Näherkommen fragte: »War das nicht einer von den Leuten? Mr. Rollins?«

»Stimmt. Harold Rollins aus Burlington im Staate Iowa. Professor der Geschichte am Bemis College.«

Sie sah ihre Begleiter an, die nun alle ihre Köpfe um 2,5 Zentimeter nach links bewegten und dann wieder um 2,4 Zentimeter nach rechts. Ohne sich um sie zu kümmern, erklärte Susan: »Mr. Wolfe fragte mich, ob ich mich zu dem, was er mir über Miss Frazee sagte, äußern möchte. Er fragte mich, ob es sich nicht lohnen würde, die Seite der Angelegenheit etwas näher zu besprechen. Im Augenblick habe ich nichts zu sagen. Später werde ich dazu Stellung nehmen. Ich finde es einfach grotesk . . .«

Knudsen zupfte sie am Ärmel. Sie brach ihre Rede ab und warf den Kopf hoch. »Kommentar überflüssig!« sagte sie mit schriller Stimme. Sie nahm ihren Mantel vom Garderobenständer und rauschte mit ihren Begleitern hinaus.

8

Als ich wieder ins Büro zurückkam, kümmerte ich mich zunächst um die Beleuchtungseffekte, ehe ich mich an meinen Schreibtisch setzte. Wir haben acht verschiedene Lichtquellen. Da ist erstens die Deckenbeleuchtung, eine mächtige Schale aus Alabaster, die vom Schalter an der Tür angeknipst wird. Ferner eine Lampe auf Wolfes Schreibtisch und eine auf meinem. Dann haben wir ein besonders schönes Beleuchtungsgerät, das den dicken Globus vom Nordpol bis zum Südpol anstrahlt. Für die Bücherborde an den Wänden gibt es dann auch noch drei Lampen. Wolfe hat es gern, wenn alle Flämmchen und Funzeln im Raum in Aktion sind. Ich machte also erst einmal die Runde und sorgte für die nötige Illumination. Dann setzte ich mich, nahm meinen Notizblock zur Hand und sah mir Harold Rollins etwas näher an.

»Sind die andern weg?« fragte Wolfe.

»Jawohl. Lautlos verschwunden.«

Rollins hatte es sich im roten Ledersessel bequem gemacht. In einem halb so großen Sessel hätte er sich wahrscheinlich noch mehr zu Hause gefühlt. Er sah aber keineswegs so aus, als wäre er durch Mangel an Nahrung wie die arme Mrs. Wheelock zusammengeschrumpft. Viel war ja an ihm nicht dran, aber er sah doch recht frisch und lebendig aus. Auch an seinem Gesicht war nichts Auffallendes – abgesehen von einem besonders großen und beweglichen Mund, der sich wohl infolge der vielen Vorlesungen, die der Professor im Lauf seines Lebens über Altertum und Neuzeit gehalten hatte, entsprechend erweitert hatte. Im übrigen trug er eine Brille.

Ich hatte den Eindruck, daß er meinen freundlichen Blick erwiderte, obwohl man das bei Brillenträgern nie ganz genau weiß.

»Sie sind Mr. Goodwin, nicht wahr?« fragte er.

Ich bejahte.

»Dann waren Sie es also, der diesen Mr. Younger auf mich gehetzt hat. Sie erwarten wohl nicht, daß ich Ihnen jetzt aus Dankbarkeit um den Hals falle? Von Dankbarkeit kann keine Rede sein.« Er wandte sich nun an Wolfe. »Ich glaube, es ist das Beste, wenn wir von Anfang an offen miteinander reden. Ich bin Ihrer freundlichen Einladung nur gefolgt, weil ich die Zeit totschlagen wollte. Da ich beim besten Willen nicht weiß, wie ich mich in dieser geradezu lächerlichen Angelegenheit aus der Affäre ziehen soll, dachte ich mir, warum soll ich nicht die Zeit dazu benutzen, mir einen prominenten Detektiven aus der Nähe anzuschauen.« Er lächelte etwas gezwungen. »Verzeihen Sie, ich wollte Sie mit dieser Bemerkung natürlich nicht kränken. Ich bin kein aggressiver Charakter. Im Augenblick schon ganz und gar nicht. Worüber wollen wir eigentlich sprechen?«

Wolfe hatte ihn während dieser Einführungsrede genau betrachtet. »Sie befinden sich in einem Zustand der Verzweiflung, Mr. Rollins. Das sehe ich. Aber sehen Sie, Mr. Rollins, Sie haben keinerlei Grund, unheilkündend wie die selige Kassandra herumzulaufen. Ich vertrete in diesem Fall die Firma Lippert, Buff und Assa. In mancher Hinsicht decken sich die Interessen dieser Firma mit Ihren eigenen. Genauso, wie es jetzt um Sie geht, Mr. Rollins, geht es auch um die von mir vertretene Firma. Beide können gerettet werden. Sie haben überdies noch die Chance, dabei einen tüchtigen Batzen Geld zu verdienen. Der Vorschlag von Mr. Younger gefällt Ihnen also nicht?«

Rollins lächelte noch immer. Es war allerdings nur ein halbes Lächeln. »Ich bin mir natürlich bewußt«, sagte er, »daß ich Zugeständnisse machen muß.«

»Zugeständnisse an wen? An Mr. Younger?«

»Nein, nein. An alle Beteiligten. Mir mißfällt die ganze Sache. Ich kann Ihnen gar nicht sagen, wie –. Ja, es war meine eigene Schuld, daß ich in diese leidige Affäre verwickelt wurde. Ich habe mir mein eigenes Grab geschaufelt. Doch diese Erkenntnis und diese Beichte, diese – wie ich zugeben muß – fast schon kommunistische Form der Selbstkritik hat mich nicht blind gemacht. Ich sehe genau, was rings um mich geschieht. Ich sehe den Morast, der sich vor mir auftut. Ich rieche die ominösen Motive, von denen sich die anderen Beteiligten und auch Sie, Mr. Wolfe, leiten lassen. Können Sie mir übrigens wieder zu meiner Professur verhelfen?«

»Zu Ihrer Professur?«

»Ja, ich bin Professor für Geschichte am Bemis College. Aber der Spaß wird nicht mehr lange dauern. Es wird Sie vielleicht amüsieren, wenn ich Ihnen jetzt die Geschichte erzähle. Es war im vorigen September. Da zeigte mir ein Kollege die Ankündigung dieses Preisausschreibens. Mit einer etwas boshaften, stichelnden Ironie sagte er, das müsse mich doch als Historiker besonders interessieren. Der geschätzte Herr Kollege zeigte mir die erste Aufgabe, einen läppischen Vierzeiler, dessen Lösung leicht war. Auch der zweite Vierzeiler war von einer an Stumpfsinn grenzenden Einfalt und Einfachheit. Ich war nun neugierig, wollte doch mal sehen, wie lange man diesen gereimten Blödsinn fortsetzen konnte. Und auf einmal ließ mich die Sache nicht mehr los. Die Verse reizten mich, und ich wollte die Aufgaben unbedingt lösen. Ich machte es mir dabei zum Prinzip, nie irgendeins meiner Geschichtswerke heranzuziehen. Aber beim zwölften Vierzeiler, den ich nicht auf Anhieb lösen konnte, ging ich von diesem löblichen Prinzip ab.«

Jetzt lächelte er nicht einmal mehr halb. »Habe ich Ihnen schon mitgeteilt, daß ich mich an diesem Preisausschreiben beteiligte?«

»Nein.«

»Anfangs habe ich es auch nicht getan. Für mich war das Ganze nur eine Art Zeitvertreib. Aber nachdem ich nun auch die zwanzigste Aufgabe gelöst hatte, und ich muß bekennen, diese vier Zeilen hatten es in sich, da setzte ich mich hin und füllte das vorgeschriebene Formular für die Beteiligung an dem Wettbewerb aus. Mit dem Formular schickte ich meine Lösungen der ersten zwanzig Aufgaben ein. Wenn Sie mich jetzt fragen, warum ich das tat, vermag ich beim besten Willen nicht, Ihnen eine vernünftige Antwort zu geben. Vielleicht sind es primitivste Gelüste, die in der Seele jedes Menschen schlummern, auch dann, wenn es sich – wie bei mir – um einen nüchternen Professor der Geschichte handelt. Schon am nächsten Tag war ich entsetzt über das, was ich getan hatte. Schließlich hatte ich es schon im Alter von sechsunddreißig Jahren zum Professor gebracht. Immerhin eine Leistung. Ich verfügte über ein gutes Fachwissen, hatte bereits zwei Bücher veröffentlicht. Ich war ehrgeizig und hatte nur ein Ziel vor Augen: auf meinem Forschungsgebiet eine Spitzenstellung zu erreichen. Und nun am nächsten Tag, ein paar Stunden, nachdem ich die Lösungen eingeschickt hatte, sah ich die Konsequenzen vor mir. Wenn ich in einem Wettbewerb, in einem Preisausschreiben für ein Parfüm mit dem lächerlichen Namen *Pour Amour* gewinnen sollte, so würde das selbstverständlich das Ende meiner Karriere bedeuten. Wenn ich den ersten oder zweiten Preis gewinnen würde, eine halbe oder eine viertel Million Dollar, man würde es mir nie verzeihen!«

Er schüttelte den Kopf und lächelte wieder ein wenig, es reichte gerade eben zu einem halben Lächeln. »Aber Sie werden mir das alles nicht glauben, vor allem meine Bestürzung nicht, denn kaum hatte man mir mitgeteilt, daß ich mit einundsiebzig anderen in die Endrunde gelangt sei, da begann ich schon fieberhaft an der Lösung der neuen fünf Aufgaben zu arbeiten. Und in vier Tagen hatte ich es geschafft und sandte meine Lösungen ein. Ich kann nichts, absolut nichts zu meiner Verteidigung vorbringen, es sei denn, daß es mannigfache Manifestationen der Schizophrenie geben muß. Vielleicht könnte ich mich auch auf den Dämonismus berufen. Mag sein, daß mich ein Dämon trieb ... Jedenfalls schickte ich auch die neuen Antworten ein. Man bat mich dann, nach New York zu kommen. Seit vierundzwanzig Stunden bin ich nun hier und sitze jetzt vor Ihnen als ein Professor der Geschichte, der nicht nur in das Preisausschreiben einer Parfümfirma verwickelt ist, sondern in einen handfesten Mord, in einen Mordsskandal im wahrsten Sinne des Wortes. Wenn ich nicht selbst um meine Entlassung bitte, wird man mich hochkantig hinauswerfen. Können Sie mir eine Stellung verschaffen?«

Ich saß da und dachte mir, wenn er doch nur seine Brille abnehmen würde, damit ich seine Augen sehen kann. Die Art und Weise, wie er über sein Unglück sprach, war beeindruckend. Aber was er über die halbe Million Dollar gesagt hatte, die man ihm nie verzeihen würde, klang nun doch schon etwas wunderlich.

»Ja, ich sehe«, sagte Wolfe, »daß Sie sich in einer höchst peinlichen Lage befinden. Dennoch bin ich der Ansicht, daß Sie die Dinge zu schwarz sehen. Wenn der Dollarregen auf Sie niederprasselt, können Sie das Geld ja für wissenschaftliche Stiftungen hergeben.«

»Daran habe ich auch schon gedacht. Aber es würde nicht viel nützen.« Er lächelte. »Am einfachsten wär's wohl, wenn ich klipp und klar erklärte: ›Meine Herrschaften, Sie suchen einen Mörder. Bitte, bemühen Sie sich nicht weiter. Ich habe den Mord begangen.‹ Damit dürfte dann wohl alles erledigt sein.«

»Nicht unbedingt. Nur dann, wenn Sie Ihr Schuldbekenntnis durch Beweise erhärten können. Aber können Sie das?«

»Leider nicht. Ich könnte nicht einmal eine Beschreibung seiner Wohnung liefern. Ich weiß auch nicht, was für eine Schußwaffe bei der Ausführung der Tat benutzt wurde.«

»Dann kommen Sie mit Ihrem Geständnis nicht weiter. Besser wäre es vielleicht, wenn Sie den Mörder entlarven. Man würde Sie dann in der Öffentlichkeit als einen Helden feiern – und Ihr Ruf wäre gerettet. Der üble Geruch, in den Sie durch das Parfüm geraten sind, wäre wie weggeblasen. Natürlich weiß ich, daß Sie kein routinierter Spürhund sind. Aber immerhin verfügen Sie über gewisse geistige Gaben, die dem üblichen Spürhund abgehen. Wie wär's, wenn Sie uns jetzt den Ablauf des gestrigen Abends in allen Einzelheiten schildern? Wie haben sich Ihre Mitbewerber verhalten? Was haben sie gesagt? Ist Ihnen irgend etwas Besonderes aufgefallen? Wirkte der eine oder andere besonders geldgierig? Vor allem aber, wie war die Reaktion, als Dahlmann einen Zettel zeigte und sagte, auf diesem Wisch ständen alle Antworten der Preisfragen?«

»Es gab nicht die geringste Reaktion.«

»Ja, ich verstehe. Im Anfang war es natürlich ein Schock für alle. Aber später?«

»Auch später gab es keinerlei Reaktion.« Sein Lächeln war jetzt schon weit mehr als nur ein halbes Lächeln. »Ich glaube, die Atmosphäre bei der gestrigen Zusammenkunft brauche ich Ihnen wohl nicht zu schildern. Wir waren wie Tiger, die sich alle auf die gleiche Beute stürzen wollten. Wie Geier, die gierig ihr Opfer umkreisen, um sich dann die besten Teile aus dem Kadaver herauszuhacken. Das sogenannte Amüsement des Abends, das Essen und die Getränke, die allgemeine Unterhaltung – es war alles nur Kulisse. Kaum waren wir mit unserer Besprechung fertig, da liefen wir auch schon auseinander. Jeder hielt seinen Umschlag mit den neuen Versen in der Hand. Jeder wünschte seinen lieben Mitbewerbern das Schlimmste ...«

»Dann haben Sie auch keine Ahnung, ob einer der Anwesenden Mr. Dahlmanns Verhalten für einen Scherz hielt?«

»Nein, nicht die geringste Ahnung.«

»Hielten Sie es für einen Scherz?«

»Ah«, sagte Rollins, und bei diesem Laut hellte sich sein Gesicht auf. »Ah«, sagte er nochmals, »diese Frage gefällt mir schon besser. Nur hätte ich von Ihnen eine etwas subtilere Formulierung erwartet. Die Polizei hat mir meine Antwort nicht abgenommen. Auch Sie werden jetzt ungläubig den Kopf schütteln. Ich weiß wirklich nicht, was mit mir los war. Ich befand mich in einem grauenvollen Zustand der Angst. Mein Dämon hatte mich dahingebracht, ich meine zu dieser Zusammenkunft im Hotel Churchill. Mein Dämon flüstertete mir zu: ›Du mußt diesen Kampf gewinnen ... Du mußt ... Du mußt ... Mit deinem Scharfsinn, mit deinem Wissen, mit deinem Genie ... Du mußt ihn gewinnen!‹ Mir war es daher völlig gleichgültig, ob Mr. Dahlmann scherzte oder nicht, ob sich wirklich die Lösungen auf dem Zettel befanden oder nicht. Hätte mir der Zufall diesen Zettel in die Hand gespielt, ich hätte ihn verbrannt, ohne vorher einen Blick auf die Lösungen zu werfen. Ich wäre dabei nicht der Stimme meines Gewissens gefolgt. O nein, mein Stolz hätte mich zu dieser Handlungsweise getrieben, denn ich wollte die Lösungen ja nur meinem eigenen Scharfsinn und meinem Wissen verdanken. Es tut mir leid, daß ich Sie enttäuschen muß. Doch ich kann Ihnen wirklich nicht sagen, ob Dahlmann meiner Ansicht nach nur einen Scherz machte oder nicht. Die Frage interessierte mich nicht. Jetzt möchten Sie wohl auch noch wissen, was ich gestern nach dieser Zusammenkunft getan habe.«

Wolfe schüttelte den Kopf. »Nein, eigentlich nicht. Natürlich haben Sie das alles bereits bei der Polizei zu Protokoll gegeben. Die Polizei verfügt über bessere Hilfsmittel als ich, um Ihre Angaben zu überprüfen. Im übrigen befasse ich mich auch nicht mit der Aufdeckung eines Mordfalles.«

»Und womit befassen Sie sich, wenn ich fragen darf?«

»Ich bemühe mich, Mittel und Wege zu finden, um das Preisausschreiben in einer für alle Beteiligten zufriedenstellenden Weise zu regeln. Sie sagten vorhin, daß Mr. Younger mit Ihnen gesprochen hat. Was hat er Ihnen gesagt?«

»Er erzählte mir, was ihm Mr. Goodwin über Miss Frazee mitgeteilt hat. Er wollte, daß Mrs. Wheelock und ich gemeinsam mit ihm zu einem Anwalt gehen und ein gerichtliches Verfahren einleiten. Außerdem wollte er noch, daß wir Miss Tescher und Miss Frazee den Vorschlag unterbreiten, den Gesamtbetrag der ersten fünf Preise gleichmäßig unter uns zu verteilen. Ich machte ihn darauf aufmerksam, daß das wohl nicht recht ginge, daß die eine Aktion die andere ausschließt.«

»Und welche Aktion ziehen Sie persönlich vor?«

»Keine von beiden. Da ich nun mal für die Zeche aufkommen muß, will ich mir wenigstens den Bauch vollschlagen. Mr. Dahlmann sagte uns, die neuen Verse seien viel schwerer zu erraten als alles, was wir vorher hatten. Und er hat da sicher recht gehabt. Ich bezweifle, daß die Freundinnen von Miss Frazee auch nur einen dieser Vierzeiler erraten werden – und Miss Tescher dürfte es kaum besser ergehen. Wenn ich mich von Ihnen verabschiede, Mr. Wolfe, werde ich mich sofort an eine der besten Privatbibliotheken New Yorks begeben und dort die Nacht verbringen. Ich weiß bereits, welches Buch ich mir als erstes holen werde. Hier ist übrigens einer der neuen Vierzeiler:

Was Liebe ist, ich hab's von Jack erfahren.
Der Hochzeitstag war schon gewählt.
Doch als wir in der Kirche waren,
da wurde ich mit Karl vermählt.«

Er griff mit einer Hand nach seiner Brille, nahm sie aber nicht ab, sondern rückte sie nur auf der Nase zurecht.

»Ahnen Sie etwas? Wissen Sie, wer damit gemeint sein könnte?«

»Nein«, sagte Wolfe.

»Mir schwant da etwas. Genau habe ich's auch noch nicht heraus. Doch ich habe eine Spur. Wie die Frau hieß, weiß ich nicht. Aber ich weiß, wo ich sie finden kann. Ich mag mich irren, doch ich glaube es nicht. Und damit hätten wir dann den ersten Vers.«

Ja, wahrscheinlich war es so. Entweder hatte er das Zweite Gesicht, oder er hatte sich Dahlmanns Zettel verschafft und bemühte sich nun, vorsorglich eine Erklärung dafür beizubringen, wie und wo er zu seinen Lösungen gekommen war.

Ohne weitere Umstände zu machen, sagte Wolfe: »Dann will ich Sie auch nicht länger aufhalten, Mr. Rollins. Sie wollen ja arbeiten. Ich möchte mir auf keinen Fall den Zorn eines mit Ihnen befreundeten Dämons zuziehen.« Nach diesen etwas schroffen Worten stützte er seine Hände auf die Schreibtischplatte, schob seinen Sessel zurück und stand auf. »Ich hoffe, Sie bald wiederzusehen, Mr. Rollins, doch Sie können versichert sein, daß ich Sie bei Ihrer Arbeit so wenig wie nur irgend möglich stören werde. Und nun bitte ich, mich zu entschuldigen.« Schweren Schrittes ging er auf die Tür zu und verschwand.

Rollins sah mich an. »Was ist los? Bin ich ihm etwa aus Versehen auf den Fuß getreten? Oder habe ich mich durch eine ungeschickte Bemerkung verraten, so daß er jetzt die Handschellen holt?«

»Quatsch«, sagte ich fast schon im gleichen Ton wie Mr. Younger. »Machen Sie sich nichts draus. Riechen Sie was?«

Er schnüffelte. »Nein. Nichts Besonderes. Was soll es denn sein?«

»Ja, ich weiß«, gab ich zu, »daß Sie kein Spürhund sind. Ich rieche Heringsrogen mit Petersilie, Kerbel, Schalotten, Lorbeerblättern und saurer Sahne. Das ist sein Dämon – oder zumindest einer seiner Dämonen. Er hat da eine ganze Musterkollektion von Dämonen. Sie wollen uns schon verlassen? Darf ich Sie rasch noch fragen, was war eigentlich die Antwort auf Vers Nummer neun? Wenn ich nicht irre, lautete dieser Vierzeiler:

Durch ein Gesetz in seinem eignen Namen
war uns der Eheweg verbaut,
doch wenn wir traulich zueinanderkamen,
so liebten wir uns ungetraut.«

Er war schon an der Tür, drehte sich aber freundlicherweise um. Sein Lächeln war jetzt schon fast ein volles Lächeln. »Kinderspiel.

Eine Aufgabe für Quartaner. Das waren natürlich Aspasia und Perikles.«

»Klar. Ja, das hätte ich wissen müssen, wenn ich nicht die Quarta übersprungen hätte.«

Wir gingen in die Halle, und ich half ihm in den Mantel. Als ich die Haustür öffnete, fragte er: »War nicht Miss Tescher gerade bei Ihnen, als ich kam?«

Ich bejahte.

»Und wer waren die drei Herren?«

»Ihre Berater. Sie hätten hören sollen, wie die drei auf den armen Mr. Wolfe eingeredet haben. Er ist überhaupt nicht zu Wort gekommen.«

Er wollte mich noch etwas anderes fragen, überlegte es sich in letzter Sekunde aber anders und unterließ weitere Fragen. Als er fort war, ging ich in die Küche, um Wolfe etwas über Aspasia und Perikles zu erzählen. Ich kam allerdings nicht soweit. Das Telefon läutete. Ich mußte zurück ins Büro. Erst nach einem kürzeren fernmündlichen Gedankenaustausch konnte ich mich wieder auf den Weg in die Küche machen. Dort traf ich Wolfe, der gerade eine kulinarische Konferenz mit Fritz abhielt.

Ich sagte ihm: »Talbot Heery wird um Viertel nach neun hier sein.«

Wolfe, der bereits ziemlich geladen war, schnaubte mich an: »Ich bin kein Scheunendrescher, der alles gierig herunterschlingt. Merken Sie sich das!«

Ganz still und bescheiden machte ich ihn darauf aufmerksam, daß er sich doch etwas beeilen müßte. Er hatte für sein Dinner nur noch eine halbe Stunde Zeit.

9

Bei Mahlzeiten im Hause Nero Wolfe, gleichviel ob's Gäste gibt oder nicht, wechseln die Gesprächsthemen von spinaler Kinderlähmung bis zur hohen Politik. Kein Thema ist verpönt. Nur berufliche Dinge dürfen nicht erwähnt werden. Auch an diesem Abend machte Wolfe keine Ausnahme. Und doch hätte nicht viel gefehlt, und wir wären fast in eine richtige Fachsimpelei hineingeschlittert. Offenbar hatte Wolfe irgendwann am Tag eine Minute Zeit gefunden, um im Konversationslexikon den Artikel über Kosmetik zu überfliegen. Während wir uns nun an den Heringsrogen ergötzten, hielt er es für angebracht, seine neuerworbenen Kenntnisse über die Körperpflege des gesunden Menschen mit mir zu teilen. Frei aus dem Gedächtnis zitierte er mir Wort für Wort ein Gesetz, das angeblich Anno 1770 vom englischen Parlament erlassen wurde und folgendermaßen lautete:

»WIR setzen und ordnen an, daß alle Weibespersonen, ohne Rücksicht auf Alter, bürgerliche Stellung und Gewerbe, ohne Rücksicht, ob selbige Jungfrauen, unverehelichte Mägdelein oder Wittiben sind, schwer bestrafet werden sollen nach den über Zauberei erlassenen Gesetzen, sofern obgenannte Weibespersonen ein männliches Subjekt Seiner Königlich-Britischen Majestät in den Stand der Ehe gelocket haben durch Benutzung von Wohlgerüchen, Schminke, Gesundheitswässerchen, durch falsche Zähne, falsches Haar, aufgeplusterte Hüften und Schuhwerk mit erhöhten Absätzen und soll item eine durch solches Blendwerk des Satans eingegangene Ehe in den Reichen Seiner Königlichen Majestät nach erfolgter Bestrafung der Weibesperson jeglicher Gültigkeit vor dem Gesetz entbehren.«

Dann erzählte er mir von Maria Stuart seligen Angedenkens, die immer in Wein gebadet habe; die älteren Damen ihres Hofes hätten das auch getan, die jüngeren aber hätten sich Wein nicht leisten können, weshalb sie sich bescheiden mit Kuhmilch oder Eselsmilch begnügten. Doch das war noch längst nicht alles, was Wolfe aus dem Konversationslexikon gelernt hatte. In altägyptischen Gräbern, so erzählte er mir, habe man aromatische Kräuter gefunden, die noch nach dreieinhalb Jahrtausenden frisch wie am ersten Tag dufteten. Eine führende Modeschöpferin im alten Rom habe sich die Haare mit einer speziell aus Gallien importierten Seife blond gefärbt. Und Napoleon wollte immer, daß seine Josephine Schönheitsmittel benutzte, die von der Insel Martinique kamen. Von Josephine führte Wolfes Wanderung durch das historische Gefilde der Kosmetik zu Kleopatra und anderen jungen Damen im alten Ägypten, die natürlich viel attraktiver waren als die alten Damen im jungen Ägypten, zum Teil wohl auch deswegen, weil sie sich unter den Augen grün anmalten und die Augenlider, Wimpern und Brauen schwarz anpinselten.

Ich fand das alles recht interessant und verschluckte mit den Heringsrogen auch jede Bemerkung darüber, wie nützlich es für uns sein würde, wenn wir herausbekämen, wer Dahlmanns Brieftasche gestohlen hatte. Nein, das erwähnte ich natürlich nicht, denn das wäre ja schon hart an der Grenze eines Gesprächs über berufliche Dinge gewesen. Auch als wir dann unser Mahl mit Käse und Kaffee zum Abschluß brachten und ins Büro zurückkehrten, gönnte ich ihm eine schöpferische Verdauungspause. Ich ging zu meinem Schreibtisch und wählte die Nummer von Lily Rowan. Als ich ihr mitteilte, ich würde morgen leider nicht mit ihr zum Baseballspiel gehen können, da verwünschte sie Nero Wolfe und nannte ihn in bunter Reihenfolge einen Despoten, Pascha ohne Harem und Sklaventreiber. Als ich den Hörer auflegte und meinen Drehstuhl kreisen ließ – wer saß da auf dem roten Ledersessel? Mein alter Freund und Gönner, Mr. Heery.

Er paßte in jeder Beziehung viel besser in diesen Sessel als der kleine Rollins und die halbverhungerte Mrs. Wheelock. Er trug einen Smoking und ein weißes Hemd, wodurch er noch imposanter wirkte als sonst. Offenbar hatte er sich im Büro etwas umgeschaut, denn er sagte: »Da haben Sie aber einen ganz besonders netten Raum. Sehr geschmackvoll und sehr persönlich. Sie haben eine besondere Vorliebe für Gelb, nicht wahr?«

»Ja, offenbar hab' ich das«, knurrte Wolfe. Bemerkungen dieser Art irritierten ihn. Da fast alle Bezüge, die Decke auf der Couch und die Kissen gelb waren, von fünf gelben Stühlen ganz zu schweigen, war diese Bemerkung von Heery wirklich etwas banal.

Er ließ sich aber nicht beirren, nachdem er einmal Farbe bekannt hatte. »Gelb ist immer ein Problem«, stellte er fest. »Es hat große Vorteile. Und doch kann man wohl sagen: Nicht alles, was gelb ist, glänzt. Ich denke da an das gelbe Fieber und die gelbe Gefahr. Im übrigen ist Gelb auch die Farbe des Neids. Für Verpackungen ist Gelb allerdings eine sehr attraktive Farbe. Louis Dahlmann war jedoch dagegen, und so haben wir Gelb niemals für *Pour Amour* verwenden würfen. Früher habe ich Gelb viel in meiner Firma benutzt. Wie ich jetzt auf einmal all das Gelb in Ihrem Büro sah, mußte ich unwillkürlich an ihn denken.«

»Ich möchte bezweifeln«, sagte Wolfe ganz trocken, »ob es wirklich der Farbtönung meines Büros bedurfte, um Sie in diesem Augenblick an Mr. Dahlmann zu erinnern.«

»Sehr komisch«, bemerkte Heery, obwohl er alles andere als belustigt wirkte.

»Meine Bemerkung war keineswegs komisch gemeint.«

»Aber sie war es. Einfach deswegen, weil Sie sich da absolut irren. Ich habe eben zum erstenmal wieder an Dahlmann gedacht. Als man mir die Nachricht von seinem Tod überbrachte, war ich in einer furchtbaren Stimmung. Bedenken Sie die Umstände, unter denen sein Tod erfolgt war. Ich machte mir die größten Sorgen, wenn ich an das Preisausschreiben und an mein Geschäft dachte. Diese Sorgen quälen mich noch immer, und deshalb habe ich überhaupt noch keine Zeit gehabt, über den armen Louis Dahlmann nachzudenken. Haben Sie bereits mit allen fünf Wettbewerbsteilnehmern gesprochen?«

»Bisher nur mit vieren. Mr. Goodwin hatte eine Besprechung mit Mr. Younger.«

»Und haben Sie bisher irgend etwas erreicht?«

Nichts war Wolfe verhaßter, als gleich nach dem Abendessen arbeiten zu müssen. Kratzbürstig knurrte er: »Ich erstatte nur meinen Klienten Bericht, Mr. Heery.«

»Auch das finde ich sehr komisch«, sagte Heery. »Ihre Klienten sind Lippert, Buff und Assa. Ich bin einer der besten Kunden von LBA. Im vorigen Jahr haben sie mit der Werbung für meine Firma über eine halbe Million Dollar verdient. Ich bin es, der für alle Unkosten dieses Preisausschreibens aufkommt – und natürlich auch für die Preise. Da ist es doch etwas komisch, nicht wahr, wenn Sie mir nicht einmal mitteilen wollen, ob Sie bisher irgend etwas in der Sache ausgerichtet haben.«

»Keineswegs, mein Herr.« Wolfe sah ihn grimmig an. »Sie wissen doch ganz genau, welche Verpflichtungen ich gegenüber meinen Klienten habe. Wenn Sie wollen, können Sie ja einen der Herren von der LBA anrufen, damit sie mir dann die entsprechenden Weisungen geben. Ich persönlich würde vorziehen, wenn Sie Mr. Buff oder Mr. Assa anrufen.«

Mir schien, daß sich jetzt eine nie wiederkehrende Gelegenheit für Heery bot, um aus der Haut zu fahren. Aber Heery nutzte diese Chance nicht. Statt dessen stand er auf, steckte die Hände in die Hosentaschen.

»Haben Sie von LBA einen Vorschuß erhalten?« fragte er.

»Nein.«

Er holte aus seiner Brieftasche ein Scheckbuch hervor und begann mit einem winzigen Füllfederhalter das oberste Scheckformular auszufüllen. »Hier«, sagte er und legte den Scheck auf Wolfes Schreibtisch, »hier haben Sie zehntausend Dollar. Jetzt bin *ich* Ihr Klient beziehungsweise meine Firma. Falls Sie einen höheren Betrag als Vorschuß wünschen, sagen Sie es mir bitte.«

Wolfe nahm den Scheck in die Hand, riß ihn in Fetzen und beugte sich dann nach rechts, um die Schnipsel in den Papierkorb zu werfen. Er richtete sich auf. »Mr. Heery«, sagte er, »ich bin immer etwas reizbar, wenn meine Verdauung auf unliebsame Art gestört wird. Ich empfinde Ihre Anwesenheit als unbekömmlich und unerträglich. Von mir aus können Sie sich jetzt empfehlen.«

Heery sah mich mit großen Augen an, und da sich tiefstes Mitleid in mir regte und ich ihm auch die Verlegenheit ersparen wollte, mir ein neues Angebot von zwanzig oder sogar hundert Dollar zu machen, das ich dann wieder ablehnen würde, erwiderte ich seinen Blick und sagte ihm freundlich: »Falls Sie uns jetzt wirklich verlassen sollten, können Sie immer noch in Ruhe auf die ›passende Gelegenheit‹ warten. Ganz dicht bei unserem Haus ist ein kleiner Hof. Dort wird Sie niemand stören.«

Er lachte laut auf und wäre vor Lachen fast vom Sessel gefallen. Nur für ein paar Sekunden unterdrückte er seine Lachlust und stieß mühsam hervor: »Alle Achtung, Sie beide sind aber aufeinander eingespielt.« Und dann prustete er wieder los. Wir sahen ihn schweigend an. Er holte sein Taschentuch hervor und hustete heftig, weil er sich beim Lachen wohl verschluckt hatte. Endlich hatte er sich wieder in der Gewalt.

»Also gut«, sagte er, »ich will Ihnen jetzt erzählen, was hier gespielt wird.«

»Danke«, knurrte Wolfe noch immer muffig. »Völlig überflüssig. Ich weiß Bescheid.«

»Nein, das wissen Sie nicht. Ich habe die Sache falsch angepackt. Ich werde also noch mal von vorn anfangen. Für Lippert, Buff und Assa steht bei dieser scheußlichen Geschichte viel auf dem Spiel. Aber für mich sieht die Sache noch ärger aus. Wenn dieses verflixte Preisausschreiben platzt, kann das meinen Ruin bedeuten. Wollen Sie sich jetzt anhören, was ich Ihnen zu sagen habe?«

Wolfe lehnte sich zurück. Seine Augen waren geschlossen. »Ich höre«, murmelte er.

»Wenn Sie die Sache verstehen wollen, müssen Sie den Hintergrund kennen. Ich begann mein Geschäft vor zwanzig Jahren. Mit wenig Kapital. Sehr klein und bescheiden. Ich arbeitete verdammt hart. Doch ich hatte Glück. Und das größte Glück war, daß sich ein Werbefachmann namens Lippert für meine Produkte interessierte. Die Firma, für die er arbeitete, hieß damals noch McDade und Lippert. Unsere Ware war gut. Aber Lippert – der war schon mehr als gut. Bereits nach zehn Jahren lag unsere Gesellschaft an der Spitze. Wir hatten die Konkurrenz geschlagen. Unser Erfolg war eine Sensation. Und dann starb Lippert. Zunächst lief alles weiter wie bisher. Unsere Produkte waren populär. Dann aber senkte sich die Umsatzkurve. Es war nicht weiter schlimm. Hin und wieder ging die Kurve auch nach oben, doch die abfallende Tendenz war häufiger. Ich verfügte noch immer über eine gute Verkaufsorganisation und über einen qualitativ hochwertigen Artikel. Aber Lippert war tot. Und das war der Grund, warum wir nicht mehr so erfolgreich waren wie bisher.«

Er betrachtete das gefaltete Taschentuch, das er noch immer in der Hand hielt. Dann steckte er es zurück in die Tasche. »Im Jahre 1950 begannen wir mit der Erzeugung eines neuen Parfüms. Wie Sie wissen, kommt es vor allem darauf an, daß das Kind einen Namen hat. Wir wandten uns an die LBA-Leute, die uns dann auch eine Reihe von Vorschlägen unterbreiteten. Aus dieser Liste wählte ich den Namen *Pour Amour* für unser neues Parfüm. Erst einige Zeit später erfuhr ich, daß dieser spezielle Vorschlag von einem jungen Mann namens Louis Dahlmann stammte, der vor kurzen bei LBA angefangen hatte. Ich weiß nicht, Mr. Wolfe, ob Sie mit den Gepflogenheiten der Industriewerbung vertraut sind?«

»Nein.«

»Eine tolle Branche – dieses Werbegeschäft. Da geht es hart zu. Die Leute, sie sich die Spitzenstellungen erworben haben, passen hübsch auf, daß der Nachwuchs ja keine Chance hat, nach oben zu kommen. Ich weiß, im großen und ganzen gilt das natürlich überall, nicht nur in der Werbebranche. Und doch ist es in der Werbung wohl am schlimmsten, vor allem bei den großen Firmen. Bitte, stellen Sie sich vor, ich brauchte zwei Jahre, ehe ich erfuhr, daß es Louis Dahlmann war, der den Namen *Pour Amour* ausgeheckt hatte. Und noch ein weiteres Jahr mußte vergehen, ehe man Dahlmann erlaubte, direkt mit mir zu verhandeln. Gern haben das die Direktoren von LBA natürlich nicht gesehen. Doch inzwischen hatte sich Dahlmann so bewährt, daß sie ihn beim besten Willen nicht mehr zurückhalten konnten. Es gab da viel Gerede ... Vielleicht ist das eine oder andere sogar bis zu Ihnen gedrungen?«

»Nein.«

»Nun, Dahlmann war nicht gerade das, was man als sympathisch bezeichnet. Er war zu hochmütig. Aber er hatte Format – nicht zu vergleichen mit den übrigen Mitarbeitern der Firma. Ich will nicht sagen, daß die Direktoren von LBA unfähig sind. Gott bewahre! Aber ihre Intelligenz ist anderer Art. Oliver Buff zum Beispiel verfügt über solide Tüchtigkeit. Ein guter Mann für den Außenverkehr. Lippert hat ihn ausgebildet. Jetzt ist er Seniorchef der Firma. Wenn es darum geht, führenden Männern der Wirtschaft einen neuen Werbefeldzug auseinanderzusetzen, da ist Buff kaum zu schlagen. Aber für Parfüm braucht man eine besondere Nase – und die hat er nicht. Seit Jahren bin ich der beste Kunde von LBA, und in all dieser Zeit hat er mir persönlich auch nicht einen einzigen brauchbaren Reklamevorschlag unterbreitet.«

Heery machte eine wegwerfende Handbewegung. Dann fuhr er fort: »Oder nehmen wir Pat O'Garro. Von den Finessen der Werbung, ich meine Werbung für Produkte der kosmetischen Industrie, versteht er soviel wie ich von Sanskrit. Aber was Verkaufsorganisation betrifft, überhaupt Verkaufstechnik im allgemeinen, da ist er einfach nicht zu schlagen. Fast alle Kunden, die LBA heute hat, sind von ihm der Firma zugeführt worden. Das ist sehr schön für LBA. Aber was habe ich davon? Nichts. Ich brauche nicht jemanden, der LBA anständige Profite verschafft. Ich brauche jemanden, der für meinen Profit sorgt, der sich darum kümmert, daß meine Erzeugnisse überall ausliegen und überall gekauft werden. Von Boston bis Los Angeles. Von New Orleans bis Chicago. Und dafür ist O'Garro durchaus nicht der richtige Mann. Und Vernon Assa auch nicht. Assa begann als Werbetexter. Davon versteht er was. Auf diesem Gebiet hat er einen guten Ruf. Er ist jetzt einer der Direktoren von LBA, und O'Garro hat es auch zum Direktor gebracht. In den Jahren nach Lipperts Tod habe ich sehr gründliche Analysen, Marktforschungen der verschiedensten Art anstellen lassen, um die Arbeit von Assa zu prüfen. War alles sehr solide, sehr anständig, was man da machte. Verstehen Sie, ich erkenne das durchaus an. Aber das gewisse Etwas fehlte, der geniale Zug in der Werbung, wie Lippert ihn gehabt hatte. Mit Worten allein macht man keine Werbung. Erst muß man neue Ideen haben. Dann kommen die Worte, die guten Texte, schon von selbst. Aber an den Ideen haperte es eben, bis Louis Dahlmann kam.«

Heery schüttelte den Kopf. »Ich dachte schon, nun bin ich meine Sorgen für immer los. Ich will ehrlich zugeben, daß ich Dahlmann persönlich nicht besonders schätzte. Aber das war ja nicht so wichtig. Sympathische Leute gibt es wie Sand am Meer. Da kann man schon mal mit einem weniger sympathischen Mann vorliebnehmen, wenn er sein Geschäft versteht. Und Dahlmann verstand es. Er war jung. Noch ein Jahr – und man hätte ihn als Partner in die Firma aufgenommen. Sein Talent war so ungewöhnlich, daß den anderen

Partnern gar keine andere Wahl blieb. Über kurz oder lang hätte Dahlmann dann den Laden so ziemlich allein geschmissen. Die Arbeit für meine Firma reizte ihn übrigens ganz besonders. Für diese Art der Werbung hatte er eine besondere Neigung. Und nun ist er tot, und sein Tod bedeutet für mich, daß ich Schluß mit Lippert, Buff und Assa mache. Das ist beschlossene Sache. Aber erst einmal muß noch dieses gottverdammte Preisausschreiben in Ordnung gebracht werden. Als die Herren von LBA heute früh den Vorschlag machten, Sie zu engagieren, da konnte ich mich noch nicht konzentrieren. Ich sagte ihnen, ja schön, ich habe nichts dagegen. Aber wie die Dinge jetzt liegen, ich meine, nachdem ich beschlossen habe, mich von LBA zu trennen, scheint es mir doch recht sinnlos zu sein, daß diese Firma von Ihnen vertreten wird. Letzten Endes wird das Honorar, das Ihnen LBA zahlt, aus meiner Tasche fließen. Sie haben etwas voreilig gehandelt, als Sie meinen Scheck zerrissen.«

»Unter den obwaltenden Umständen nicht«, sagte Wolfe.

»Aber als Sie den Scheck zerrissen, waren Ihnen ja nicht alle Umstände bekannt. Nun kennen Sie den Sachverhalt. Zumindest in großen Zügen. Und noch etwas. Jede Minute kann jetzt eine wichtige Entscheidung bezüglich des Preisausschreibens getroffen werden. Und das betrifft auch Sie, Mr. Wolfe. Es betrifft , was Sie zu tun oder zu unterlassen haben. Und wer wird diese Entscheidung treffen? Die Herren von LBA. Aber das paßt mir nicht. Ich werde das nicht zulassen. Für mich steht mehr auf dem Spiel als für Lippert, Buff und Assa.« Er nahm sein Scheckbuch wieder aus der Brieftasche. »Auf welchen Betrag soll ich den Scheck ausstellen? Sind Sie mit zehntausend Dollar zufrieden?«

»So einfach geht es nicht«, sagte Wolfe. »Und das wissen Sie ganz genau. Ihre Argumente sind durchaus stichhaltig. Zugegeben. Aber andererseits müssen Sie auch zugeben, daß Sie den Herren von LBA sagten, Sie hätten nichts dagegen, wenn man mich engagierte. Doch es gibt einen einfachen Ausweg. Rufen Sie bei der Firma an und teilen Sie den Herren mit, Sie möchten, daß ich Sie und nicht LBA vertrete. Wenn die Herren damit einverstanden sind, brauchen Sie es mir nur mitzuteilen. Das ist alles.«

»Nein«, erwiderte Heery, »das dürfte nicht ohne gewisse Schwierigkeiten abgehen. Meine Beziehungen zu den Herren, vor allem zu Buff, sind in den letzten Jahren etwas . . .« Er vollendete den Satz nicht. Gespannt saß ich da, bis Heery schließlich sagte: »Tut mir leid, aber das kann ich nicht machen.«

»Na ja, wenn Sie wünschen, kann ich selbst telefonieren . . .«

»Nein«, unterbrach ihn Heery. »Das wäre genauso falsch . Zum jetzigen Zeitpunkt muß ich unter allen Umständen einen offenen Bruch vermeiden.«

»Mag sein. Aber dann müssen Sie sich mit dem Status quo abfinden. Ich habe vollstes Verständnis für die Situation, in der Sie sich befinden, Mr. Heery. Wie Sie selbst betonten, steht für Sie genausoviel, wenn nicht mehr, auf dem Spiel wie für Lippert, Buff und Assa. So oder so werden Sie es sein, der meine Rechnung zu begleichen hat. Da haben Sie natürlich zumindest einen Anspruch darauf, als erster von mir über alle weiteren Entwicklungen informiert zu werden. Soll ich mal bei den Herren anrufen, damit sie mich autorisieren, Ihnen diese Informationen zu geben? Das dürfte doch wohl kaum Ihre Beziehungen mit den Herren von LBA beeinträchtigen. Ich könnte ja hinzufügen, daß ich Ihren Wunsch für durchaus berechtigt halte.«

»Das ließe sich vielleicht machen«, sagte Heery nach einigem Zögern.

»Also soll ich mal anrufen?«

»Ja.«

In diesem Augenblick läutete unser Telefon. Ich nahm den Hörer ab und hörte mir an, was die Stimme am anderen Ende der Leitung zu sagen hatte. »Bitte, bleiben Sie einen Augenblick am Apparat«, sagte ich freundlich und wandte mich dann an Wolfe, um ihm mitzuteilen, daß ihn Rudolph Hansen zu sprechen wünsche. Wolfe zog seinen Apparat heran, hielt aber plötzlich inne. Auf einmal erhob er sich von seinem Sessel und marschierte auf die Tür zu. Er wollte also den Apparat in der Küche benutzen, um ungestört mit Hansen sprechen zu können. Ich wartete geduldig und legte erst auf, als ich Wolfes Stimme aus der Muschel hörte.

Heery und ich hätten uns derweil natürlich nett unterhalten sollen. Aber der Parfümhersteller blickte finster um sich. Ich hätte ihn natürlich leicht wieder aufrichten können. Aber ich wollte nicht. So saßen wir beide still und stumm da – bis Wolfe wieder erschien.

Er wandte sich an Heery. »Ich habe eben mit Mr. Hansen gesprochen. Mr. Buff, Mr. O'Garro und Mr. Assa waren zugegen, als er mit mir telefonierte. Die Herren wünschten einen Bericht von mir, und ich habe ihnen gesagt, was ich zu sagen habe. Im übrigen haben die Herren nichts dagegen, daß ich auch Ihnen Bericht erstatte, wenn Sie es wünschen.«

»Verdammt anständig von den Herrschaften«, murmelte Heery. »Und hatten die Herren von sich aus etwas mitzuteilen?«

»Nichts von Bedeutung.«

»Dann sind wir also wieder an unserem Ausgangspunkt angelangt. Haben Sie inzwischen etwas erreicht?«

»Ich freue mich, daß ich jetzt endlich bevollmächtigt bin, diese Frage zu beantworten.«

»Sehr verbunden. Was haben Sie also erreicht?«

»Nichts.«

»Und wieso, wenn ich fragen darf?«

»Sie dürfen. Mr. Heery, ich habe Ihnen eben die gleichen Informationen gegeben wie Mr. Hansen. Gesetzt den Fall, ich hätte aus meinen Besprechungen mit den Teilnehmern am Wettbewerb irgendwelche Schlußfolgerungen gezogen, so wäre jetzt zu bedenken, ob und in welchem Umfang ich Sie mit meinen Gedankengängen vertraut machen soll. Diese Bedenken scheiden aber aus. Ich habe keine Schlußfolgerungen gezogen. Vermutungen eignen sich nicht für eine solide Berichterstattung. Im übrigen möchte ich Sie darauf hinweisen, daß Sie mich nicht nur bei der friedlichen Verdauung meines Abendessens gestört haben. Sie haben mich auch bei der geistigen Verdauung der Informationen und Eindrücke gestört, die ich im Verlauf eines langen und mühsamen Arbeitstages in mich aufgenommen habe. Mr. Hansen und die drei Herren von LBA wollten mich jetzt aufsuchen. Ich habe ihnen klipp und klar erklärt, man solle mich jetzt in Ruhe lassen, bis sich etwas ergeben hat, was eine Besprechung notwendig macht. Und wenn das den Herrschaften nicht paßt, sollen sie gefälligst jemand anders mit ihrem Auftrag betrauen.«

»Aber wir haben keine Zeit zu verlieren. Was wird Ihr nächster Schritt sein?«

Wir brauchten noch weitere fünf Minuten, ehe wir Mr. Heery loswerden konnten. Schließlich zog er ab. Nachdem ich ihn hinausgeführt hatte, setzte ich mich wieder an meinen Schreibtisch. Da lagen noch meine Aufzeichnungen über das Gespräch mit Miss Frazeer. Ich tippte sie ab, hämmerte wie wild auf die Tasten, um noch vor dem Schlafengehen fertig zu werden. Es war ja schon spät. Nach zehn Uhr. Außerdem gab es auch noch ein paar Fragen, die ich gern an Wolfe gerichtet hätte. Doch die Tipperei nahm mich vollauf in Anspruch. Überdies war Wolfe in die Lektüre eines Buches vertieft, das er sich vom Bücherbord geholt hatte, während ich Heery sanft und unaufdringlich aus dem Büro und aus dem Haus bugsierte. Das Buch war *Beauty for Ashes* von Christopher La Farge.

Ich war mit Miss Frazees Bericht fertig und tippte bereits meine Aufzeichnungen über Mrs. Wheelock ab, als es an der Haustür läutete. Ich ging hinaus und lugte erst einmal vorsichtshalber durch den Türschlitz. Dann eilte ich ins Büro zurück und sagte zu Wolfe: »Tut mir leid, Sie zu stören . . .«

»Ich will aber nicht gestört werden«, knurrte er. »Ich bin für niemanden zu sprechen.«

»Gewiß, werter Herr, wie Sie wünschen. Draußen steht Cramer.«

Er legte das Buch aus der Hand, kniff ein Eselsohr auf die Seite, die er gerade gelesen hatte. Dann schlug er das Buch zu. »Also in Gottes Namen«, sagte er grimmig und bleckte die Zähne. »Lassen Sie ihn herein!«

Die Glocke an der Haustür läutete zum zweitenmal.

10

Wolfe und Inspektor Cramer von der Mordkommission New York West waren sich nie richtig in die Haare geraten. Aber Cramers feistes, rotes Gesicht war nur zu oft schon kreidebleich geworden, weil er sich so beherrschen mußte. Ich weiß immer schon im voraus, was kommt und in welcher Tonlage unser freundliches Beisammensein verlaufen wird, wenigstens am Anfang. Wenn er mich Archie nennt, was nicht oft geschieht, will er was von mir und weiß, daß er lieb und nett mit mir reden muß, um mich zu beschwichtigen und die Erinnerung an alte Streitigkeiten zu begraben. Wenn er mich Goodwin nennt und sich nach meinem geschätzten Wohlbefinden erkundigt, will er auch was von mir. Aber dann glaubt er, daß es sich nicht um eine Gefälligkeit handelt, sondern daß es meine verdammte Pflicht und Schuldigkeit ist, ihm zu helfen. Wenn er mich Goodwin nennt, ohne sich nach meinem geschätzten Wohlbefinden zu erkundigen, will er was und besteht darauf, daß ich ihn wunschgemäß bediene, was er dann als die jedem Staatsbürger obliegende Pflicht bezeichnet, der lieben Polizei bei Durchführung ihrer schwierigen Aufgaben behilflich zu sein. Wenn er mich aber weder Archie noch Goodwin nennt und auch nicht das geringste Interesse an meiner Gesundheit zeigt, ist er bereit, aus sämtlichen Knopflöchern zu schießen.

Diesmal nannte er mich zwar nicht Archie, doch er erkundigte sich nach meiner werten Gesundheit. Er nahm im roten Ledersessel Platz, nahm auch Wolfes freundliches Angebot an, ein Gläschen Bier zu trinken. Er entschuldigte sich für die späte Stunde seines Besuches. Es sei ihm leider nicht mehr möglich gewesen, sich telefonisch vorher anzusagen. Als Fritz mit dem Bier erschien, ging ich in die Küche, um mir ein Glas Milch zu holen. Bei meiner Rückkehr hatte Cramer sein Bier bereits bis zur Hälfte ausgetrunken und wischte sich den Schaum vom Mund.

»Ich hoffe, sagte er, »daß ich Sie nicht in einer wichtigen Arbeit unterbrochen habe.« Seine Stimme klang sehr rauh und ruppig. Aber das war nun mal sein Ton.

»Ich habe mit einem Fall zu tun«, sagte Wolfe. »Als Sie kamen, war ich gerade bei der Arbeit.«

»Tja«, sagte Cramer. »Ich weiß Bescheid. Sie arbeiten an dem Mordfall Dahlmann.«

»Nein«, knurrte Wolfe und schenkte Bier ein. »Ich bin mir durchaus bewußt, daß Sie eine instinktive Abneigung gegen alle Privatdetektive haben, die sich mit Mordfällen befassen, die in Ihren Zuständigkeitsbereich fallen. Aber, wie gesagt, ich bearbeite keinen Mordfall.«

»Um so besser. Darf ich Sie fragen, wer Ihr Klient ist? Für wen bearbeiten Sie den Fall, den Sie eben erwähnten?«

»Wer mich bezahlt?«

»Ist mir völlig egal, ob Sie dafür Geld bekommen oder nicht. Also, wer ist Ihr Mandant?«

»Ich kann Ihnen den Namen ruhig nennen. Im Vertrauen, versteht sich. Es ist die Werbefirma Lippert, Buff und Assa.«

Ich war wirklich erstaunt. Wolfe war die Liebenswürdigkeit in Person. Leutselig schaute er Cramer an – eine Seele von einem Menschen, gütig und hilfsbereit.

»Ich habe von dieser Firma schon gehört«, sagte Cramer. »Heute erst. Das ist doch die Firma, bei der Louis Dahlmann gearbeitet hat.«

»Stimmt.«

»Und wann hat man Sie engagiert?«

»Heute.«

»Hm ... hm ...«, sagte Cramer, und aus seinem Munde klang das ganz besonders rauh und ruppig. »Heute sind auch noch vier andere Personen zu Ihnen gekommen – abgesehen von Ihren Klienten –, und zwar Personen, die gestern abend an einer Besprechung mit Dahlmann teilgenommen haben – und Goodwin hat einen fünften Teilnehmer dieser Besprechung in seinem Hotel aufgesucht. Aber Sie bearbeiten keinen Mordfall?«

»Nein.«

»Mumpitz!«

Es sah ganz so aus, als ob sich der Ton unseres Gesprächs nun ändern würde. Jede Sekunde, dachte ich mir, muß Cramer jetzt explodieren. Schon schnappte er nach Luft. Doch dann besann er sich eines Besseren und schnappte nach dem Bier. Er leerte sein Glas in einem Zug. »Hören Sie, mein Lieber«, sagte er rauh und ruppig, doch mit Engelsgeduld, als hätte er mit dem Bier auch noch ein paar Tropfen Baldrian heruntergeschluckt. »Ich habe oft genug gehört, wie Sie andere ermahnten, logisch zu denken. Ist es nicht eine logische Schlußfolgerung, wenn ich jetzt annehme, daß Sie an einem Mordfall arbeiten?«

Wolfe gab einen höchst seltsamen Laut von sich. »Wirklich reizend von Ihnen, daß gerade Sie sich auf Logik berufen. Aber lassen wir das. Ich kann Ihnen mit ruhigem Gewissen sagen, womit ich mich befasse. Es bleibt natürlich streng vertraulich. Sie haben doch gewiß schon alles über dieses Preisausschreiben gehört und über die verschwundene Brieftasche von Mr. Dahlmann. Meine Aufgabe ist es, das Preisausschreiben in einer für alle Beteiligten zufriedenstellenden Weise zu regeln. Zu diesem Zweck muß ich in Erfahrung bringen, wer die Brieftasche an sich nahm und was sie enthielt, um dann den Nachweis zu erbringen, daß sich nichts in der Brieftasche befand, was in irgendeinem Zusammenhang mit der Lösung des Preisausschreibens stand. Ich werde ferner dafür Sorge tragen, daß die faire Verteilung der Preise durch nichts behindert wird. Wenn Sie mich nun fragen, warum ich so frei und offen mit Ihnen rede, so lautet die Antwort: Einfach deswegen, weil sich bei diesem Fall unsere Interessen berühren, ohne sich zu überschneiden. Sowie ich etwas ausfindig machen sollte, was für Sie von Nutzen sein könnte, werde ich Sie sofort verständigen.«

»Na, da haben Sie ja eine schöne Aufgabe«, sagte Cramer, und es klang gar nicht freundlich. »Wie wollen Sie herausfinden, wer die Brieftasche hat, wenn Sie sich nicht um den Mord kümmern?«

»Vielleicht geht's nicht. Ich sagte ja, daß sich unsere Interessen berühren. Aber mit dem Mord habe ich nichts zu schaffen.«

»Aha. Mord als eine Art Nebenprodukt. Ich verstehe. Und Sie behaupten auch, daß der Zettel, den Dahlmann aus seiner Brieftasche nahm und herumzeigte, überhaupt nicht die Lösungen enthielt.«

»So kategorisch habe ich das nicht behauptet.« Wolfe war noch immer die Liebenswürdigkeit in Person. »Nein. In diesem Punkt muß ich mir leider eine gewisse Zurückhaltung auferlegen. Was Sie da eben als meine Meinung hinstellten, haben Sie sicher von meinen Klienten gehört. Es wäre unhöflich, auch ein Verstoß gegen mein Berufsethos, wenn ich jetzt meinen Klienten widersprechen würde. Jedenfalls zeigt sich hier der Unterschied zwischen Ihrer Aufgabe und meiner. Da es mir darum geht, eine möglichst faire und zufriedenstellende Verteilung der Preise zu erreichen, ist der Inhalt des Zettels für mich von größter Bedeutung. Für Sie ist es gleichgültig, ob auf dem Zettel die Lösungen standen. Wichtig für Sie ist nur, ob die Teilnehmer des Preisausschreibens daran glaubten, daß sich auf diesem Fetzen Papier die richtigen Antworten befanden. Falls Sie es für erwiesen ansehen sollten, daß einer der fünf die ganze Sache praktisch nur für einen Scherz hielt, für einen reinen Ulk, dann müssen Sie diese Person von Ihrer Liste streichen. Haben Sie übrigens irgendwelche Unterlagen dafür, daß jemand die Sache nur als Scherz auffaßte?«

»Nein. Und Sie?«

»Auch nicht. Ich habe überhaupt keine Unterlagen. Keine Beweise. Ich verfüge über nichts.«

»Glauben Sie, daß einer der fünf Beteiligten am Preisausschreiben Dahlmann ermordet hat?«

Wolfe schüttelte den Kopf. »Ich habe Ihnen ja schon gesagt, daß ich mich nicht mit einem Mordfall befasse. Ich halte es für durchaus möglich, vielleicht sogar für wahrscheinlich, daß einer von ihnen die Brieftasche an sich nahm. Aber das ist lediglich eine Vermutung.«

»Wollen Sie behaupten, daß hier zwei Personen am Werk waren, daß der Mörder Dahlmanns nicht mit der Person identisch ist, die sich die Brieftasche aneignete?«

»Keineswegs. Allerdings möchte ich betonen, daß meine Informationen äußerst dürftig sind. Ich habe nicht einmal die heutigen Abendzeitungen gelesen, weil ich weiß, daß man sich auf diese Berichte nicht verlassen kann. Haben Sie irgendeinen Grund zu der Annahme, daß es sich hier um zwei Personen gehandelt haben muß?«

»Nein.«

»Sie nehmen also an, daß sich der Mörder, egal, wer es war, auch die Brieftasche angeeignet hat?«

»Ja.«

»Na, sehen Sie, das habe ich Ihnen ja gleich gesagt. Unsere Interessen überschneiden sich nicht. Stimmt's?«

In Cramers Flasche war noch etwas Bier. Er schenkte sich ein, wartete, bis der Schaum sich setzte. Dann leerte er das Glas.

Er sah Wolfe an. »Hören Sie, mein Lieber, bisher bin ich dienstlich nie mit Ihnen zusammengekommen, ohne daß sich unsere Interessen überschnitten. Aber ich will nicht behaupten, daß das unbedingt so sein muß. Wenn ich Ihren Worten Glauben schenken darf, ich betone ›wenn‹, dann sehe ich nicht ein, warum es diesmal nicht ohne jede Schwierigkeiten abgehen sollte. Ihre Klienten scheinen nur an dem Preisausschreiben interessiert zu sein. Der Mord läßt sie völlig kalt. Und weil das so ist, will ich Ihnen glauben. Doch ich wäre Ihnen dankbar, wenn Sie mir mitteilen würden, was Ihre Klienten Ihnen gesagt haben. Ich weiß natürlich, daß Sie dazu nicht verpflichtet sind. Soweit es um das Preisausschreiben geht, sind Sie sicher auf der richtigen Fährte. Und wenn nicht, so wird das bald der Fall sein. Sie werden dies oder das erfahren, was wir bei der Polizei nicht wissen. Bitte, verstehen Sie mich. Nichts liegt mir ferner, als Sie jetzt auszuquetschen. Aber Sie würden sich ganz gewiß keine Verzierung abbrechen, wenn Sie mir einige Ihrer Privatinformationen mitteilten.«

»Tut mir schrecklich leid«, sagte Wolfe.

»Sie können mir also nichts sagen, absolut nichts?«

»Nein. Was ich im Verlauf des gesetzlich geschützten Gesprächs mit meinem Anwalt Mr. Hansen erfuhr, dem gegenüber ich mich zum Schweigen verpflichtet habe, kann unter Umständen im Zusammenhang mit dem Preisausschreiben von Nutzen sein. Aber für die Aufdeckung des Mordes sind diese Informationen völlig belanglos. Das Wichtigste wissen Sie ja bereits. Die Geschichte mit der Brieftasche und dem Zettel ist Ihnen bekannt. Auch meine Gespräche mit den Teilnehmern am Preisausschreiben sind völlig unerheblich für Sie. Auf Grund dieser Gespräche kann bei keinem der fünf Teilnehmer die Möglichkeit ausgeschlossen werden, daß er oder sie nicht die Brieftasche an sich genommen hat. Jeder der fünf kann das getan haben. Ebenso besteht natürlich die Möglichkeit, daß jeder der fünf Dahlmann ermordet hat, um sich in den Besitz der Brieftasche zu setzen. Nichts spricht dagegen. Im übrigen habe ich so meine Vermutungen. Doch bevor ich mit dem Sortieren nicht fertig bin, lohnt es sich nicht, über diese Vermutungen auch nur ein Wort zu verlieren.« Wolfe war jetzt wieder ganz Seele von einem Menschen, gütig und hilfsbereit. »Ich verspreche Ihnen, wenn ich zu soliden Schlußfolgerungen gelangt bin, werde ich Sie sofort informieren. Bis dahin würde es die Sache wesentlich erleichtern, wenn ich einige Informationen von Ihnen haben könnte.«

»Sie haben also nicht mal die Abendzeitungen gelesen?«

»Nein.«

»Sie können sich die Mühe sparen. Ich werde Ihnen jetzt das Wichtigste mitteilen, was die Presse berichtet hat, vielleicht auch noch hin und wieder aus reiner Menschenliebe eine Draufgabe machen. Dahlmann wurde also zwischen elf Uhr dreißig abends und drei Uhr früh getötet, und zwar durch einen Schuß von hinten. Dabei wurde ein Kissen als Schalldämpfer benutzt. Die Pistole, mit der die Tat ausgeführt wurde, hatte das Kaliber 6,32. Leider haben wir die Mordwaffe nicht gefunden. Das Haus, in dem Dahlmann wohnte, hat einen Fahrstuhl mit Selbstbedienung. Einen Portier gibt's da nicht. Bisher haben wir niemanden auftreiben können, der Dahlmann sah, als er nach Hause kam, oder der irgendwelche Angaben über etwaige Besucher Dahlmanns machen könnte. Sie sehen, der bisherige Befund ist verdammt negativ. Mit den Fingerabdrücken sind wir auch nicht weitergekommen. Weder Dahlmanns Schriftstücke, Briefe und so weiter noch andere Gegenstände, die wir in der Wohnung fanden, haben uns irgendwelche Anhaltspunkte geben können. Wir haben es mit den Taxifahrern versucht. Bisher hat sich niemand gemeldet, der einen Fahrgast vor Dahlmanns Haus absetzte. Wir haben die Telefonanrufe überprüft. Niemand hat ihn vom Hotel aus angerufen. All diese Routineuntersuchungen haben zu nichts geführt. Wären wir mit dieser Routinearbeit auch nur einen Schritt vorwärtsgekommen, säße ich jetzt nicht bei Ihnen.«

»Aber zumindest hat sich die Polizei große Mühe gegeben«, sagte Wolfe sehr höflich, »und das ist an sich schon sehr begrüßenswert.«

»Danke für das Kompliment. Was Alibis betrifft, so ist eigentlich niemand von der Liste der Verdachtspersonen zu streichen. Es ist natürlich immer leicht, aus einem großen Hotel zu verschwinden und wieder zurückzukommen, ohne daß man gesehen wird, vor allem, wenn man nicht gesehen werden will. Miss Tescher sagt, sie sei nach der Besprechung im Hotel sofort zu einer Freundin gegangen und habe in deren Bibliothek bis vier Uhr früh am Preisausschreiben gearbeitet. Aber sie war allein in der Bibliothek. Die übrigen Hausbewohner schliefen. Und das bringt mich nun zum springenden Punkt, und deswegen bin ich zu Ihnen gekommen. Nach unseren bisherigen Ermittlungen scheint es eine ganze Menge Leute gegeben zu haben, die Louis Dahlmann nicht gerade ein langes und glückliches Leben wünschten. Darunter sind drei Frauen, vielleicht sind es sogar mehr, die ihm aus rein privaten Gründen nicht wohlgesinnt waren. Dazu kommen zwei oder drei Männer, die mit Dahlmann verfeindet waren. Ebenfalls aus rein privaten Gründen. Und schließlich gibt es noch eine ganze Reihe von Personen beiderlei Geschlechts, die ihm feindselig gesinnt waren, und zwar ausschließlich aus Gründen, die mit seiner beruflichen Arbeit zusammenhingen. Auch einige seiner engeren Kollegen gehören zu dieser Gruppe. Wir haben unsere Ermittlungen in dieser Richtung noch nicht abgeschlossen. Wir prüfen noch, wo sie gestern abend waren und so weiter. Aber der Umstand, daß nur die Brieftasche verschwand und sonst nichts, macht die Sache natürlich verdammt schwierig. In der Brieftasche befand sich auch kein Geld. Seine Banknoten trug er zusammengerollt in einer Tasche seines Jacketts. Die Brieftasche benutzte er eigentlich nur für seinen Führerschein und ein paar andere Ausweise.«

Cramer hatte jetzt so oft das Wort Tasche benutzt, daß er nicht umhin konnte, in die eigene Tasche zu greifen. Er holte eine Zigarre hervor und zündete sie bedächtig an. »So«, sagte er und machte einen langen Zug, »nun weiß ich, weswegen Sie sich mit dem Fall beschäftigen. Und weil ich das weiß, möchte ich gern, daß Sie mir eine Frage beantworten. Wurde Dahlmann umgebracht, weil es jemand auf seine Brieftasche abgesehen hatte? Wenn ja, so muß einer der Teilnehmer am Preisausschreiben der Täter sein. Damit könnten wir dann die anderen ausschalten, die aus diesem oder jenem Grund etwas gegen Dahlmann hatten. Bleiben also die fünf Teilnehmer am Wettbewerb – und was diese Leutchen betrifft, wissen Sie ganz bestimmt mehr als ich. Ich verlange jetzt nicht, daß Sie mir die Aufzeichnungen vorlegen, die Goodwin über die Gespräche mit diesen Herrschaften gemacht hat. Ich will auch nicht die Niederschrift Ihrer Gespräche mit den Herren von LBA und mit Mr. Hansen sehen. Ich will nichts weiter als Ihre Ansicht hören, ob Dahlmann getötet wurde, weil jemand die Brieftasche an sich bringen wollte.«

»Ich möchte nochmals darauf hinweisen, Mr. Cramer, daß ich mich nicht mit einem Mordfall befasse.«

»Zum Teufel auch! Wer hat das denn behauptet? Wie soll ich meine Frage also formulieren?«

»Nun, die Formulierung ist nicht so wichtig. Sie möchten meine Ansicht hören. Bitte schön. Ich bin der Ansicht, daß der Mörder, den

Sie suchen, und der Dieb, den ich suche, ein und dieselbe Person sind. Es hat also ganz den Anschein, als ob sich Ihre Frage mit einem Ja beantworten ließe. Sind Sie nun zufrieden?«

Doch Cramers Gesicht wirkte alles andere als zufrieden. Er zog unwillig an seiner Zigarre, aus der schwere, unheildrohende Wolken aufstiegen. »Die Sache gefällt mir nicht«, brummte er, »die Sache, daß Sie jetzt der Klient eines Advokaten sind und nun behaupten, alles, was Sie mit diesem Rechtsverdreher und seinen Mandanten besprochen haben, stehe unter gesetzlichem Schutz. Mann Gottes, warum schenken Sie mir keinen reinen Wein ein? Ich hätte viel lieber von Ihnen folgende Version gehört: Nach der Besprechung, die gestern abend im Hotel Churchill stattfand, kamen Dahlmanns Kollegen zusammen und besprachen alles. Die Geschichte mit dem Zettel gefiel ihnen nicht. Sie waren der Ansicht, es sei viel zu gefährlich, wenn Dahlmann den Zettel mit den Lösungen in seiner Brieftasche herumtrug. So ging einer von den LBA-Leuten zu Dahlmann in die Wohnung, um den Zettel zu vernichten. Er fand die Wohnungstür offen. Als er eintrat, sah er Dahlmann tot auf dem Boden liegen. Er nahm nun rasch den Zettel aus der Brieftasche und floh. Bitte, fragen Sie mich nicht, warum er nicht sofort die Polizei informierte. Wenn Sie das wissen wollen, müssen Sie den guten Mann selbst fragen. Vielleicht dachte er, wenn er die Polizei informierte, würde man ihn selbst des Mordes verdächtigen. Kurz und gut, er erstattete keine Meldung. Aber seinen Kollegen mußte er natürlich alles erzählen. Das tat er auch. Nun steckten sie die Köpfe zusammen. Man beriet lang und breit, was zu tun sei. Schließlich gingen sie zu ihrem Anwalt, und nachdem man den Fall mit ihm durchgesprochen hatte, wurde der Beschluß gefaßt, Sie zu engagieren.«

»Und wozu?«

»Ist doch ganz einfach. Sie sollten irgendeinen Ausweg finden und verhindern, daß das Preisausschreiben platzte. Denn die Teilnehmer würden ja nicht nur erfahren, daß Dahlmann ermordet wurde, sondern auch, daß seine Brieftasche abhanden gekommen war. Jeder würde den anderen verdächtigen, daß er sich Lösungen auf diese Weise verschafft habe. Die Herrschaften von LBA ahnten natürlich sofort, was für eine scheußliche Situation das wäre. Und so wandte man sich an Sie. Wie Sie mit dieser Situation fertig werden, ist Ihre Sache. Mich geht das nichts an, auch wenn sich alles so abgespielt haben sollte, wie ich es eben geschildert habe. Ich muß davon ausgehen, daß Dahlmann nicht ermordet wurde, weil jemand scharf auf den Zettel war. Doch das nur nebenbei. Können Sie mir irgendwelche Gründe angeben, warum sich die Sache anders abgespielt haben sollte, als ich es geschildert habe?«

»Nein.«

»Und die Geschichte mit dem Vorschuß, den Sie Mr. Hansen zahlten? Paßt die nicht haargenau in die Version des Sachverhalts, die ich Ihnen eben gab? Natürlich war man daran interessiert, daß alles geheim blieb, was Sie mit dem Anwalt und den Leuten von LBA besprochen hatten.«

»Ja, vielleicht«, gab Wolfe zu. »Das mag schon sein. Aber wenn sich die Dinge so abgespielt haben, wie Sie es eben zu schildern beliebten, dann bedeutet das noch lange nicht, daß ich selbst in die Ereignisse verwickelt bin. Was ich Ihnen jetzt mitteile, ist nicht Ansichtssache. Es ist eine Tatsache. Mir hat man gesagt, daß sich keiner von Dahlmanns Kollegen gestern abend oder gestern nacht in seine Wohnung begeben hat. Für mich bestand kein Anlaß zu der Annahme, daß mich die Herren hinters Licht führen wollten. Es wäre ja auch verdammt dumm gewesen, wenn sie's getan oder auch nur versucht hätten.«

»Und Sie behaupten, das sei eine Tatsache?«

»Ich behaupte nichts. Es ist so.«

»Na schön«, sagte Cramer, »ich kenne Sie. Auf diese Art flunkern Sie nicht. Sie haben da Ihre eigene Methode.« Bei diesen Worten wurde er auf einmal ganz rot im Gesicht, denn er merkte natürlich, daß er sich im Ausdruck vergriffen hatte. »Sie wissen schon, wie's gemeint war«, fügte er rasch hinzu. Er preßte seine Zigarre fest zwischen die Zähne und kaute an ihr herum.

»Ja«, sagte Wolfe milde, »ja, ich weiß, wie's gemeint war.«

Cramer nahm die Zigarre aus dem Mund. »Sie haben mich vorhin gefragt, ob ich annehme, daß der Mörder, egal wer es war, auch die Brieftasche an sich genommen hat. Und ich habe die Frage bejaht. Ich hätte sagen sollen: Ja, vielleicht. Sollte ich irgendwelche Anhaltspunkte dafür haben, daß einer oder mehrere von Dahlmanns Kollegen gestern abend zu ihm in die Wohnung gingen . . . ja, das würde natürlich eine völlig veränderte Sachlage schaffen. Dann hätten wir ja die Erklärung dafür, warum die Brieftasche fehlt. Ich brauchte mich dann um die Teilnehmer am Preisausschreiben nicht mehr zu kümmern. Sie würden als eventuelle Täter ausscheiden. Aber, offen gesagt, ich habe keine Anhaltspunkte dafür. Weder Buff noch O'Garro, weder Assa, Heery noch Hansen, keiner von ihnen kann beweisen, daß er nicht doch gestern abend oder gestern nacht in die Perry Street ging, um mal bei Dahlmann anzuklopfen. Aber ich kann auch nicht beweisen, daß einer von ihnen zu Dahlmann ging. Damit will ich nicht sagen, daß alles schon in Butter wäre, wenn ich es beweisen könnte. Auch dann wäre es noch sehr fraglich, ob ich wirklich den Mörder erwischt hätte. Ich sagte ja schon, es kann auch so gewesen sein, daß der gute Mann Dahlmann bereits tot vorfand, die Brieftasche an sich nahm und dann rasch verschwand. Für Sie wäre damit alles erledigt. Sie hätten dann Ihren Mann geschnappt. Ich dagegen müßte weiter nach dem Mörder suchen.«

»Und wenn er nicht gestorben ist«, bemerkte Wolfe, trocken, »lebt er heute noch – und da haben Sie ja beste Aussichten.«

»Sie sagten, wenn einer von diesen Herrschaften gestern Dahlmann aufgesucht hat, so wissen Sie nichts davon. Gut, ich will Ihnen das glauben. Aber wie liegt der Fall, wenn Ihre Klienten Sie belogen haben? Wäre es nicht die natürlichste Sache von der Welt, daß sie Ihnen die Unwahrheit gesagt haben?«

»Durchaus nicht, wenn meinen Klienten daran gelegen ist, daß ich mir mein Honorar verdiene.« Wolfe blickte auf die Uhr. »Es ist bereits Mitternacht, Mr. Cramer. Ich kann nur noch einmal betonen, daß ich die von Ihnen entwickelten Theorien als völlig unhaltbar verwerfe, und zwar aus verschiedenen Gründen. Wenn einer von den Leuten, die Sie eben erwähnten, gestern tatsächlich Dahlmann auf die Bude rückte und ihn tot vorfand, dann müßte er doch ein Idiot sein, wenn er die Brieftasche an sich nahm. Er wußte ja – und mußte es auch wissen –, daß damit das Preisausschreiben platzen würde. Nehmen wir mal an, die Lösung hätte auf dem Zettel gestanden, dann konnte er ihn natürlich nicht in der Brieftasche lassen, denn wenn die Polizei am Tatort erschien, würde man den Zettel sofort finden. Die Polizisten würden den Zettel lesen, die Presse würde Wind von der Sache bekommen. Nein, das ging nicht, wenn er es auf den Zettel abgesehen hatte. Aber warum nahm er in diesem Fall nicht einfach den Zettel und ließ die Brieftasche zurück?«

»Teufel auch!« sagte Cramer und zerbiß dabei fast seine Zigarre. »Da haben Sie mich also doch angelogen!«

»Ja wieso denn?« Wolfe sah ihn treuherzig an.

»Weil das reiner Blödsinn ist, was Sie da eben sagten. Und ich weiß nur zu gut, daß Sie kein Dummkopf sind. Da erscheint also der Mann bei Dahlmann in der Wohnung und findet eine Leiche vor. Der arme Bursche wird natürlich sehr nervös. Man muß bedenken, daß Leute immer nervös werden, wenn sie plötzlich eine

Leiche finden. Er will also sofort davonrennen. Auch das muß man verstehen. Alle möchten das, vor allem, wenn auch nur der geringste Grund dafür vorhanden ist, daß man sie später verdächtigen könnte. Aber unser Mann tut das nicht. Er ist nicht nervös, und er haut auch nicht ab. Erst einmal holt er sich die Brieftasche aus der Jacke des Toten. Vielleicht hat er es nur auf den Zettel abgesehen. Er nimmt ihn an sich, steckt die Brieftasche zurück. Auf einmal kommt ihm der Gedanke: Achtung, Fingerabdrücke! Er holt die Brieftasche noch mal hervor, wischt sie ab, um nur ja keine Spuren zu hinterlassen. Doch er hat es jetzt mit der Angst zu tun bekommen. Und nervös ist er auch, von wegen der Leiche, das habe ich ja schon erwähnt, und er hat es eilig. Er will ja nicht, daß man ihn in der Wohnung entdeckt. Er steckt also die Brieftasche nicht zurück. Nein, Mr. Wolfe, er haut ab, und zwar mit der Brieftasche! Bitte, verzeihen Sie, daß ich Ihre kostbare Zeit mit diesem kriminalistischen Abc verplempert habe. Aber was blieb mir anders übrig. Ihre Schuld, Mr. Wolfe. Sie haben mich dazu gezwungen.«

Er stand auf, warf einen kritischen Blick auf seine erloschene Zigarre und schleuderte sie dann in meinen Papierkorb.

»Ich habe fast den Eindruck«, sagte Wolfe, »daß Sie Rechtsanwalt Hansen und seinen Klienten keinen Glauben schenken, die fest davon überzeugt sind, daß sich Dahlmann mit dem Vorzeigen des Zettels nur einen Jux erlaubt hat?«

Cramer, der schon auf dem besten Wege zur Tür war, drehte sich um. Seine Stimme klang wieder rauh und ruppig wie in seinen besten Tagen. »Mumpitz!« sagte er. »Glauben Sie's etwa?« Dann verließ er in meiner Begleitung den Raum.

Als ich wieder ins Büro zurückkam, saß Wolfe noch immer an seinem Schreibtisch. Er kratzte sich das Ohr mit Daumen und Zeigefinger und starrte vor sich hin. Ich stellte mein leeres Milchglas auf das Tablett mit den Bierflaschen. Dann trug ich das Tablett in die Küche, wusch die Gläser und trocknete sie ab. Ich stellte die leeren Bierflaschen beiseite. Ordnung muß sein. Fritz war schon um elf Uhr schlafen gegangen, was er übrigens immer tut, wenn man ihn nicht besonders bittet, länger aufzubleiben. Als ich dann wieder ins Büro kam, kratzte sich Wolfe noch immer am Ohr.

»Wenn Sie wünschen«, sagte ich, »kann ich die Tipperei heute noch beenden. Haben Sie schon ein Programm gemacht, was ich morgen früh erledigen soll?«

»Nein.«

»Auch gut«, sagte ich fröhlich. »Wir haben ja Zeit. Bis zum

zwanzigsten April ist es noch eine volle Woche. In einer Woche können Sie ja zwanzig Bücher lesen.«

Reaktion seinerseits: zunächst nur ein leichter Grunzlaut. Und dann: »Rufen Sie Saul an. Er soll morgen früh um acht mit mir frühstücken. Ich brauche zweihundert Dollar für ihn ... nein, sagen wir dreihundert. Bringen Sie mir die Banknoten und vergessen Sie nicht, den Geldschrank auch wieder abzuschließen. Dann können Sie schlafen gehen. Ich möchte noch ein wenig nachdenken.«

Natürlich tat ich alles wunschgemäß. Ohne mit der Wimper zu zucken. Aber erstaunt war ich doch. Sollte er etwa nur die Absicht haben, mir mit den Dollarnoten eine Komödie vorzuspielen? Wollte er Eindruck bei mir schinden? Sollte das viele schöne Geld nur dazu dienen, um mir vorzugaukeln, er habe jetzt etwas ausgeheckt? Für Detektivarbeit jeder Art war Saul Panzer gewiß der beste Mann, den er in New York anheuern konnte. Aber wofür brauchte er ihn? Doch wohl kaum dazu, um fünf Leute zu beschatten. Brauchte er ihn, um eine Person zu beschatten? Wenn ja, wen? Und warum gerade diese eine Person? Und wenn es nicht ums Beschatten ging, was wollte er dann von Saul? Soweit ich die Lage übersah, gab es nichts, was unsere Aufmerksamkeit in eine bestimmte Richtung lenkte. Jedenfalls wollte Wolfe Gesellschaft beim Frühstück haben. Meine Wenigkeit genügte ihm nicht.

Ich erreichte Saul in seiner Wohnung in der 38. Straße Ost und teilte ihm Wolfes Wunsch mit. Dann sagte ich zu Wolfe: »Heute abend wird also nicht mehr getippt?«

»Nein. Machen Sie, daß Sie ins Bett kommen.«

Schweren Herzens trennte ich mich von ihm.

II

Meine übliche Morgenzeitung ist die *New York Times*. Nebenbei lese ich dann meist noch die *Gazette*. Aber an diesem Donnerstag konzentrierte ich mich auf die *Gazette*, da sie immer sehr gut unterrichtet ist, wenn es sich um einen soliden Mord handelt. Sie brachte einen langen Artikel über die Laufbahn und die ungewöhnlich starke Persönlichkeit Dahlmanns, der – wie zwischen den Zeilen angedeutet wurde – so mancher jungen Dame schon das Herz gebrochen hatte.

Hauptsächlich befaßte sich der Artikel aber mit dem Preisausschreiben. Da wurde alles ganz ausführlich berichtet. Die wichtigste Informationsquelle war auch genannt: Miss Gertrude Frazee aus Los Angeles, deren Foto auf Seite drei prangte. Sie hatte dem Reporter der *Gazette* alles mitgeteilt, was über ihre Liga zu sagen war. Sie hatte dabei kein Blatt vor den Mund genommen. Auch über das Dinner und die anschließende Besprechung im Hotel Churchill am Dienstag abend hatte sie ausführlich berichtet, dabei auch nicht vergessen, die kleine Episode zu erzählen, wie Dahlmann den Zettel mit den Lösungen zeigte. In ihrem Bericht fehlte auch nicht, was Dahlmann bei dieser Gelegenheit gesagt hatte. Im übrigen befaßte sie sich lang und breit mit ihrem Anspruch auf Durchführung des Preisausschreibens. Dieser Anspruch sei unantastbar. Er sei gewährleistet durch die Bedingungen des Preisausschreibens und durch die bei der Zusammenkunft am Dienstag getroffene zusätzliche Vereinbarung.

Susan Tescher von der Zeitschrift *Clock* war für die Presse nicht zu sprechen gewesen, vermutlich nach Beratung mit den drei Gentlemen, die sie uns vorgestellt hatte. Harold Rollins hatte sich vor den Reportern nicht versteckt. Aber er hatte es glattweg abgelehnt, Informationen zu geben oder sich in irgendeiner Weise zu äußern. Ja, er hatte den Zeitungsschreibern nicht einmal auseinandergesetzt, warum der Gewinn von einer halben Million Dollar eine so verhängnisvolle Katastrophe für ihn bedeuten würde. Dagegen schien es so, als ob Mrs. Wheelock, die von Tabletten und Pillen lebte, und Philip Younger, der sich mit seiner Tachykardie abplagte, genauso redselig gewesen waren wie Miss Frazee. Beide waren empört, verbittert und in kampflustiger Stimmung. Doch in einem entscheidenden Punkt gingen ihre Ansichten auseinander. Younger war für Zusammenlegung der Gewinne und Teilung durch fünf. Mrs. Wheelock war dagegen. Ihr ging es um den großen Gewinn, um den ersten Preis. Die am Dienstag abend verteilten fünf Vierzeiler, so erklärte sie, sollten durch neue Verse ersetzt werden, damit alle an der Schlußrunde Beteiligten die gleiche Chance hätten.

Vielleicht hätte es genügt, wenn ich meine Lektüre der *Gazette* auf den Teil beschränkt hätte, der sich auf das Preisausschreiben bezog. Wegen des Mordes hatte man uns ja nicht engagiert. Aber außer mir war nur noch Fritz in der Küche. Und der Junge war goldrichtig. Da brauchte ich keine Angst zu haben, daß er mich verpetzen würde. Was also den Mord betraf, gab's in der *Gazette* auch noch dies und das, was uns Cramer verschwiegen hatte, zum Beispiel daß Dahlmann einen dunkelblauen Anzug trug. Ferner erfuhr ich, daß er mit dem Taxi vom Hotel Churchill in seine Wohnung gefahren und dort kurz vor halb zwölf eingetroffen war. Ich erfuhr, daß die Zugehfrau, die seine Leiche fand, als sie ihm das Frühstück bringen wollte, Elga Johnson hieß, daß seine Wohnung aus zwei Zimmern mit Bad bestand und daß die Kugel ihn mitten im Herz getroffen und zu allem Überfluß auch noch eine Rippe beschädigt hatte. Die *Gazette* brachte noch viele andere wichtige Einzelheiten in der gleichen Preislage. Der Name des Mörders wurde nicht genannt.

Da ich früh aufgestanden war, war ich mit dem Frühstück und meiner Zeitungslektüre schon fertig und saß bereits an der Schreibmaschine, als Saul Panzer erschien. Saul ist nicht gerade das, was man eine Schönheit nennen könnte. Seine Nase ist viel zu groß, und er sieht immer so struppig und stopplig aus, als hätte er sich mindestens eine Woche lang nicht rasiert. Dafür ist allerdings eine seiner Schultern um 2,5 Zentimeter höher als die andere. Es läßt sich auch nicht leugnen, daß die Ärmel seines Jacketts immer viel zu kurz sind.

Er erschien Punkt acht Uhr und ging gleich nach oben. Ich setzte mich wieder an meine Schreibmaschine. Fünf Minuten vor neun hörte ich seine Stimme wieder. Er rief mir aus der Halle zu: »Na, Archie, wie wär's, wenn Sie die Kette wieder vorlegten? Ich haue jetzt ab.«

Ich ließ meinen Schreibtischsessel kreisen. »Mit dem größten Vergnügen. Dazu ist ja die Kette da . . . ich meine, um uns vor Burschen Ihres Kalibers zu schützen.«

Ich schloß die Tür hinter ihm und machte mich wieder an die Arbeit. Früher war es oft vorgekommen, daß ich eingeschnappt war, wenn Wolfe einen Auftrag für Saul Panzer hatte, ohne mir zu sagen, worum es ging. Aber, wie gesagt, das war früher gewesen. Inzwischen war ich über derlei Kindereien längst hinaus. Aber ein wenig ärgern tat's mich diesmal doch wieder, denn ich konnte mir beim besten Willen nicht vorstellen, wofür Saul eingespannt werden sollte. Volle zehn Minuten saß ich am Schreibtisch und grübelte darüber nach. Schließlich sagte ich mir, dieses Grübeln sei sinnlos, und so schlug ich wieder auf die Tasten meiner Schreibmaschine.

Ich hämmerte mit voller Kraft auf die Tasten, denn ich wollte noch möglichst viel schaffen, bis Wolfe um elf aus seiner Orchideen-Plantage herunterkam. Doch ich wurde durch mehrere Telefonanrufe gestört. Erster Anruf: Rechtsanwalt Rudolph Hansen. Er wünschte einen Lagebericht. Zweiter Anruf: Oliver Buff. Wunsch wie beim ersten Anruf. Dritter Anruf: Philip Younger. Ich möge für ihn doch eine Verabredung mit den Leuten von LBA arrangieren. Vierter Anruf: Lon Cohen von der *Gazette*. Ob ich ihm zum Mordfall Dahlmann Informationen geben könne. Da ich alle Hände voll zu tun hatte, ließ ich mich auf keine langen Diskussionen ein. Ich sagte ihm nicht, daß der Mord uns nicht interessiere. Nein, ich sagte ihm ganz schlicht und ohne Umschweife, daß wir ihn nicht außer der Reihe bedienen könnten. Die Besprechungsnotizen Mrs. Wheelock, Younger und Miss Tescher hatte ich um elf Uhr fertig. Ich spannte einen neuen Bogen ein, um mit Rollins zu beginnen.

Da hörte ich das Surren des Fahrstuhls. Wolfe erschien, wünschte mir einen guten Morgen, setzte sich umständlich und gewichtig in seinen Schreibtischsessel und sagte: »Ich habe meine Zeitungen oben gelassen. Kann ich Ihre mal eben sehen?«

Ich hätte eigentlich von selbst daran denken und ihm die Zeitungen auf den Schreibtisch legen sollen, denn ich wußte ja, daß er beim Frühstück Gesellschaft gehabt hatte. Ich gab ihm also meine Zeitungen und setzte mich dann wieder an die Maschine. Er überflog die Post, die zum größten Teil aus Drucksachen und Schnorrbriefen für Wohltätigkeitsvereine bestand. Dann widmete er sich den Nachrichten. Dagegen war nun wirklich nichts einzuwenden, denn unter den Nachrichten konnte ja eine Meldung sein, die unter Umständen unser ganzes Tagesprogramm umstoßen würde. Wolfe ist ein langsamer Leser. Ich tippte daher schnell weiter, um mit meiner Schreiberei fertig zu sein, wenn er seine Zeitungslektüre beendet hatte. Es war erst zehn Minuten vor zwölf, als ich die letzte Seite meiner Aufzeichnungen über das Gespräch mit Rollins aus der Maschine zog. Nachdem ich das Kohlepapier beiseite gelegt und die Durchschläge säuberlich geordnet hatte, warf ich Wolfe einen forschenden Blick zu. Er hatte die Zeitungen weggeschoben und las *Beauty for Ashes.*

Was soll man nur dazu sagen? Mir fiel nichts ein, was der Situation auch nur einigermaßen angemessen gewesen wäre. Die Lage war ernst und konnte sogar kritisch werden. Und da saß er und las *Beauty für Ashes!* Ich klebte ein Etikett auf einen Schnellhefter – ›Lippert, Buff und Assa‹ –, legte die getippten Berichte hinein und verstaute dann den Schnellhefter im Schrank. Nachdem das alles erledigt war, setzte ich mich in Positur und sagte: »Bericht zur Lage. Hansen und Buff haben angeklingelt. Wollten mal wissen, wie's uns geht und ob wir Fortschritte machen. Philip Younger möchte, daß Sie ihn mit den Leuten von LBA zusammenbringen. Ich habe ihm gesagt, er solle sich noch etwas gedulden, vielleicht wird's später mal möglich sein. Lon Cohen bittet, wir möchten ihm doch bis spätestens fünf Uhr den Namen des Mörders mitteilen. Falls Foto vorhanden, wäre er dankbar für selbiges. Das ist alles. Ich erwarte Ihre diesbezüglichen Weisungen.«

Wolfe las noch einen Absatz zu Ende . . . nein, es war eine Strophe. Dann sah er mich schwermütig an: »Ich habe keine Weisungen für Sie.«

»Na, macht auch nichts. Vielleicht morgen? Vielleicht irgendwann einmal in der nächsten Woche?«

»Weiß ich nicht. Ich habe gestern nacht darüber nachgedacht. Ich weiß wirklich nicht, was ich Ihnen sagen soll.«

Ich starrte ihn an und stand auf. Eisiges Schweigen meinerseits. Und dann: »Ich kündige. Ich verlasse Sie auf der Stelle und gehe jetzt zu einem Baseballmatch.«

Er schüttelte den Kopf. »Wir sind mitten drin in der Bearbeitung eines Falles. Da können Sie nicht einfach mir nichts, dir nichts davonlaufen. Und zu einem Baseballmatch können Sie auch nicht gehen. Wenn ich Sie plötzlich brauchen sollte, wird man Sie nicht sofort finden.«

»Wenn man mich plötzlich brauchen sollte? Wozu? Um Ihnen eine Flasche Bier zu holen?«

»Nein.« Er legte das Buch aus der Hand. Er seufzte tief und schwer, lehnte sich zurück. »Ja, diese Szene war wohl unvermeidlich. Sie sind ein ehrgeiziger junger Mann. Ein Draufgänger. Sie sind verärgert, weil ich Ihnen keine Aufträge erteilt habe. Sie haben natürlich auch über diesen Fall nachgedacht. Genauso wie ich. Haben Sie irgendwelche Vorschläge zu machen?«

»Das ist nicht meine Sache. Wenn ich hier Vorschläge zu machen hätte, würden Sie an meinem Platz und ich an Ihrem sitzen.«

»Auf alle Fälle würden Sie dann sitzen. Sitzen, Archie, ist immer gut. Bitte, Archie, setzen Sie sich, damit ich Sie ansehen kann, ohne mir den Hals zu verrenken. Danke. So ist es besser. Was nun die Leute betrifft, mit denen wir es bisher in dieser Sache zu tun hatten, da ist absolut nichts, was Sie erledigen könnten. Alles Notwendige hat die Polizei bereits unternommen – und mit der Polizei können wir nicht konkurrieren. Sie verfügt, soweit es sich um Routineermittlungen handelt, über weit größere Hilfsquellen als wir. Haben Sie auch nur die geringste Lust, im Vorleben all dieser Herrschaften herumzuschnüffeln? Wollen Sie mühsam ausfindig machen, ob einer von ihnen über eine Schußwaffe verfügte? Wollen Sie das

Alibi dieser Herrschaften überprüfen? Wollen Sie Hunderte, ja Tausende von Polizisten brotlos machen?«

»Sie wissen ganz genau, daß ich das nicht will. Ich habe nur einen Wunsch. Ich möchte, daß Sie sich endlich an die Bearbeitung dieses Falles heranmachen und mir dann die nötigen Instruktionen erteilen, es sei denn, daß Sie bereits Saul alle diesbezüglichen Weisungen gegeben haben.«

»Saul hat nur eine Kleinigkeit zu erledigen, mit der ich Sie nicht weiter belästigen wollte. Sie müssen sich damit abfinden, Archie, daß es im Augenblick nichts für uns zu tun gibt. Weder für Sie noch für mich. Das mag vielleicht eine volle Woche so weitergehen. Unter Umständen sogar noch länger. Die Herren Hansen, Buff, O'Garro und Assa irren sich, wenn sie glauben, daß man den Täter noch vor Ablauf der für das Preisausschreiben gestellten Frist bloßstellen muß. Stimmt nicht. Es dürfte sich als weit günstiger erweisen, wenn man die Frist . . .«

»Nein, das können wir uns nicht leisten. So lange können wir unsere verehrten Kunden nicht hinziehen. Man wird den Auftrag zurückziehen.«

»Das bezweifle ich. Immerhin hätte ich da auch noch ein Wörtchen mitzureden. Im übrigen haben Sie mich nicht ausreden lassen. Ich wollte sagen: Es dürfte sich als weit günstiger erweisen, wenn man die Frist verstreichen läßt, es sei denn, daß inzwischen etwas geschieht. Und ich bin ziemlich sicher, daß etwas geschehen wird. Die ganze Atmosphäre ist mit Spannung geladen. Eine Explosion ist nahezu unvermeidlich. Und deswegen können Sie jetzt nicht zum Baseballmatch. Sie müssen hier sein, falls die Bombe platzt. Ich brauche Sie auch für die Entgegennahme von Telefongesprächen. Die Anrufe werden jetzt immer dringender und die Anrufer immer dringlicher werden. Das muß alles mit Takt und größter Diskretion erledigt werden. Ich könnte natürlich selbst einige der Anrufe entgegennehmen. Aber es ist besser, wenn ich mich so sehr in das zu lösende Problem vertiefe, daß ich für niemanden erreichbar bin. Selbstverständlich dürfen wir es unseren Klienten nicht auf die Nase binden, daß ihre Frist für das Preisausschreiben keineswegs für uns bindend ist. Wir haben Zeit . . . «

Das Telefon läutete. Ich nahm den Hörer ab. Eine routinierte Frauenstimme teilte mir mit, daß Mr. O'Garro gern mit Mr. Wolfe sprechen würde. Offenbar war man bei LBA wieder zu der altbewährten Methode zurückgekehrt, sich durch die Sekretärin verbinden zu lassen. Ich sagte der Dame, daß Mr. Wolfe leider beschäftigt sei. Mr. O'Garro könne aber, wenn er es wünsche, mit Mr. Goodwin sprechen. Die junge Dame erwiderte, nein – Mr. O'Garro wolle mit Mr. Wolfe verbunden werden. Ich sagte, das gehe leider nicht. Die junge Dame bat mich nun, einen Augenblick am Apparat zu warten. Dann sagte sie, ja, Mr. O'Garro wolle mit Mr. Goodwin verbunden werden. »Am Apparat«, sagte ich. Ein paar Sekunden später hörte ich eine männliche Stimme: »Hallo . . . Sind Sie's, Goodwin? Hier spricht Pat O'Garro. Ich möchte gern mit Wolfe sprechen!«

»Ja, das habe ich schon gehört. Aber ich habe strikte Weisung, ihn nicht zu stören. Ich hätte auch nicht den Mut dazu. Wenn er sich ganz in einen Fall vertieft – und im Augenblick ist es Ihr Fall –, dann ist es nicht nur für mich gefährlich, ihn zu stören, sondern auch für den Fall. Sie haben ihm eine verdammt schwere Nuß zu knacken gegeben. Nun müssen Sie ihn auch in Ruhe lassen.«

»Aber zum Teufel auch, wir müssen doch wissen, was er in dieser Sache unternimmt.«

»Verzeihung, da irren Sie sich aber ganz gewaltig. Entweder haben Sie volles Vertrauen zu ihm – oder Sie haben es nicht. Wenn er sich ganz intensiv mit einer Sache beschäftigt wie jetzt mit Ihrem Fall, dann sind seine Lippen versiegelt. Dann sagt er niemandem, was er vorhat. Dann darf man ihn um Gottes willen auch nicht danach fragen. Sobald sich etwas ergibt, was Sie gern wissen möchten oder was für Sie von Nutzen sein kann, werden Sie unverzüglich verständigt werden. Ich habe Mr. Hansen und auch Mr. Buff bereits mitgeteilt, daß uns Inspektor Cramer gestern mit seinem Besuch beehrte.«

»Ja, das ist mir bekannt. Wann kann ich heute nachmittag vorbeikommen?«

»Aber bitte, Sie sind jederzeit herzlich willkommen. Ich werde dasein. Wenn Sie wollen, können Sie sich dann die Protokolle ansehen, die wir gemacht haben. Da steht alles über unsere Gespräche mit den Teilnehmern am Preisausschreiben drin. Mr. Wolfe wird sich allerdings in einem anderen Stockwerk des Hauses befinden. Wenn er sich ganz intensiv mit einem Fall beschäftigt – so wie jetzt mit Ihrem –, hat man sogar seine liebe Not, ihn überhaupt zum Essen zu kriegen.«

»Aber verdammt noch mal, was macht er denn?«

»Sie haben ihn beauftragt, einen Fall zu lösen, und nun geht er ihm auf den Grund. Er nimmt ihn unter die Lupe. Er besieht ihn bei Licht. Und da fragen Sie, was er macht?«

»Okay. Ich werde Sie am Nachmittag aufsuchen.«

Ich sagte ihm, daß ich mich auf seinen Besuch schon sehr freue. Dann legte ich den Hörer auf und wandte mich an Wolfe. Doch er las schon wieder in seinem Buch. Und da wollte ich ihn nicht stören.

12

Dem Himmel sei Dank, daß inzwischen die folgenden vier Tage hinter mir liegen. Zugegeben, es gibt Situationen, wo man wirklich nichts Besseres tun kann, als eine Falle zu stellen und dann geduldig darauf zu warten, daß das Opfer in die Falle geht. Aber das Schlimme war, wir hatten ja gar keine Falle gestellt. Man braucht schon eine Engelsgeduld, wenn man darauf warten muß, bis das Opfer sich selbst zur Strecke bringt.

Wolfe hatte mich gefragt, ob ich meinerseits irgendwelche Vorschläge zu machen habe. In den kurzen Pausen zwischen Telefongesprächen und persönlichen Unterhaltungen mit den Herren von LBA und Talbot Heery hatte ich versucht, etwas auszutüfteln. Ich mußte zugeben, daß Wolfe recht hatte. Nein, es hatte keinen Sinn, mit den Leuten von der Polizei konkurrieren zu wollen. Während ich an meinem Schreibtisch saß oder auf einem Schemel in der Küche, während ich mir die Zähne putzte, das Kinn rasierte oder zum Fenster hinausschaute, hatte ich mindestens ein Dutzend guter Ideen gehabt. Aber keine war auch nur einen Pfifferling wert.

In den Zeitungen am Freitag stand nichts, was uns hätte inspirieren können. Aber zumindest enthielten die Blätter auch keine Zeile darüber, daß Cramer seinen Mann geschnappt habe und daß der Fall gelöst sei. Im Gegenteil, man hatte nicht einmal einen glaubwürdigen Zeugen aufgestöbert. Nach dem Bericht in der *Gazette* war es noch immer ein offenes Rennen. Jeder konnte als Mörder durchs Ziel gehen.

Seit Freitag klingelte das Telefon ununterbrochen. Wolfe befand sich oben in seinem Zimmer, um möglichst ungestört zu sein. Er hatte *Beauty for Ashes* beendet und einen neuen Roman angefangen, *Party of One* von Clifton Fadiman. Als erster rief Patrick O'Garro an. Es war bereits sein dritter Anruf innerhalb von vierundzwanzig Stunden. Er machte es kurz und schmerzlos. Er sagte, er wolle Wolfe sprechen. Ich gab ihm die übliche Antwort. Er fragte dann, ob ich etwas zu berichten habe, und ich sagte nein.

»Also gut«, schrie er nun durchs Telefon. »Das genügt mir ... Ich ziehe hiermit in aller Form den Wolfe erteilten Auftrag zurück. Er vertritt jetzt nicht mehr die Firma Lippert, Buff und Assa. Wir haben dieses Gespräch mit Ihnen auf Band aufgenommen. Wenn Mr. Wolfe will, kann er uns eine Rechnung für die bisher geleisteten Dienste und die Spesen schicken. Hören Sie mich?«

»Ja, natürlich höre ich Sie. Am liebsten würde ich mich jetzt noch länger mit Ihnen unterhalten, denn es kommt ja nicht alle Tage vor, daß meine Gespräche auf Band aufgenommen werden. Aber leider wüßte ich nicht, worüber ich mit Ihnen noch sprechen könnte. Guten Tag.«

Ich begab mich dann in die Halle und eilte die Treppen zu Wolfes Zimmer hinauf. Ich klopfte an die Tür und trat ein. Wolfe saß in seinem mächtigen Lehnstuhl am Fenster. In Hemdsärmeln. Er las in seinem Buch.

Nachdem ich dieses Stilleben gebührend bewundert hatte, sagte ich: »Da haben Sie sich's aber gemütlich gemacht. Doch vielleicht ist es unten im Büro noch gemütlicher. Sie können jetzt ruhig herunterkommen, wenn Sie wollen. Sie werden völlig ungestört sein. O'Garro hat eben angerufen und den Auftrag zurückgezogen. Er sagte, das Gespräch sei auf Band aufgenommen worden.«

Wolfe schloß die Augen. Eine Minute später machte er sie wieder auf. »Also gut. Ich werde 'runterkommen. Eine verdammte Schweinerei.«

Ich war ganz seiner Meinung. Mit gemischten Gefühlen ging ich die Treppe hinunter. Es wäre für unseren Ruf keineswegs erträglich gewesen, wenn alle Welt erführe, daß man uns den Laufpaß gegeben hatte – von unserer Rechnung ganz zu schweigen. Dennoch ließ ich den Kopf nicht hängen, als ich wieder das Büro betrat, um die weitere Entwicklung der Dinge abzuwarten. Zumindest mußte Wolfe sich jetzt aufraffen und etwas tun.

Wieder klingelte das Telefon. Ich vernahm eine mir wohlbekannte Baritonstimme. »Hier Rudolph Hansen. Ich möchte Mr. Wolfe sprechen.«

Ich gab mir keine große Mühe mehr. Kurz und bündig sagte ich: »Bedaure. Strikte Weisung. Er will nicht gestört werden.«

»Reden Sie keinen Unsinn. Er ist bereits durch den Anruf von Mr. O'Garro gestört worden. Bitte, verbinden Sie mich mit ihm.«

»Ich habe ihm noch nicht mitgeteilt, was mir Mr. O'Garro sagte. Wenn er sagt, er will nicht gestört werden, dann meint er das auch.«

»Sie haben ihm noch nicht gesagt, was Mr. O'Garro ...«

»Nein.«

»Und warum nicht?«

»Herrgott im Himmel, wie oft muß ich das denn wiederholen? Er will nicht gestört werden. Haben Sie's jetzt kapiert?«

»Das finde ich immerhin höchst seltsam, daß Sie ... Nun gut, lassen wir das ... Mr. O'Garros Reaktion war unüberlegt. Was er Ihnen sagte, ist hiermit widerrufen, und zwar von mir, dem bevollmächtigten Rechtsvertreter der Firma Lippert, Buff und Assa. Mr. Wolfes Verhalten ist zweifellos etwas seltsam. Wir würden es begrüßen, wenn man uns mehr auf dem laufenden halten würde. Aber wir haben hundertprozentiges Vertrauen zu ihm und wünschen, daß er den Fall weiter bearbeitet. Sagen Sie ihm das bitte. Oder nein. Ich werde später vorsprechen und es ihm selber sagen. Im Augenblick bin ich hier unabkömmlich.«

Ich dankte ihm für den Anruf und flitzte die Treppen hinauf. Und was sah ich? Ich war einfach platt. Wolfe las nicht. Nein, wer hätte das geglaubt? Das Buch lag neben ihm. Er las nicht, sondern blickte heiter und froh in die Landschaft. Dennoch knurrte er mich an: »Ich habe Ihnen doch gesagt, daß ich bald 'runterkommen werde.«

»Stimmt. Aber Sie brauchen nicht mehr 'runterzukommen. Sie können jetzt hier ruhig weiterarbeiten. Hansen hat eben angerufen. Als der bevollmächtigte Rechtsvertreter der Firma. O'Garros Reaktion sei unüberlegt gewesen. Man setzt volles Vertrauen in Sie, was nur beweist ... Schwamm darüber ... Sie sollen den Fall ruhig weiter bearbeiten. Ich habe ihn nicht gefragt, ob auch dieses Gespräch auf Band aufgenommen wurde.«

Er griff wieder zu seinem Buch. »Schön. Sie können sich jetzt etwas Ruhe gönnen.«

»Nicht allzulange. Hansen will uns mit seinem Besuch beehren.«

Wolfe gab einen seiner unmißverständlichen Grunzlaute von sich. Ich verstand und ließ ihn allein.

Die mir vergönnte Ruhe dauerte zehn Minuten und wurde im denkbar ungünstigsten Augenblick gestört. Ich hatte gerade den Fernsehapparat angedreht und sah mir ein Baseballmatch an, da läutete das verfluchte Telefon schon wieder. Ich stellte den Ton ab, so daß ich wenigstens das Bild sehen konnte. Als ich den Hörer aufnahm, erhielt ich gleich einen doppelten Schock. Mit den Ohren vernahm ich, und zwar aus dem Munde von Oliver Buff, daß sowohl O'Garro als auch Hansen unüberlegt reagiert hätten, und mit den Augen sah ich, wie meine Mannschaft, die Dodgers, ihre beste Chance verpaßte. Ich konnte es einfach nicht mehr mit ansehen. Ich ließ meinen Drehstuhl kreisen, bis die Dodgers aus meinem Blickfeld verschwunden waren. Aber den Rest der Rede von Oliver Buff konnte ich mir nicht ersparen. Als er endlich fertig war, drehte ich den Fernsehapparat ab und lief noch mal die Treppen zu Wolfe hinauf.

Argwöhnisch sah er mich an. »Wollen Sie Ihren Schabernack mit mir treiben?«

»Ich nicht.«

»Wer denn?«

»Vielleicht die Herren von LBA.«

»Unsinn, es sei denn, daß Sie beide Anrufe, den von O'Garro und den von Hansen, erfunden haben. Zuzutrauen wär's Ihnen ja.«

»Gewiß hätte ich das alles erfinden können. Viel Phantasie gehört ja nicht dazu. Aber was sich jetzt ereignet hat, dazu gehört schon Phantasie. Am Telefon war Mr. Buff und sagte, alles, was O'Garro und Hansen gesagt hätten, sei null und nichtig. Man habe eine Konferenz abgehalten und sei gerade eben zu einem Beschluß gekommen. Man will, daß Sie persönlich Bericht erstatten. Über alles, was Sie bisher unternommen und erreicht haben. Die Herren, einschließlich Talbot Heery, befinden sich im Augenblick im LBA-Büro und können leider nicht herkommen. Sie möchten sich deswegen hinüberbemühen, und zwar sofort. Wenn nicht, sei's aus mit dem Ihnen erteilten Auftrag. Ich sagte Mr. Buff, daß Sie grundsätzlich das Haus nie in geschäftlichen Angelegenheiten verlassen und daß ich Sie jetzt nicht stören dürfe und es auch nicht tun würde. Er sagte, das habe er alles schon mal gehört. Er würde gegen vier Uhr hier sein. Jetzt ist es Viertel nach drei. Darf ich mir einen Vorschlag gestatten?«

»Was haben Sie vorzuschlagen?«

»Wenn Sie wieder mal einen Auftrag für die Firma übernehmen, und sei es auch nur, um ausfindig zu machen, wer einen Radiergummi geklaut hat, dann lassen Sie es sich schriftlich geben. Am besten ist es, wenn alle unterzeichnen. Ich habe es wirklich satt, ständig treppauf, treppab zu laufen.«

Doch Wolfe hörte mich nicht. Er hatte seinen Ellbogen auf die Lehne gestützt und rieb sich sanft mit dem Daumen und mit dem Zeigefinger die Nase. Erst nach geraumer Weile sagte er: »Ich erwähnte schon gestern, daß die Atmosphäre geladen ist und daß jeden Augenblick eine Entladung erfolgen kann. Ich möchte bezweifeln, daß dieser Anruf von Mr. Buff schon als Entladung anzusehen ist. Aber vielleicht ist es eine Art Vorentladung, der Bums vor dem Knall. Wie lange brauchen Sie, um zum Büro von LBA zu kommen?«

»Fünfzehn bis zwanzig Minuten.«

»Dann haben wir noch reichlich Zeit. Trommeln Sie alle zusammen. Die ganze Bande.«

»Und was soll ich den Leuten sagen?«

»Sie haben mich immer wieder um Instruktionen gebeten. Hier sind meine Instruktionen. Nehmen Sie Platz.«

Ich schob einen Stuhl heran und war ganz Ohr.

13

Mein Besuch bei Lippert, Buff und Assa dürfte die Firma gut und gern ein paar tausend Dollar gekostet haben, denn ich habe Wolfe im Hinblick auf die später auszustellende Rechnung alles ganz genau beschrieben, Mobiliar und Teppiche. Kein Mensch kann mir vorwerfen, daß ich dabei etwa untertrieb.

Das Gebäude, in dem LBA ihr Büro hatten, lag im Zentrum von Manhattan, ein ansehnlicher Wolkenkratzer mit der üblichen pompösen Eingangshalle. Es gab auch einen stummen Portier, auf dem alle Firmen und sonstigen Bewohner alphabethisch verzeichnet waren. Ein Blick genügte und ich stellte fest, daß Lippert, Buff und Assa nicht weniger als sechs volle Stockwerke in Anspruch nahmen. Ich wählte für meinen kleinen Ausflug den 22. Stock, da sich hier die Direktion befand. Ohne Mühe fand ich den passenden Fahrstuhl und landete in einem großzügigen, luxuriös eingerichteten Empfangsraum. Überall standen schwere Polstersessel. Die Beleuchtung war einfach supermodern. Es war alles sehr kultiviert und gediegen. Zwei oder drei der Polstersessel waren besetzt. Gegenüber der Fahrstuhltür befand sich ein Tisch, an dem eine hübsche Brünette saß. Als ich mich an sie wandte, fragte sie sofort, ob sie mir helfen könne. Ich nannte ihr meinen Namen und sagte, ich wolle Mr. Buff sprechen.

»Sind Sie angemeldet, Mr. Goodwin?«

»Ja. Aber unter dem Namen Nero Wolfe.«

Diese Mitteilung verwirrte die Brünette. In schlichten Worten erklärte ich ihr den Unterschied zwischen Nero Wolfe und Archie Goodwin. Sie bat mich, auf einem der Polstersessel Platz zu nehmen, während sie mich anmelden wollte. Doch als ich gerade auf dem Weg zum Sessel war, öffnete sich eine Tür, und Vernon Assa erschien auf der Bildfläche. Einen Moment blieb er stehen und wischte sich Stirn und Hals mit einem Tachsentuch. Dann kam er auf mich zu.

»Wo ist Mr. Wolfe?« fragte er.

»Zu Hause. Ich werde Ihnen Bericht erstatten. Ihnen und den anderen Herrschaften.«

»Ich glaube nicht ...« Er zögerte. Dann sagte er: »Folgen Sie mir.«

Wir gelangten nun in einen riesigen Saal, der mit schweren Teppichen ausgelegt war. Ich hätte sie gern umgedreht, um zu sehen, ob sie auch echt waren. Aber dazu war keine Zeit. Assa steuerte auf die dritte Tür von links zu, die offenstand. Wir traten ein und befanden uns nun in einem Raum, der sich in etwas chaotischem Zustand befand. Auf dem mächtigen Mahagonitisch lag überall Asche herum. Auch sonst bot die schöne Tischplatte einen unerfreulichen Anblick, da sie mit Schriftstücken aller Art und sonstigen Papierfetzen übersät war. Die imposanten Vorstandsstühle standen unordentlich herum. Ein Zigarrenstummel war aus dem Aschenbecher gefallen und lag nun – zerkaut, abgebrannt und unansehnlich – auf der Mahagoniplatte.

Drei Männer, Assa nicht mitgerechnet, schauten mich durchdringend an. Ich schaute genauso durchdringend zurück. Talbot Heery wirkte nicht mehr so stattlich wie früher, was sicher damit zusammenhing, daß er sich auf seinem Stuhl viel zu weit nach vorn beugte und auch sonst einen gebeugten Eindruck machte. Buffs weißes Haar war zerzaust. Sein rötliches Gesicht war aufgedunsen. Er saß an der anderen Tischseite, gegenüber von Heery, und mußte schielen, wenn er mich in Augenschein nehmen wollte. Hansen schien nervös und ungeduldig, er stand neben dem Tisch.

Assa ergriff das Wort. »Goodwin sagt, er will Bericht erstatten. Hören wir uns mal an, was er zu sagen hat.«

»Ja, ich bin hier«, sagte ich, »um Ihnen allen Bericht zu erstatten. Und das schließt auch Mr. O'Garro ein.«

»Mr. O'Garro nimmt gerade an einer Konferenz teil und kann nicht erscheinen.«

»Also schön. Dann werde ich warten.« Ich nahm Platz. »Mr. O'Garro hat den mit Mr. Wolfe geschlossenen Vertrag aufgekündigt. Es dürfte wohl wenig Sinn haben, wenn wir uns jetzt einigen, und dann ruft uns Mr. O'Garro an und hebt die Vereinbarung wieder auf.«

»Mr. O'Garro hat aus eigener Initiative gehandelt«, sagte Buff. »Er war dazu von uns nicht autorisiert.«

»Aber gehört er nicht der Firma an?«

»Ja.«

»Gut. Ich kann warten. Wenn ich Ihnen hier im Wege bin, sagen Sie es mir bitte.«

»Lassen Sie doch sofort O'Garro rufen«, sagte Heery schroff. »Mit der Reklame für die verdammte Zahnpasta kann er sich ja auch später befassen.«

Nun begannen sie alle durcheinanderzureden. Still und geduldig saß ich da und hörte zu. Ich konzentrierte mich, soweit das bei dem Geschnatter möglich war, um Wolfe einen nahezu wörtlichen Bericht erstatten zu können. Aber es war nicht ganz einfach, zu folgen. Die Diskussion wurde immer konfuser. Endlich hatten sie sich geeinigt. Nur wußte ich nicht, worüber. Buff stand auf und ging zum Telefon. Bald darauf öffnete sich die Tür. Patrick O'Garro beehrte uns mit seiner Anwesenheit.

»Was ist denn los, meine Herren?« platzte er heraus. »Was soll der Unsinn? Ich habe Ihnen doch vorhin schon gesagt, daß ich mit allem einverstanden bin, was Sie beschließen. Ich habe nicht die Absicht . . .«

Ich unterbrach ihn. »Moment mal, Mr. O'Garro. Meine Schuld. Ich kam hierher, um an Stelle von Mr. Wolfe Bericht zu erstatten. Es ist unbedingt notwendig, daß Sie dabei sind. Wenn Sie jetzt anderweitig beschäftigt sind, kann ich warten. Ich hab's nicht so eilig. Aber die Herren hier haben keine Zeit.«

Er machte eine bissige Bemerkung, die auf Heery gemünzt war. Die anderen mischten sich ein. Auf einmal sprachen wieder alle durcheinander. Aber dann griff Buff energisch ein. Er packte O'Garro beim Arm und zwang ihn, sich hinzusetzen. Dann nahm er selbst wieder Platz, und zwar unmittelbar neben mir.

»Also los, Goodwin«, sagte er. »Fangen Sie an.«

Ich zog ein Blatt Papier aus meiner Tasche und faltete es sorgfältig auseinander. »Hier ist zunächst mal ein Brief an Mr. Hansen, unterzeichnet von Mr. Wolfe. Der ganze Brief besteht nur aus einem Satz, den ich Ihnen jetzt vorlesen will: ›Sehr geehrter Herr Hansen, hiermit erkläre ich, daß ich die Ihnen erteilte Vollmacht als erloschen betrachte, weswegen ich Sie ersuchen muß, künftig nicht mehr als mein Vertreter zu fungieren.‹ Soweit das Schreiben von Mr. Wolfe. Er hat mich gebeten, dieses Schreiben vor Zeugen zu überreichen.« Gesagt, getan. Ich reichte das Schreiben nun Assa. Er reichte es weiter an O'Garro. O'Garro reichte es weiter an Hansen. Hansen sah es sich an, faltete es zusammen und steckte es dann in die Tasche.

»Bitte, fahren Sie fort«, sagte er sehr steif und förmlich.

»Danke. Wir haben hier drei Punkte zu erörtern. Erstens den Fall an sich und wie Sie, meine Herren, ihn bisher gehandhabt haben. In den vielen Jahren, die ich nun für Mr. Wolfe arbeite, haben wir eine ganze Reihe von Klienten erlebt, die bei der Erfindung des Pulvers dabei waren. Aber ich muß schon sagen, daß Sie in jeder Hinsicht den Vogel abschießen. Offenbar haben Sie . . .«

O'Garro begehrte auf. »Menschenskind, nennen Sie das Berichterstattung? Wir wollen wissen, was Mr. Wolfe bisher in unserer Angelegenheit unternommen hat.«

»Das werden Sie auf diese Weise nie erfahren. Offenbar haben Sie noch immer nicht begriffen, worum es geht. Und erst recht nicht, wie Mr. Wolfe arbeitet. Nehmen wir einmal an, er wüßte ganz genau, wer zu Dahlmann ging und die Brieftasche wegnahm – und obendrein noch, wer Dahlmann ermordet hat –, und alles, was er noch brauchte, wäre eine winzige Tatsache, um die Beweisführung abzurunden. Nehmen wir einmal an, er wüßte das alles, dann würde er sich ganz gewiß lieber die Zunge abbeißen, als Ihnen auch nur ein Sterbenswörtchen mitzuteilen. So streng sind seine Sitten. Ehe nicht alle Fäden geknüpft sind, verrät er nichts. Ich weiß nicht, ob Sie das verstehen werden, meine Herrschaften, denn mit Ausnahme von Mr. Hansen befinden Sie sich ja alle in einer Panikstimmung. Aber vielleicht verstehen Sie es doch.«

»Zum Teufel, nein, ich verstehe das nicht«, schrie Buff. »Ich finde das absolut verbohrt. Wir haben ihn engagiert, und er bekommt ja Geld dafür. Unser Geld.«

»Schön. Dann werde ich mich deutlicher ausdrücken. Was würde geschehen, wenn er Sie über jeden Schritt, den er bisher unternommen hat, genau informieren würde, ebenso über alles, was er in der Sache noch zu tun gedenkt? Das ist eine Frage, die nur der liebe Gott beantworten kann. So, wie Sie sich heute nachmittag aufgeführt haben, möchte ich persönlich annehmen, daß ein völliges Chaos herrschen würde. Alle zehn Minuten würde der eine oder andere von Ihnen bei uns anklingeln, um die Vereinbarung aufzuheben, die man gerade ein paar Minuten vorher mit dem letzten Anrufer getroffen hat. Und der neue Mann würde mit neuen Instruktionen kommen. Aber Mr. Wolfe läßt sich auf Instruktionen nicht ein. Er glaubt an weisungsfreie Detektivarbeit. Er übernimmt einen Auftrag, aber keine Weisungen. Das hätten Sie wissen sollen, als Sie ihn engagierten. Sie haben das gewußt, Mr. Hansen, nicht wahr?«

»Ja, ja«, sagte Mr. Hansen und wackelte mit seinem hageren Advokatenhals, »natürlich kannte ich die Methoden von Mr. Wolfe. Und auch seine Eigentümlichkeiten. Ich gebe zu, daß die einander widersprechenden Mitteilungen heute nachmittag höchst unerfreulich waren. Aber bitte vergessen Sie nicht, wir stehen unter Druck. Wir müssen zumindest wissen, ob schon ein gewisser Fortschritt erzielt werden konnte.«

»Das werden Sie alles erfahren, wenn Mr. Wolfe seiner Sache sicher ist. Er arbeitet auch unter Druck. Bitte, beachten Sie, meine Herrschaften, daß er nicht für Sie, Mr. Buff, arbeitet. Und auch nicht für Sie, Mr. Assa. Und nicht für Sie, Mr. O'Garro. Er arbeitet für die Firma Lippert, Buff und Assa. Falls also die Herren, die befugt sind, für diese Firma zu reden, die ganze Sache abblasen wollen, dann ließe sich unter Umständen eine andere Vereinbarung treffen. Ich mache da nur einen Vorschlag: Wollen Sie vielleicht Mr. Heery fragen, ob er die Sache übernehmen will, so daß Mr. Wolfe dann ihn vertritt an Stelle von LBA?«

»Nein!« schrie O'Garro. Assa sah Hansen an, und der Rechtsanwalt schüttelte den Kopf. Buff erklärte: »Das würde die Sachlage auch nicht verbessern. Wir haben die gleichen Interessen.« Heery sah die Herren von LBA fragend an: »Wenn Sie diese Lösung vorziehen, bitte, sagen Sie es nur.«

Aber niemand sagte es. Ich gewährte meinen Zuhörern eine Denkpause von vier Sekunden. Dann fuhr ich fort: »Und dann ist da noch ein anderer Punkt. Ich habe Ihnen bereits mitgeteilt, daß Inspektor Cramer von der Mordkommission gestern abend Mr. Wolfe aufgesucht hat. Ich will jetzt nicht im Wortlaut wiedergeben, was der Inspektor sagte, aber als er wegging, hatte Mr. Wolfe den Eindruck, daß Cramer nicht unbedingt daran glaubte, einer der Rätselrater habe Dahlmann umgebracht, um den Zettel an sich zu bringen. Der Mord könnte auch von einer anderen Person und aus völlig anderen Gründen begangen worden sein. Diese andere Person, das heißt der Mörder, müsse nicht unbedingt den Zettel an sich genommen haben. Es kann auch so gewesen sein, daß einer von Ihnen, meine Herren, später zu Dahlmann ging und die Leiche fand. Der Betreffende sah dann nach, ob die Brieftasche noch in der Jacke war. Das war tatsächlich der Fall, und da er nicht wollte, daß man die Brieftasche bei der Leiche finden sollte, nahm er sie an sich, einfach weil er Angst hatte, daß der Zettel sonst in unbefugte Hände gelangen könnte. Das würde ...«

Von allen Seiten wurde ich unterbrochen. Hansen sagte: »Lächerlich. Ich bin überzeugt, daß Mr. Wolfe ...«

Ich ließ ihn nicht weiterreden. »Augenblick mal. Mr. Wolfe sagte dem Inspektor, er halte es für wahrscheinlich, daß einer der Teilnehmer am Preisausschreiben den Zettel an sich nahm. Er betonte ferner, seiner Vermutung nach habe der Mörder Dahlmanns auch den Zettel gestohlen. Doch das bedeutet nicht, daß Mr. Wolfe die Schlußfolgerungen seines Kollegen von der Polizei für einen schrulligen Einfall hielt. Er verfügt über keinerlei Beweise, daß sich die Dinge so abgespielt haben, wie er vermutet. Wenn er also das Risiko vermeiden will, daß er später blamiert dasteht, kann er Cramers Ansicht nicht einfach als unmöglich verwerfen. Wenn dem aber so ist ...«

»Hören Sie doch mit diesem Stuß auf«, unterbrach mich Hansen. »Ich bin der Ansicht ...«

»Ihre Ansicht ist hier unerheblich. Es kommt hier auf die Ansicht von Mr. Wolfe an. Er hat zwei Gründe, warum er Sie nicht ständig auf dem laufenden hält. Erstens tut er das nie, bei keinem Mandanten, und zweitens besteht die Gefahr, daß Sie, meine Herren oder einer von Ihnen dann seine Pläne durchkreuzen könnte. Ich sage nicht, daß es sich hier um eine tatsächliche Gefahr handelt. Aber es wäre ein Risiko. Und das ist der wesentliche Unterschied zwischen einer Versicherungsgesellschaft und einem guten Privatdetektiv: letzterer geht nie ein Risiko ein. Es hat auch keinen Sinn, meine Herren, wenn Sie den von Mr. Wolfe eingenommenen Standpunkt als lächerlich oder gar als absurd bezeichnen. Ich warne Sie. Was dies betrifft, ist Mr. Wolfe einfach nicht zu schlagen. Soviel über die Situation, wie wir sie sehen. Ich möchte nur noch hinzufügen, daß Mr. Wolfe über Ihre ständigen Einmischungsversuche sehr verstimmt ist. Weil Sie sich so lächerlich und absurd aufführten, mußte ich ihn heute nachmittag unentwegt stören, denn ich mußte ihn ja fragen, ob es sein Wunsch sei, daß ich Sie hier in Ihrem Büro aufsuche. Es ist meine Pflicht, Sie jetzt dahingehend zu verständigen, daß ihm der ganze Fall zuwider ist und bereits zum Halse heraushängt. Er ist bereit, den Fall weiterzubearbeiten, aber nur unter der Bedingung, daß seine Aufgabe darauf beschränkt bleibt, die gewünschten und vereinbarten Resultate so rasch wie nur irgend möglich zu liefern. Die Sache ist also in Ordnung, meine Herren, wenn Sie damit einverstanden sind. Falls nicht, wird Mr. Wolfe in Erwägung ziehen, ob er die Bearbeitung dieses Falles für Mr. Heery übernehmen soll, und zwar ohne sich um Lippert, Buff und Assa zu scheren. Aber ich glaube nicht, daß er das tun wird, denn schließlich sind Sie ja alle in diese Sache verwickelt.«

»Und was wird dann geschehen?« fragte Hansen. Seine Stimme hatte sich um ein paar weitere Grade abgekühlt. »Er hat die mir erteilte Vollmacht zurückgezogen. Was würde dann sein nächster Schritt sein?«

»Weiß ich nicht. Aber wie ich ihn kenne, möchte ich annehmen, daß er dann seine gesamten Informationen über den Fall Inspektor Cramer zur Verfügung stellen wird – und das schließt natürlich auch die Informationen ein, die er aus den Gesprächen mit Ihnen gewonnen hat. Und dann würde er schnellstens die ganze Sache vergessen.«

»Von mir aus in Gottes Namen«, schrie O'Garro. »Von mir aus kann ihn der Teufel holen!«

Buff beruhigte ihn: »Nur keine Aufregung, Patrick.«

Nun mischte sich auch Assa ein. »Wir übersehen da etwas«, sagte er. »Wir lassen uns da zu sehr von unseren persönlichen Gefühlen leiten. Und das ist falsch. Wir möchten alle, daß das Preisausschreiben gerettet wird. Wir müssen uns daher nun die Frage vorlegen: Wie können wir dieses Ziel besser erreichen, mit Wolfe oder ohne Wolfe? Ich möchte Sie jetzt etwas fragen, Mr. Goodwin. Ich stimme mit Rechtsanwalt Hansen überein, daß die Gedankengänge von Inspektor Cramer lächerlich und absurd sind. Aber gesetzt den Fall, Mr. Wolfe würde Beweise dafür finden, daß einer von uns zu Dahlmann in die Wohnung gegangen ist, dort dessen Leiche gefunden und dann die Brieftasche an sich genommen hat. Wem würde Mr. Wolfe das dann mitteilen?«

»Das hängt ganz davon ab. Ich werde Ihnen auch sagen, wovon. Wenn die Firma LBA weiterhin sein Klient ist, wird er LBA diese Mitteilung machen. Er wurde engagiert, und ich zitiere jetzt Rechtsanwalt Hansen: ›um ausfindig zu machen, wer die Brieftasche an sich nahm und sich in den Besitz des Zettels setzte.‹ Wenn er also ausfindig macht, wozu er engagiert war, dann wird er eine solche Mitteilung nur seinem Klienten gegenüber machen. In diesem Fall würden zwei strafbare Handlungen in Betracht kommen. Erstens die Entwendung der Brieftasche und zweitens das Verschweigen eines Leichenfundes. Aber das würde Mr. Wolfe ziemlich gleichgültig sein. Er würde deswegen keine Anzeige erstatten. Doch es versteht sich von selbst, daß er jemandem, der nicht mehr sein Klient ist, auch nicht Bericht über seinen Befund erstatten kann. Und da möchte ich annehmen, daß er sich dann vertrauensvoll an Inspektor Cramer wenden wird.«

»Das ist eine unmißverständliche Drohung«, sagte Hansen.

»Wirklich? Was Sie nicht sagen!« Ich grinste ihn an. »Wie sich der Mensch doch irren kann. Und ich glaubte, ich hätte damit nur Ihre Frage beantwortet. Ich ziehe die Drohung mit dem Ausdruck des Bedauerns zurück.«

Talbot Heery, der auf der anderen Seite des Mahagonitisches saß, sprang plötzlich auf und warf wütende Blicke auf die versammelten Herren von LBA einschließlich Hansen. »Wenn ich jemals eine Musterkollektion von Dummköpfen vor mir gesehen habe«, sagte er, »dann war das jetzt. Sie wissen nur zu gut, meine Herren, daß Nero Wolfe unsere einzige Hoffnung ist, in dieser scheußlichen Situation noch mit einem blauen Auge davonzukommen. Und da verzapfen Sie einen solchen Mist ...« Er schlug mit den Fäusten auf den Tisch. »Ich will Ihnen jetzt etwas sagen, meine Herren. Wenn unser Vertrag abgelaufen ist, dann ist es aus mit Ihrer Werbung für unsere Heery-Erzeugnisse! Ich bin ja nicht ganz bei Trost gewesen, als ...«

O'Garro unterbrach ihn höhnisch. »Lassen Sie Ihre schöne Rede auf Band aufnehmen. Gehen Sie 'runter und lassen Sie das Band rollen. Wir werden inzwischen weitermachen. Ohne Sie! Und ohne Nero Wolfe. Ich glaube nicht, daß ...«

Und nun begann ein Stimmengewirr wie weiland beim Turmbau zu Babel. Ich war durchaus gewillt, still und friedlich dazusitzen, aber Oliver Buff erhob sich und drängte mich mehr oder minder gewaltsam hinaus. Er begleitete mich in den Empfangsraum. Einige der Polstersessel waren besetzt, doch nicht mit denselben Leuten wie bei meiner Ankunft. Da ich müßig herumstand, ohne den Fahrstuhlknopf zu drücken, warf mir die Brünette einen fragenden Blick zu. Um ihren Wissensdrang zu befriedigen, näherte ich mich ihr und sagte, die Verhandlung sei nun vorüber, nur das Urteil müsse noch gefällt werden. Erst dann werde es sich entscheiden, ob man mir das Genick brechen, mich aufs Rad flechten, dem Scheiterhaufen übergeben oder mich mit des Seilers Tochter kopulieren werde. Als ich das Töchterchen des Herrn Seilermeisters erwähnte, hatte sie nicht übel Lust, mich anzulächeln. Vielleicht aus Mitleid.

Aber dann beschloß sie, ihr Lächeln bis zur Urteilsverkündung zu verschieben. Da ich aber instinktiv etwas gegen abwartende junge Mädchen habe, wandte ich mein Interesse nun einer Reihe von Schaukästen zu, die an den Wänden aufgestellt waren und in denen sich Gegenstände der verschiedensten Art und Größe befanden, alle in bunten, leuchtenden Farben.

Da ich von Beruf Detektiv bin, hatte ich weiter keine große Mühe, festzustellen, um was es sich hier handelte: Es waren Muster von all den Erzeugnissen, für die LBA die Werbung übernommen hatte. Alles in allem muß es sich um gut an die tausend Artikel gehandelt haben, von Zündkerzen bis zu Ozeandampfern, von Papierbechern bis zu Erzeugnissen der pharmazeutischen Industrie. Allerdings hatte man sich bei den Ozeandampfern, Lastwagen, Kühlschränken und anderen voluminösen Produkten mit Fotos begnügt. Ich war gerade dabei, mir noch mal die Heery-Erzeugnisse anzuschauen. Es gab da nicht weniger als mindestens hundert verschiedene Muster, alle schön verpackt. Ich überlegte mir, für welche Verpackung Gelb wohl besonders attraktiv sein müßte. Doch ehe ich noch zu einer Entscheidung kam, rief mich die Brünette beim Namen. Ich drehte mich um.

»Sie können jetzt hinein«, sagte sie.

Als ich das Zimmer mit dem Mahagonitisch betrat, sicher war es das Vorstandszimmer, konnte ich aus den Mienen der Anwesenden nicht gleich feststellen, wer oder was in diesem Fall obgesiegt hatte.

Hansen ergriff das Wort. »Wir haben beschlossen, daß Nero Wolfe unseren Fall weiterbearbeiten soll, nach bestem Wissen und Gewissen und ohne Beeinträchtigung der uns zustehenden Rechte, einschließlich des Rechts der Information über alle Dinge, die mittelbar oder unmittelbar unsere Interessen berühren. Doch was letzteren Punkt betrifft, so kann das bis auf weiteres seiner Diskretion und seinem Belieben überlassen bleiben.«

Ich holte mein Notizbuch aus der Tasche und schrieb diese Erklärung auf. Dann fragte ich: »Alle damit einverstanden? Mr. Wolfe wird das wissen wollen. Sind Sie damit einverstanden, Mr. Buff?«

»Ja«, sagte er mit fester Stimme.

»Und Sie, Mr. Assa?«

»Ja«, sagte er mit matter Stimme.

»Und Sie, Mr. O'Garro?«

»Ja«, sagte er mit ruppiger Stimme.

»Also schön.« Ich steckte mein Notizbuch wieder ein. »Ich will mein Bestes tun, um Mr. Wolfe zu bewegen, den Fall auch weiterhin zu bearbeiten. Wenn Sie innerhalb der nächsten Stunde nichts von mir hören, ist alles in Ordnung. Ich möchte nur noch auf eine Kleinigkeit hinweisen. Da ich sein Assistent bin und ihm ständig bei der Durchführung vertraulicher Aufgaben helfen muß, würde ich es als eine höchst unangenehme Beeinträchtigung meiner Arbeit empfinden, wenn ich die Hälfte meiner Zeit am Telefon verbringen müßte. Darf ich Sie also bitten, sich eine gewisse Enthaltsamkeit aufzuerlegen. Wenigstens dem Telefon gegenüber.«

Und damit wandte ich mich zum Gehen. Aber Buff zupfte mich am Ärmel. »Goodwin, bitte vergessen Sie nicht: Die Zeit ist knapp. Nur noch fünf Tage. Hoffentlich vergißt auch Mr. Wolfe das nicht.«

»Nein. Bestimmt nicht. Vor Mitternacht am Mittwoch. Deswegen will er ja auch nicht gestört werden.«

Ich überließ die Herren ihrer Trübsal.

14

Während der beiden nächsten Tage bereute ich meine Bitte um Enthaltsamkeit. Gewiß, der Donnerstag und Freitag hatten es in sich gehabt. Aber die ewigen Telefonanrufe hatten mir doch wenigstens etwas zu tun gegeben. Doch jetzt war das Telefon verstummt. Je ruhiger das Telefon war, desto unruhiger war ich.

Nachdem ich Wolfe brühwarm alles über die Sitzung im Büro von LBA berichtet hatte, wobei ich auch die Schilderung des Mobiliars wegen der späteren Rechnung nicht überging, wurde der ganze Fall die nächsten sechzig Stunden so gut wie überhaupt nicht mehr erwähnt. So verging der Sonnabend. So verging der Sonntag. Montag früh glaubte ich tatsächlich schon, Wolfe hätte es ernst gemeint, als er sagte, es wäre besser, die Frist verstreichen zu lassen. Vielleicht war es wirklich eine geniale Idee, eine Frist verstreichen zu lassen und dann – sozusagen fristlos – mit der Arbeit zu beginnen.

Den größten Teil des Wochenendes verbrachte ich damit, im Hause herumzulungern. Hin und wieder erlaubte er mir auch, draußen auf der Straße etwas Luft zu schnappen. Ja, ich machte sogar ein paar Besuche. Am Sonnabend nachmittag klopfte ich en passant bei der Kriminalpolizei in der 20. Straße an, um ein wenig mit Sergeant Purley Stebbins zu plaudern. Natürlich war Stebbins etwas argwöhnisch. Er dachte, Wolfe habe mich ausgeschickt, um irgendwas aus ihm herauszulocken. Andererseits dachte er sich in seinem Polizeigemüt, daß ich vielleicht auch die eine oder andere Information zu verramschen hätte. So saßen wir also da und plauderten über dies und das. Als ich aufstand und mich verabschieden wollte, bat er mich sogar, noch etwas länger zu bleiben. Ich ging aber doch. Als ich dann später Wolfe von diesem Besuch erzählte, sagte ich ihm, ich sei bereit, meinen letzten Hosenknopf zu wetten, daß unsere Freunde von der Polizei genauso im dunkeln tappten wie wir. Wolfe nahm diese Wette natürlich nicht an. Er grunzte nur.

Sonntag, am Spätnachmittag, verausgabte ich sechs Dollar, auf LBA-Spesen natürlich, um Lon Cohen von der *Gazette* in Yadens Bar mit ein paar Getränken aufzuheitern. Ich bat ihn, er möge mir doch, alphabetisch geordnet, alles mitteilen, was er über den Fall Dahlmann wisse. Lon offerierte mir daraufhin die letzte Nummer der *Gazette* zum Einkaufspreis mit seinem Autogramm auf der Titelseite. Doch Scherz beiseite – auch diesmal wieder erwies sich Lon als höchst nützliche Informationsquelle. Ich erfuhr von ihm eine ganze Reihe bisher noch unveröffentlichter Einzelheiten: Dahlmann hatte sich um Bezahlung einer Pokerschuld in Höhe von 90 000 Dollar gedrückt. In seiner Brieftasche hatte er immer eine ganze Sammlung von Fotos weiblicher Wesen. Alles Damen der Gesellschaft, dafür aber unbekleidet. Er hatte einen prominenten Politiker, für den er eine Publicity-Kampagne führte, auf übelste Art übers Ohr gehauen. Seine Kollegen bei LBA haßten ihn alle und hatten eine Art Front gegen ihn gebildet. Eine der vielen Frauen, mit denen er sein Spiel getrieben hatte, war Ellen Heery, die Frau von Talbot. Er war ein russischer Spion gewesen. Er verfügte über Material, das einen bekannten Philanthropen belastete, und hatte diesen Menschenfreund auf nicht ganz menschenfreundliche Art erpreßt. Und so weiter. Lon wollte natürlich nicht glauben, daß Wolfe sich nicht mit dem Mord befaßte. Ja, als es ihm endlich dämmerte, daß ich keine druckreifen Informationen für ihn hatte, wollte er sogar keinen weiteren Drink mehr von mir annehmen.

Ich gab Wolfe ein Resümee meiner Unterhaltung mit Lon. Doch er hörte nicht zu. Es war Sonntag abend, und da macht es ihm immer ein besonderes Vergnügen, den Fernsehapparat auszuschalten. Natürlich muß er ihn erst einmal einschalten. Und dann geht es in bunter Reihenfolge aus und an, aber ohne daß er aufstehen und am Apparat herumfummeln muß. Für teures Geld hat er sich eine Fernsteuerung anlegen lassen, so daß er spielend an einem einzigen Abend mindestens zwanzig Programme ausschalten kann, ohne sich dabei körperlich unnötig anzustrengen. Ich selbst verbringe den Sonntagabend meist außer Haus, um freundlichen Umgang mit den Vertreterinnen des schönen Geschlechts zu pflegen. Doch an diesem Sonntag hatte ich darauf verzichtet, mich bei meiner Umwelt beliebt zu machen. Wolfe hatte ja von einer nahe bevorstehenden Explosion gesprochen. Und da wollte ich natürlich dabeisein. Als ich dann früh nach oben ging, um mich schlafen zu legen, las Wolfe ein neues Buch mit dem symbolischen Titel ›*Silberstreifen am Horizont*‹.

Und so wurde aus Abend und Morgen ein neuer Tag. Um ganz exakt zu sein, ein Montag. Es war kurz nach zehn Uhr früh, als wieder einmal das Telefon läutete. Es war für mich.

Eine männliche Stimme: »Hallo . . . Sie sprechen aber gar nicht wie Archie Goodwin.«

»Bin ich aber. Dafür sprechen Sie genauso wie Philip Younger.«

»Das will ich auch hoffen. Sind Sie wirklich Archie Goodwin?«

»Jawohl. Ich bin jener Archie Goodwin, der Ihren Whisky abgelehnt hat.«

»Hallo . . . das klingt schon vertrauter. Ich möchte Sie sofort sprechen. Sofort. Ich bin jetzt auf meinem Zimmer. Jawohl, hier im Hotel Churchill. Machen Sie rasch!«

»Bin schon unterwegs.«

Da konnte man wieder sehen, in was für einem Zustand ich mich befand. Nicht mal gefragt hatte ich ihn, was eigentlich los sei. Aber das Nichtstun war mir so auf die Nerven gegangen, daß mein Tatendrang einfach keine Grenzen mehr kannte. In vollem Tempo rannte ich in die Küche hinunter, um Fritz Bescheid zu sagen, wo ich hinging. Ich angelte mir Hut und Mantel vom Garderobenständer. Und dann ging's los – zur Tenth Avenue, wo ich ein Taxi nahm.

Wir kamen nicht vorwärts. Die Avenue war total verstopft. »Versuchen Sie's doch mal auf dem Bürgersteig«, murmelte ich.

»Ist ja erst Montag«, sagte er optimistisch, »da haben wir noch eine ganze Woche Zeit.«

Endlich hielten wir vor dem Churchill. Ich ging hinein, nahm den Fahrstuhl zum achtzehnten Stock und klopfte an der Tür von Zimmer Nr. 1826. Younger öffnete mir sofort. Er sah jetzt viel manierlicher aus als bei meinem ersten Besuch. Er bestand darauf, mir die Hand zu schütteln.

»Hat verdammt lange gedauert, bis Sie kamen«, brummte er. »Ja, ich weiß, Sie brauchen mir nichts zu sagen. Ich weiß alles. Ich lebe in Chicago. Nehmen Sie Platz. Ich möchte Sie etwas fragen.«

Ich setzte mich auf einen Stuhl und er auf die Bettkante.

»Eben ist was mit der Post gekommen«, begann er, »und ich weiß noch nicht recht, was ich damit anfangen soll. Ich könnte die Sache der Polizei übergeben, hab' aber keine Lust dazu. Die Leute, mit denen ich bei der Polizei zu tun hatte, haben mir nicht imponiert. Kennen Sie Polizeileutnant Rowcliff?«

»Und ob. Den Mann können Sie von mir geschenkt bekommen.«

»Danke bestens. Behalten Sie ihn lieber. Und dann gibt's ja noch diese Werbefritzen, die ich bei dem Diner mit Dahlmann kennenlernte. Die haben mir auch nicht imponiert, als ich sie jetzt wiedersah. Ich wollte schon einen Mann in Chicago anrufen, den ich einigermaßen gut kenne, einen Anwalt. Aber dann dachte ich mir: Ist ja viel zu umständlich, ihm den ganzen Quatsch zu erklären. Und so kam ich dann auf Sie. Sie wissen ja alles über den Fall. Als Sie neulich hier waren, habe ich Ihnen einen Drink angeboten. Wenn ich jemandem völlig gedankenlos einen Drink anbiete, ist das immer ein gutes Zeichen. Auf meinen Instinkt kann ich mich fast immer verlassen. Ich muß jetzt in dieser Sache etwas unternehmen, und zwar rasch. Ich will Ihnen erst mal zeigen, um was es geht, und dann Ihre Meinung hören.«

Er nahm einen Briefumschlag aus der Tasche und betrachtete ihn nachdenklich. Dann betrachtete er mich und reichte mir den Umschlag. Ich betrachtete nun meinerseits den Umschlag. Billigste Massenfabrikation. An den Ecken leicht beschädigt, was wohl beim Öffnen geschehen war. Die Anschrift war mit der Maschine geschrieben. ›An Mr. Philip Younger, Hotel Churchill.‹ Kein Absender. Frankiert mit einer Dreicentmarke, abgestempelt Bahnhofspostamt Grand Central Station – 23 Uhr / 17. April. Im Umschlag befand sich nur ein Bogen Papier. Er war zusammengelegt. Ich faltete ihn auseinander. Ein gewöhnlicher Briefbogen mittlerer Qualität, ohne Aufdruck. Sonst aber stand eine ganze Menge auf dem Bogen. Alles getippt. Da war zunächst eine Überschrift, in großen Buchstaben getippt: ›LÖSUNGEN DER AM 12. APRIL VERTEILTEN VERSE‹. Darunter befanden sich die Namen von fünf Frauen nebst kurzen Erläuterungen.

»Hm«, sagte ich sehr nachdenklich. »Nicht uninteressant. Was ist das? Ein Jux?«

»Ja, das möchte ich auch wissen. Ich glaube, es sind die richtigen Antworten. Aber ich weiß es nicht. Ich müßte erst mal in eine Bibliothek gehen und den Quatsch nachprüfen. Das wollte ich auch schon tun. Ließ es dann aber bleiben. Menschenskind, sagte ich mir, das ist ja Dynamit. Und dann dachte ich an Sie. He, was machen Sie denn da? Der Wisch gehört mir!«

Geistesabwesend hatte ich das Stück Papier zusammengefaltet und wieder in den Umschlag gesteckt. Ich war gerade im Begriff, den Umschlag in meiner Rocktasche zu verstauen. »Ja, natürlich gehört das Ihnen«, sagte ich. »Bitte, hier haben Sie alles zurück.« Er nahm den Umschlag. »Ein schwieriges Problem. Lassen Sie mich mal einen Moment nachdenken.« Selbiges tat ich. Mindestens eine Minute lang. Dann sagte ich: »Tja, mir scheint, Sie haben recht. Zunächst wird man die Lösungen wohl prüfen müssen. Aber sicher ist die Polizei noch immer hinter den fünf Teilnehmern am Preisausschreiben her. Sagen Sie mal, waren Sie in den letzten Tagen in einer Bibliothek?«

»Nein. Ich sagte mir, hat ja doch keinen Sinn. Ich kenne mich hier in den Bibliotheken nicht so aus. Und diese beiden Weibsbilder, Miss Frazee und Miss Tescher, waren ja doch voraus. So hielt ich es für besser, die Sache anzufechten, statt die verflixten Verse zu lösen.«

Ich nickte verständnisvoll. »Wenn Ihnen also jetzt jemand von der Polizei folgt und sieht, daß Sie in eine Bibliothek gehen, nur zwei Tage vor Ablauf der Frist, da wird man sich doch wundern, warum Sie plötzlich mit dem Bücherwälzen anfangen. Und man wird wissen wollen, wieso und warum. Der Mann, für den ich arbeite, Nero Wolfe, ist auch ein Bücherwurm. Er hat eine ziemlich große Privatbibliothek. Auf dem Zettel, den Sie mir eben zeigten, waren einige Titel von Büchern angegeben. Sicher hat er die auch. Wie wär's, wenn Sie mal mit ihm persönlich über die Sache sprechen würden?«

»Ich habe keine Lust, mich mit ihm zu beraten.«

»Ja, ja. Aber wie Sie sehen, trage ich keine Bibliothek mit mir in der Westentasche herum. Sie erwecken keinen Verdacht, wenn man beobachtet, daß Sie sein Haus betreten. Ist völlig ungefährlich. Er vertritt ja die Firma Lippert, Buff und Assa. Außer Ihnen sind schon alle Teilnehmer am Preisausschreiben bei ihm gewesen.«

»Und gerade das gefällt mir nicht. Er vertritt diese Leute, und ich bekämpfe sie.«

»Dann hätten Sie mir dieses Stück Papier nicht zeigen sollen. Ich arbeite für Mr. Wolfe, und wenn Sie etwa annehmen sollten, daß ich ihm nicht sagen werde, was ich eben erfahren habe, dann sind Sie auf dem Holzweg. Dann müssen Sie erst mal zurücknehmen, was Sie mir neulich erzählten. Sie wissen schon, daß Sie nur einmal in Ihrem Leben dumm gehandelt haben, und zwar vor sechsundzwanzig Jahren.«

Er sah vergnügt aus. »Schau mal einer an«, sagte er, »Sie haben sich sogar gemerkt, was ich Ihnen neulich erzählte.«

»Ich habe ein unfehlbares Gedächtnis. Ihre Wahl beschränkt sich jetzt also darauf, ob ich Mr. Wolfe alles erzähle oder ob Sie es tun. Sie müssen sich auch entscheiden, ob Sie ihn um die Benutzung seiner Bibliothek bitten wollen.«

Er öffnete einen eingebauten Schrank, holte Hut und Mantel hervor. Als er schon mit einem Arm in den Mantel geschlüpft war, sagte er: »So früh am Morgen trinken Sie wohl nicht?«

»Danke, nein.« Ich stand bereits an der Tür. »Aber wenn Sie sich noch rasch einen genehmigen wollen, bitte.«

»Ich habe damit vor sechsundzwanzig Jahren aufgehört.« Er bedeutete mir voranzugehen, schloß die Tür und prüfte, ob sie auch fest verschlossen sei. »Aber jetzt kann ich mir wieder einen gewissen Luxus gönnen. Mein Schwiegersohn ist wirklich sehr nett und großzügig. So habe ich immer gern etwas Alkohol bereit. Nicht für mich, verstehen Sie, für meine Gäste.« Als wir um die Ecke des Korridors bogen, fügte er hinzu: »Für einige meiner Gäste.« Im Fahrstuhl fiel es mir ein, daß er sicher den Zettel, den er mir vorhin gezeigt hatte, noch brauchen würde. Ich fragte ihn, ob er ihn auch bei sich habe, und er sagte ja.

Mitten in Manhattan ist es immer verdammt schwer, festzustellen, ob das Taxi, in dem man fährt, von einem anderen Wagen verfolgt wird. Man muß ständig die Richtung ändern. Und das kostet viel Zeit. Ich blickte mich nur ein paarmal um. Das war alles. Dann kümmerte ich mich nicht mehr darum, ob uns jemand folgte oder nicht. Als wir vor unserem Haus in der 35. Straße West hielten, zahlte ich. Dann ging ich mit Younger die kleine Vortreppe hinauf und klingelte. Fritz öffnete die Tür, und als ich Younger den Mantel abnahm, gab Fritz mir ein geheimes Zeichen mit dem Zeigefinger, aus dem ich entnahm, daß Wolfe einen Besucher hatte. Ich führte daher Younger ins Vorderzimmer und sagte ihm, er müsse sich noch ein wenig gedulden. Ehe er noch Quatsch oder etwas Ähnliches sagen konnte, war ich auch schon verschwunden.

Im Büro saß Wolfe in dem großen Sessel an seinem Schreibtisch. Vor ihm lag ein Stoß von Büchern aufgestapelt. Doch er las nicht. Mit finsterer Miene blickte er auf Mrs. James R. Wheelock aus Richmond im Staate Virginia, die vor ihm in dem roten Sessel saß. Auch Mrs. Wheelock sah nicht gerade glücklich aus. Als ich näher trat, warf ich einen Blick auf das Buch, das oben auf dem Haufen lag. Es waren die Briefe von Dorothy Osborne an Sir William Temple. Mit einem flüchtigen Gruß wünschte ich Mrs. Wheelock einen schönen guten Morgen. Ich sagte Wolfe, daß Fritz ihn in der Küche dringend sprechen müsse, und dann verschwand ich.

Als Wolfe in die Küche kam, waren die Sorgenfalten auf seiner Stirn verschwunden. Seine Augen hatten einen heiteren, hoffnungsvollen Glanz. Ich sprach als erster: »Ich wollte Sie nur fragen, ob die Dame in Ihrem Büro eine Ahnung hat, wer ihr freundlicherweise die Antworten übersandte.«

Eine halbe Sekunde lang war er sprachlos. Dann sagte er: »Oh, Mr. Younger hat sie also auch erhalten?«

»Jawohl. Das war der Grund, weshalb er mich kommen ließ. Er sitzt jetzt im Vorderzimmer. Er wollte ausfindig machen, ob es auch die richtigen Lösungen sind. Ich sagte ihm, er könne Ihre Bibliothek benutzen. Aber anscheinend hatte Mrs. Wheelock die gleiche Idee.«

»Nein. Sie wollte mir nur die Sache erzählen und meinen Rat hören. Ich machte dann von mir aus den Vorschlag, die Lösungen an Hand meiner Bibliothek zu prüfen. Gott sei Dank hatte ich alle Bücher, die in Frage kamen. Ich muß schon sagen, mit dieser Entwicklung habe ich nicht gerechnet. Aber das sieht ja alles sehr günstig aus.«

»Tja, man muß nur dasitzen und Däumchen drehen, dann macht sich alles von ganz allein. Aber ich bin doch enttäuscht. Ich dachte, ich würde Ihnen eine Riesenfreude machen!«

Wolfe überlegte einen Augenblick. »Ich werde Mrs. Wheelock über diese neue Entwicklung aufklären und Sie Mr. Younger. Führen Sie ihn in etwa drei Minuten in mein Büro.« Weg war er.

Ich ging also wieder ins Vorderzimmer. Younger saß auf einem Stuhl am Fenster. In jeder Hand hielt er ein Stück Papier, eines davon war sicher der Bogen mit den Lösungen. »Sie sind nicht der einzige«, sagte ich ihm. »Mrs. Wheelock hat auch so einen Wisch erhalten. Sie kam zu Mr. Wolfe, um ihm den Zettel zu zeigen. Sie sitzt jetzt bei ihm im Büro. Er hat all die Bücher auf seinem Schreibtisch. Die Antworten auf dem Zettel stimmen.«

Er sah mich ungläubig an. »Sie hat ... sie hat auch so einen Zettel erhalten?«

»Genau den gleichen. Ich hab' ihn allerdings noch nicht gesehen.«

»Und die Antworten sind schon geprüft?«

»Jawohl. Alles in Butter.«

Er erhob sich von seinem Stuhl. »Ich muß ihren Zettel sehen.«

»Nur keine Aufregung. Sie werden alles zu sehen bekommen.« Ein Blick auf meine Armbanduhr. »Bitte, gedulden Sie sich noch eine Minute und zwanzig Sekunden.«

»Zum Teufel! Hat sie diesen Zettel auch heute früh mit der Post bekommen?«

Ich sagte ihm, Mrs. Wheelock würde ihm sicher alles bereitwilligst mitteilen. Als die drei Minuten um waren, führte ich ihn ins Büro. Er stürzte sofort auf Mrs. Wheelock los. »Wo ist Ihr Zettel?«

Ich packte ihn sanft am Ellbogen, und nachdem ich ihn ebenso sanft auf einen Stuhl gedrückt hatte, sagte ich zu Wolfe: »Mr. Younger bittet um Aufklärung. Er möchte wissen, ob Mrs. Wheelock den gleichen Zettel erhalten hat wie er. Wann, wie und wo sie ihn erhielt und so weiter.«

Wolfe nahm einen Bogen Papier in die Hand, der auf seinem Löschblatt lag. Younger sprang von seinem Platz auf und lief zu Wolfe hinüber. Mrs. Wheelock und ich taten das gleiche. Ein Blick genügte. Ja, der Zettel, den Wolfe in der Hand hielt, war der gleiche, wie ihn Younger erhalten hatte, ein Durchschlag seines Zettels. Auch die Umschläge unterschieden sich durch nichts. Nur die Anschrift war anders. Nachdem sich Younger davon überzeugt hatte, griff er nach einem der Bücher, die auf dem Schreibtisch lagen. Es waren die Memoiren von Casanova. Er wollte gerade in dem Buch blättern, da sagte ihm Mrs. Wheelock, das sei nun nicht mehr nötig, es handle sich wirklich um die richtigen Lösungen. Sie sah nicht so aus, als ob sie inzwischen mehr Wohlgefallen an der Küche im Hotel Churchill gefunden hätte, doch ihre Augen hatten einen neuen Glanz bekommen. Younger ließ sich indessen nicht abhalten, im Casanova zu blättern. Er war auf eine Stelle gestoßen, die ihn besonders interessierte. Während wir noch um Wolfes Schreibtisch herumstanden, läutete das Telefon.

Ich ging zu meinem Schreibtisch, um den Hörer abzunehmen. Wieder die alte Leier. Eine männliche Stimme. »Ich möchte mit Mr. Wolfe sprechen. Mein Name ist Talbot Heery.«

Doch vielleicht war jetzt der Zeitpunkt gekommen, da unser Süppchen zu kochen begann. Ich wimmelte Heery nicht ab, sondern sagte nur: »Moment mal.« Wolfe nahm von seinem Telefon den Hörer ab. Ich blieb weiter am Apparat, um diskret zu lauschen.

»Hier Nero Wolfe. Ja, Mr. Heery, Sie wünschen?«

»Ich rufe von meinem Büro aus an. Harold Rollins, einer der Teilnehmer des Preisausschreibens, ist gerade bei mir. Er kam vor ein paar Minuten, um mir etwas zu zeigen, was er heute früh mit der Post erhalten hat. Es handelt sich da um einen getippten Bogen ... ich habe ihn hier vor mir liegen ... mit der Überschrift: ›Lösungen der am 12. April verteilten Verse‹. Darunter stehen die Namen von fünf Frauen. Bei jeder sind noch einige Erläuterungen hinzugefügt. Natürlich weiß ich nicht, ob das die richtigen Lösungen sind oder nicht. Aber Rollins sagt, es sei alles richtig. Er hat mich aufgesucht, weil seiner Ansicht nach dadurch das Preisausschreiben null und nichtig geworden sei. Er will nun meine Firma dafür haftbar machen. Selbstverständlich muß ich zunächst mal mit meinem Anwalt sprechen, aber nicht mit Rudolph Hansen, doch ich dachte mir, es könnte nicht schaden, wenn ich vorher mal anrufe. Wie denken Sie über die Sache?«

»Ist Mr. Rollins jetzt bei Ihnen?«

»Ja. In meinem Büro. Ich spreche von einem anderen Raum aus. Donnerwetter noch mal, das ist eine tolle Geschichte! Was nun?«

»Da muß ich erst noch ein wenig nachdenken. Sie können Mr. Rollins sagen, daß man keine Extrawurst für ihn gebraten hat. Mrs. Wheelock und Mr. Younger haben heute früh mit der Post genauso einen Zettel erhalten. Beide Zettel liegen vor mir auf dem Schreibtisch ... Mrs. Wheelock und Mr. Younger sind gerade bei mir. Wahrscheinlich haben alle fünf ...«

»Da muß doch etwas geschehen! Da muß doch ...«

»Bitte, bitte, Mr. Heery.« Seit Jahren schon versuche ich diesen Trick von Wolfe zu kopieren, einen Gesprächspartner zum Schweigen zu bringen, ohne die Stimme auch nur im geringsten zu heben. Aber es ist mir bisher nie richtig gelungen. »Ja, natürlich muß etwas geschehen. Da bin ich ganz Ihrer Ansicht. Doch der Fall ist durch diese neue Geschichte nicht dringlicher geworden. Nein, keineswegs. Eher im Gegenteil. Ich kann jetzt nicht darüber sprechen. Überdies arbeite ich ja nicht für Sie. Doch mir scheint, daß diese neue Entwicklung eine Konferenz notwendig macht, an der alle teilnehmen, die mit der Sache zu tun haben. Bitte, sagen Sie Mr. Rollins, daß ich ihn heute abend um neun Uhr in meinem Büro erwarte. Ich werde dafür sorgen, daß auch alle anderen eingeladen werden. Sie, Mr. Heery, sind hiermit freundlichst aufgefordert. Also, es bleibt dabei: Um neun Uhr in meinem Büro, es sei denn, daß Sie anderweitig von mir hören.«

»Aber was werden wir dann ...«

»Nein, Mr. Heery. Bitte, entschuldigen Sie mich. Ich habe jetzt zu tun. Auf Wiedersehen.«

Wir legten beide die Hörer auf. Wolfe wandte sich an unsere Besucher. »Mr. Rollins hat auch so einen Zettel erhalten. Er ist damit zu Mr. Heery gegangen. Man kann wohl annehmen, daß auch Miss Frazee und Miss Tescher einen gleichlautenden Zettel erhalten haben. Sie hörten, was ich eben am Telefon über eine Zusammenkunft heute abend sagte. Um neun Uhr in meinem Büro. Ich möchte, daß Sie auch dabei sind. Werden Sie kommen?«

»Wir sind doch nun schon hier bei Ihnen«, sagte Younger. »Mit diesen Zetteln ist die ganze Sache ja sowieso aufgeflogen. Warum den Quatsch noch hinausschieben. Lassen Sie die anderen doch gleich herkommen.«

»Ich möchte auch nicht bis heute abend warten«, sagte Mrs. Wheelock. Ihre Stimme klang sehr erregt.

Wolfe zog jetzt die schrofferen Register. »Ob Sie wollen oder nicht, Sie werden kommen müssen. Ich habe jetzt keine Zeit mehr. Diese neue Entwicklung erfordert einiges Nachdenken. Ich muß mich auch mit meinen Auftraggebern beraten.« Er warf einen Blick auf die Uhr. »Nur noch neun Stunden.«

Aber Mrs. Wheelock gab sich nicht zufrieden. »Sie haben ja meine Frage noch nicht beantwortet. Muß ich diesen Zettel der Polizei zeigen? Muß ich ihn der Polizei aushändigen?« Sie hielt das Stück Papier in der Hand.

»Das können Sie machen, wie Sie wollen. Wenn Sie's nicht tun und die Polizei erfährt, daß Sie diesen Zettel haben – und sie wird es natürlich erfahren –, dann werden die Herren bei der Polizei nicht gerade erfreut darüber sein. Aber das sind sie wohl auch so nicht. Also tun Sie, was Ihnen Spaß macht.«

Ich erhob mich und ging auf die Tür zu, um unsere lieben Besucher hinauszubegleiten. Bei meiner Rückkehr ins Büro sagte ich zu Wolfe: »Ich weiß, Sie machen sich gern Ihre eigenen Gedanken. Aber da ist etwas, worauf ich Sie aufmerksam machen möchte. Was das Preisausschreiben betrifft, ist es doch nun völlig egal, wer die Brieftasche gestohlen hat. Jetzt haben alle die richtigen Antworten. Man wird also etwas Neues ersinnen müssen, um die Preise zu verteilen. Und mit unserem schönen Auftrag ist es nun Essig. Oder nicht?«

Wolfe brummte: »Noch haben wir unseren Auftrag. Sie wissen doch, weshalb man mich engagiert hat.«

»Und ob ich das weiß. Aber wie sieht die Sache aus, wenn unsere lieben Kunden nicht mehr interessiert sind?«

»Mit dieser Frage werden wir uns befassen, wenn sie akut wird. Im Augenblick gibt es genügend andere Dinge, über die wir uns den

Kopf zerbrechen müssen. Ich sagte Ihnen ja schon früher, die Atmosphäre sei derart geladen, daß eine Entladung in der einen oder anderen Form als nahezu sicher anzunehmen sei. Ich muß allerdings bekennen, daß ich diese neue Entwicklung nicht einkalkuliert hatte. Sie werden jetzt die anderen anrufen, und zwar alle, und sie dahingehend verständigen, daß sie sich heute abend um neun Uhr hier einzufinden haben. Benutzen Sie aber das Telefon in der Küche oder in Ihrem eigenen Zimmer. Ich muß jetzt arbeiten. Ich habe auch nicht die leiseste Ahnung, wie die Debatte heute abend zu steuern ist. Muß mir den Kurs noch ausdenken. Nach allem, was jetzt geschehen ist, müssen wir verdammt rasch handeln. Sonst könnten Sie recht behalten, und unser Auftrag ist dann wirklich Essig.«

In diesem Augenblick klingelte das Telefon. Automatisch hob ich den Hörer ab, ohne daran zu denken, daß mein Stützpunkt für weitere Operationen ja verlegt worden war. Eine männliche und sehr barsche Stimme meldete sich. Ich legte meine Hand auf den Hörer und rief Wolfe zu: »Buff will Sie sprechen, Achtung, Explosionsgefahr!«

Wolfe griff nach seinem Hörer. Ich blieb weiter am Apparat. Als stummer Zeuge.

15

»Hier Nero Wol . . .«

»Und hier Buff. Wird Ihre Leitung überhört?«

»Nicht, daß ich wüßte. Ich glaube, wir können davon ausgehen, daß sie nicht überhört wird. Genauso, wie wir wohl annehmen können, daß unser Gespräch nicht durch eine Atomexplosion plötzlich unterbrochen wird. Sonst würde ja das Leben . . .«

Buff schien nicht zum Scherzen aufgelegt. Er ließ seinen Gefühlen freien Lauf. »Ich habe Hansen angerufen. Er war nicht da. Daher rufe ich Sie jetzt an. Bei mir im Büro sitzt ein Mann von der Kriminalpolizei, ein gewisser Leutnant Rowcliff. Ich habe ihn da sitzen lassen. Spreche jetzt in einem anderen Raum. Dieser Rowcliff behauptet, seinen Informationen zufolge habe eine der Teilnehmerinnen am Preisausschreiben, und zwar Susan Tescher, heute früh mit der Post eine Liste der richtigen Lösungen erhalten. Ehe er mir diese Mitteilung machte, hat er mich noch gefragt, wie viele Kopien von der Liste mit den richtigen Lösungen vorhanden seien. Und da habe ich ihm gesagt, was wir ja immer gesagt haben, daß es nur eine Liste gibt. Und diese Liste sei in einem Safe verwahrt. Wir haben natürlich die Kopie nicht erwähnt, die sich Goodwin von dieser Liste machte. Aber nachdem nun diese Susan Tescher eine Liste mit der Post erhielt, wird die Polizei . . .«

»Einen Augenblick, Mr. Buff. Auch drei andere Teilnehmer am Preisausschreiben haben mit der Post Abschriften einer solchen Liste erhalten, und ich möchte annehmen . . .«

»Wie bitte? Was? Auch drei andere? Wer hat sie denn abgeschickt?«

»Weiß ich nicht. Ich jedenfalls nicht. Und Mr. Goodwin auch nicht.«

»Wo befindet sich die Abschrift, die sich Mr. Goodwin gemacht hat?«

»In einem Innenfach meines Tresors. Da hat er sie aufbewahrt, und da muß sie sich noch befinden. Warten Sie mal eine Sekunde. Er wird gleich nachsehen.«

Ich legte meinen Hörer auf und ging zu unserm Geldschrank. Das Öffnen dauert immer einige Zeit. Mit einer Sekunde hatte Wolfe diese Arbeit viel zu niedrig angesetzt. Als ich auch das Innenfach geöffnet hatte, sah ich die Blätter aus meinem Notizbuch gleich oben liegen. Vorsichtshalber zählte ich noch mal nach. Ja, alle vier Blätter waren noch da. Ich machte den Geldschrank wieder zu. »Alles in bester Ordnung«, sagte ich zu Wolfe, setzte mich an meinen Schreibtisch und nahm den Hörer auf.

Wolfe sprach jetzt: »Hallo, Mr. Buff. Also Goodwins Kopie ist nach wie vor in meinem Tresor. Mrs. Wheelock und Mr. Younger haben mich aufgesucht. Mr. Heery hat mir telefonisch mitgeteilt, daß sich Mr. Rollins in seinem Büro befinde. Hat sich Mr. Heery mit Ihnen in Verbindung gesetzt?«

»Ja. Er rief bei uns an. Sprach mit Assa. Wir wollten Sie gerade anläuten, als der Kriminalbeamte erschien. Ich hörte was von einer Zusammenkunft heute abend. Was ist eigentlich los?«

»Um neun Uhr heute abend werden sich alle Beteiligten in meinem Büro versammeln. Mr. Goodwin war gerade im Begriff . . .«

»Das eilt nicht so.« Buff tat jetzt wieder ganz von oben herab. »Was machen wir mit der Polizei? Wir haben ihr gegenüber früher eine unwahre Äußerung gemacht. Wir haben erklärt, wir wüßten von keiner anderen Kopie als der, die sich im Safe befindet. Ich habe mich eben erst im gleichen Sinn dem Kriminalleutnant gegenüber geäußert. Was macht man da?«

Wolfe beruhigte ihn. »Sie standen schließlich nicht unter Eid. Unter ähnlichen Umständen ist die Polizei schon von vielen Leuten bei vielen Gelegenheiten belogen worden. Auch von mir. Allerdings hat es die Polizei hier mit einem Mordfall zu tun. Aus diesem Grunde dürfte die Anzahl der vorhandenen Kopien dieser Liste für die Polizei von entscheidender Bedeutung sein. So wie die Dinge bisher lagen, wäre man bei der Polizei nur leicht verstimmt gewesen, hätte man entdeckt, daß man sie belogen hat. Jetzt liegt die Sache anders. Wenn die Polizei dahinterkommen sollte, daß man sie belogen hat, wird's einen riesigen Stunk geben. Ich rate Ihnen, sofort die volle Wahrheit zu sagen.«

»Wir sollen zugeben, daß wir alle gelogen haben?«

»Ja. Gewiß. Das wird weder Ihrer Gesundheit noch Ihrer Ehre schaden. Strafe droht Ihnen auch nicht. Niemand soll sich auf Lügen einlassen, wenn er nicht gescheit genug ist, blitzartig den Zeitpunkt zu erkennen, wo man dezent von der Lüge abrücken muß. Was nun die Zusammenkunft heute abend betrifft ...«

»Darüber können wir später noch reden. Ich werde Sie anrufen.«

Und weg war er. Wolfe legte den Hörer auf, schob das Telefon beiseite, seufzte tief. Dann lehnte er sich nach lieber, alter Gewohnheit zurück und schloß die Augen.

»Sie sind sich hoffentlich darüber klar«, sagte ich in sanftem Ton, »daß wir mit viel Besuch zu rechnen haben.«

»Läßt sich auch nicht ändern«, murmelte Wolfe.

Ich holte mein Notizbuch hervor, um einige Telefonnummern einzutragen. Die Nummern der Zeitschrift *Clock* und die Büronummern von Hansen und Heery. Gott sei Dank hatte ich inzwischen bereits die Nummern von LBA und vom Hotel Churchill auswendig gelernt. Dann ging ich zu Fritz in die Küche, der gerade einige Lammherzen in Sauermilch ziehen ließ, und fragte ihn, ob ich mal sein Telefon benutzen dürfte. Und dann ging's los. Vier unserer Besucher in spe waren bereits eingeladen worden: Mrs. Wheelock, Younger, Heery und Buff. Eine freundliche Mahnung wurde für später vorgemerkt. Auch Rollins war eingeladen worden, hatte allerdings noch nicht zugesagt. Ohne große Mühe erreichte ich O'Garro und Assa. Mit den anderen hatte ich jedoch meine liebe Not. Viermal innerhalb von vierzig Minuten ließ ich im Hotel Churchill auf das Zimmer von Miss Frazee durchstellen, Zimmer 1814. Vergebliche Liebesmüh. Keine Antwort. Dreimal läutete ich vergeblich bei Rudolph Hansen an. Er rief dann allerdings später zurück und wollte natürlich mit Wolfe persönlich sprechen. Ich ließ mich nicht erweichen. Er lehnte die Einladung prompt ab. Doch ich wußte ganz genau, daß ihn abends um neun nichts von unserem trauten Heim würde fernhalten können. Auch Rollins erwischte ich. Mit einem kurzen Satz sagte er zu und legte auf.

Mit Susan Tescher sah es anfangs böse aus. Zuerst teilte mir das Telefonfräulein von der *Clock* mit, Susan sei in einer Konferenz. Dann hieß es, sie sei heute nicht in der Redaktion. Ich bat, mich mit Mr. Knudsen zu verbinden. Er hatte gerade sein Brüo verlassen. Ich bat, mich mit Mr. Schultz zu verbinden. Seine Leitung war besetzt. Ich bat, mich mit Mr. Hibbard zu verbinden. Und da klappte es endlich. Der Rechtsberater von der *Clock* saß treu und brav, wie es sich für einen fleißigen höheren Angestellten gehört, auf seinem Stühlchen. Ich teilte ihm alles über die Zusammenkunft am Abend mit. Wer erscheinen würde und so weiter. Und dann sagte ich ihm, wenn Miss Tescher nicht kommen würde, so laufe sie Gefahr, am nächsten Morgen vor einem Fait accompli zu stehen. Als ich gerade noch mal im Churchill anklingeln wollte, um endlich Miss Frazee zu erwischen, läutete die Haustür. Ich ging in die Vorhalle, um erst mal Ausschau zu halten, wer da sei. Dann öffnete ich die Tür zum Büro. Offenbar hatte Wolfe in der Zwischenzeit auch nicht einen Finger gerührt.

Ich sagte nur ein Wort: »Stebbins.«

Er öffnete die Augen. Ganz langsam. Im Zeitlupentempo. »Immer noch besser als Cramer. Lassen Sie ihn herein.«

Ich zog ab, entfernte die Kette an der Haustür und machte die Tür mit großer Geste auf. »Seid mir willkommen, edler Freund. Wir haben Sie bereits erwartet.«

»Kann ich mir denken«, brummte er und marschierte an mir vorbei, ohne mich eines Blickes zu würdigen. Als ich die Tür wieder zugesperrt hatte und ins Büro trat, kam ich eben noch zurecht, um die folgenden Worte zu hören: ». . . die Kopie der Liste mit den Antworten, die Goodwin am vorigen Mittwoch gemacht hat. Wo ist sie?«

Wenn man Purley Stebbins von seiner schlechtesten Seite kennenlernen will, dann muß man ihn nur mal im Gespräch mit Wolfe erleben. Er weiß aus Erfahrung, daß ihn Wolfe in die Tasche stekken kann. Aber er mag nicht in die Tasche gesteckt werden, und so versucht er sich im Brüllen. Und wenn er brüllt, verhaspelt er sich meistens. So kommt es wohl, daß er und Wolfe sich eigentlich nie richtig verstehen.

Er hatte sich in voller Länge vor Wolfes Schreibtisch aufgepflanzt. »Setzen Sie sich, Mr. Stebbins«, knurrte ihn Wolfe an. »Sie wissen ganz genau, daß ich mir nicht gern den Hals verrenke.«

Am liebsten hätte jetzt Purley geantwortet: ›Von mir aus können Sie sich Ihren feisten Hals tausendmal verrenken.‹ Aber im letzten Augenblick gab er sich doch einen Ruck und setzte sich hin.

Wolfe gab mir einen Wink. »Archie, erzählen Sie ihm die Geschichte von der Kopie, die Sie gemacht haben.«

Dieser freundlichen Aufforderung leistete ich natürlich sofort Folge. »Also, es war am vergangenen Mittwoch. Mit Buff, O'Garro und Heery ging ich zu der Bank, wo die Kassette im Safe aufbewahrt war. Die Kassette wurde herbeigeschafft und geöffnet. Ich schnitt die beiden Umschläge auf, die sich darin befanden. Einer enthielt die Verse und der andere die Antworten. Ich habe dann auf vier Blättern meines Notizbuches alles abgeschrieben. Die Originale wurden in die beiden Umschläge zurückgetan. Die Umschläge kamen wieder in die Kassette. Die Kassette wurde im Safe verschlossen. Ich fuhr dann nach Hause und deponierte die vier Blätter aus meinem Notizbuch in unserem Geldschrank. Und dort liegen sie noch heute.«

»Ich will sie sofort in Augenschein nehmen«, brüllte Purley.

»Nein«, sagte Wolfe, »das werden Sie nicht. Das hätte nur einen Sinn, wenn Sie sich eingehend mit dem Inhalt dieser Blätter befassen würden. Aber wie komme ich dazu, lediglich Ihre Neugier zu befriedigen? Im übrigen wußten wir ja, daß Sie jetzt bei uns auftauchen würden, nachdem Sie von Mr. Buff den wahren Sachverhalt erfahren haben. Glauben Sie nicht, daß Mr. Goodwin inzwischen reichlich Zeit und Gelegenheit gehabt hätte, ein Duplikat herzustellen und dann dieses Duplikat im Tresor zu verstauen? Es genügt, wenn ich Ihnen hiermit erkläre: Die vier Blätter aus dem Notizblock von Mr. Goodwin befinden sich in meinem Geldschrank.«

»Und sie haben sich dort auch die ganze Zeit über befunden, seit vorigen Mittwoch?«

»Ja. Die ganze Zeit.«

»Sie sind nicht ein einziges Mal herausgenommen worden?«

»Nein.«

Purley wandte sich nun an mich. »Und Sie? Haben Sie Ihre Notizblätter irgendwann einmal herausgenommen?«

»Na, hören Sie mal ... Nein, warten Sie eine halbe Sekunde. Ich muß mich da etwas besinnen. Vor einer Stunde rief Buff an. Er fragte, wo sich meine Kopie befände, und Mr. Wolfe bat mich, doch mal nachzusehen, ob sie auch tatsächlich noch da sei. Ich habe die

Blätter dann aus dem Geldschrank hervorgeholt, sie mir angeschaut und sie wieder fein säuberlich zurückgelegt. Das war das einzige Mal, daß die Blätter für einen Moment aus dem Schrank genommen wurden, seit ich sie am Mittwoch dort hineingelegt hatte.«

Purley war nun ganz der alte. Er heulte. Er brüllte. Aber er hatte es nicht auf mich abgesehen, sondern auf Wolfe. »Verflucht und zugenäht, wozu haben Sie sich denn diese Kopie beschafft? Nur zur Innendekoration Ihres Geldschranks?«

Wolfe nickte. »Ja, das ist eine sehr interessante Frage, Sergeant. Um sie gründlich und erschöpfend zu beantworten, müßte ich mich jetzt auf alle Überlegungen besinnen, die ich seit Mittwoch angestellt habe. Ich müßte dazu vor meinen Augen alle meine Eindrücke, Eingebungen und Empfindungen Revue passieren lassen. All das müßte ich jetzt tun, um Ihre interessante Frage zu beantworten. Leider habe ich keine Zeit dazu. Ich will mich daher mit der Feststellung begnügen, daß ich einige vage Ideen hatte, aus denen dann zu meinem größten Bedauern nichts wurde. Und mit dieser Antwort müssen Sie sich begnügen. Wenn nicht, kann ich Ihnen auch nicht helfen.«

»Hab' ich mir doch gleich gedacht«, sagte Purley verdrießlich.

»Wie bitte?«

»Ich sagte: Hab' ich mir doch gleich gedacht. Und der Inspektor auch. Er wollte eigentlich selbst kommen. Aber dann mußte er zum Polizeipräsidenten. Und da hat er mich geschickt. Wissen Sie, was wir uns gleich gedacht haben? Sie haben die Zettel mit den Lösungen an die Teilnehmer des Preisausschreibens gesandt! Auf alle Fälle würde Ihnen das ähnlich sehen. Und da dachten wir uns, der Sache muß man mal nachgehen. Deshalb bin ich hergekommen. Ich muß Ihnen wohl nicht erst auseinandersetzen, wie wichtig dieser Punkt für unsere Ermittlungen ist ... Hol's der Teufel, ich brauche Ihnen überhaupt nichts auseinanderzusetzen. Ich richte jetzt eine klare und eindeutige Frage an Sie: Haben Sie Zettel mit den Lösungen an die Teilnehmer des Preisausschreibens geschickt?«

»Nein.«

»Wissen Sie, wer es getan hat?«

»Nein.«

Purley wandte sich an mich. »Haben Sie diese Zettel verschickt?«

»Nein.«

»Wissen Sie, wer es getan hat?«

»Nein.«

»Ich glaube, Sie lügen beide.«

Wolfe hob seine Schultern um zwei, drei Zentimeter und ließ sie dann wieder hinunterfallen. »Und damit dürfte sich jede weitere Unterhaltung zwischen uns erübrigen.«

»Tut mir leid«, stotterte Purley. »Ich nehme alles zurück. Ich nehme es zurück, weil ich Sie um eine kleine Gefälligkeit bitten möchte. Der Inspektor hat mir zwar gesagt, ich soll das nicht tun. Er sagte, wenn Goodwin diese Zettel getippt hat, dann hat er bestimmt nicht seine eigene Schreibmaschine dazu benutzt. Mag sein, daß der Inspektor recht hat. Aber ich möchte Sie nun doch ersuchen, mich mal ein bißchen auf dieser Maschine hier tippen zu lassen. Wenn Sie nichts dagegen haben, nehme ich den getippten Text dann mit. Na, wie steht's? Einverstanden?«

Wolfe warf ihm einen verächtlichen Blick zu. »Bitte, bedienen Sie sich. Ich betrachte Ihre Bitte als Unverschämtheit. Aber Ihre Tipperei ist mir immer noch lieber als Ihre Unterhaltung. Ich habe viel zu tun. Die Stunde des Mittagessens rückt näher. Archie?«

Ich zog die Schreibmaschine näher heran, spannte einen Bogen ein und bot dann Purley meinen Sitz an. Er hämmerte nun mit voller Kraft auf die Tasten. Er benutzte nur die beiden Zeigefinger. Doch er tippte mit ziemlichem Tempo. Ich stand hinter ihm und schaute mir an, was er da produzierte:

> Viele Leeeute rannten herbei und der
> behende braune Fuchs setzte mit einem
> großen Sprung über den dicken faulen
> Mond und nun hat die Stunde für alle
> Patrioten geschlagen, sich um das Ban-
> ner der Partei zu scharren 234567890–
> ASDFGHJKL: QWERTY UIOPZXCVBNM?

Als er den Boden ausgespannt hatte und ihn gerade zusammenfaltete, siegte der gute Kern in mir. Sanft wie ein Lamm sagte ich zu ihm: »Ich habe übrigens noch eine alte Maschine oben in meinem Zimmer. Auf der tippe ich auch hin und wieder. Von der sollten Sie sich ebenfalls ein Muster nehmen. Kommen Sie, ich zeige Ihnen, wo dieser Klapperkasten steht.«

Das war ein taktischer Fehler. Hätte ich schön brav meinen Mund gehalten, wäre er wahrscheinlich mit ein paar Dankesworten abgezogen. Statt dessen sagte er nun: »Sie können mich mal mit Ihrer Schreibmaschine . . .« Den Rest dieses Satzes verstand ich nicht mehr, weil er mir schon zum Garderobenständer vorausgeeilt war, um sich seine Mütze zu angeln, und weg war er. Er machte nicht mal die Tür hinter sich zu, was doch wirklich kein feines Benehmen für einen Sergeanten ist. Ich legte die Kette vor und begab mich dann zurück ins Büro.

Wolfe stand vor seinem Bücherregal und ordnete Casanova, Dorothy Osborne und die anderen Bände ein. Da es nur noch zehn Minuten bis zum Mittagessen waren, konnte wirklich kein Mensch von ihm erwarten, daß er sich wieder an die Arbeit machte. Ich stand da und schaute ihm beim Einordnen zu.

»Offenbar«, sagte ich, »haben Sie die Regeln, die bisher für unsere Zusammenarbeit galten, abgeändert. Wir hatten zwar keine schriftliche Vereinbarung, keinen Vertrag mit allen juristischen Schikanen. Doch ich war bisher immer der Ansicht, daß es eine feste Regel zwischen uns gab, die Regel, daß Sie mir nicht glatt eine Lüge ins Gesicht sagten. Wenn Sie sich über etwas ausschweigen wollten, dann haben Sie geschwiegen. Und damit war der Fall erledigt. Aber Sie haben mich nicht belogen. Von mir aus können Sie in meiner Gegenwart andere belügen, soviel Sie wollen. Stört mich nicht weiter. Aber es stört mich, wenn Sie mich unter vier Augen anlügen. Ich habe auch nicht einen Augenblick an der Aufrichtigkeit Ihrer Worte gezweifelt, als Sie mir sagten, es sei eine große Überraschung für Sie gewesen, daß die Teilnehmer am Preisausschreiben per Post einen Zettel mit den Lösungen erhielten. Ich will jetzt nicht mit Ihnen streiten. Ich möchte Sie nur in aller Höflichkeit bitten, mich in Zukunft vorher zu verständigen, wenn Sie die Bestimmungen über die äußere Form unserer Zusammenarbeit ändern wollen.«

Er stellte das letzte Buch ins Fach, sehr ordentlich, so daß es mit den anderen Bänden haargenau in einer Reihe stand. »Archie«, sagte er und drehte sich um, »ich habe die Bestimmungen nicht geändert.«

»Dann war ich also die ganze Zeit auf dem Holzweg? Dann ist also nichts dabei, wenn Sie mich unter vier Augen anlügen?«

»Das war nie der Fall.«

»Und ist es auch jetzt nicht?«

»Nein.«

»Sie haben mich nicht belogen, was diese Zettel betrifft?«

»Nein.«

»Aha. Dann ist es wohl besser, wenn ich Ihnen heute nachmittag alle Besucher vom Hals halte. Wenn Sie bis jetzt noch kein Programm für heute abend haben, wird's höchste Zeit. Aber Sie haben ja immer Einfälle. Da wird's schon klappen. Ich möchte jedenfalls nicht in Ihrer Haut stecken.«

Nach diesen Worten setzte ich mich wieder an meinen Schreibtisch. Um mich körperlich zu betätigen, schob ich die Schreibmaschine zurück. Dann saß ich da und brütete. Als ich genug gebrütet hatte, fing ich an zu grübeln. Seit mindestens einer Stunde war ich ganz vernarrt gewesen in den Gedanken, ich wüßte nun mit absoluter Gewißheit, was für einen Auftrag Saul Panzer von Wolfe erteilt bekommen hatte. Aber nun war die absolute Gewißheit erschüttert.

16

Um vier Uhr waren alle für die Zusammenkunft am Abend eingeladen. Mit einer Ausnahme. Mrs. Wheelock, Younger, Buff und Heery waren nochmals erinnert worden. Bei O'Garro, Assa, Rollins und Hansen war das nicht nötig. Was Susan Tescher betraf, so hatte Hibbard angerufen und ihr Erscheinen zugesagt, vorausgesetzt, daß er mitkommen dürfe. Ich hatte ihn herzlichst eingeladen. Die Ausnahme war Gertrude Frazee. Nach dem Mittagessen hatte ich noch fünfmal bei ihr angeklingelt. Immer vergeblich.

Als Fritz und ich um vier Uhr Wolfes Fahrstuhl hinauffahren hörten, gingen wir ins Büro, um die ersten Vorbereitungen für den abendlichen Empfang zu treffen. Wir würden also zehn Gäste haben. Falls ich Miss Frazee noch erwischen sollte, sogar elf. Wir mußten daher einige Stühle aus dem Vorzimmer und dem Speisesaal holen. Da Wolfe die Bewirtung seiner Gäste wünschte, mußte auch ein Tisch am Ende der Couch aufgestellt werden. Auf den Tisch kamen nun eine schöne gelbe Decke aus irischem Leinen, Servietten und der übliche Tafelschmuck. Fritz hatte bereits mit der Zubereitung von Getränken, belegten Broten und kleinen Pasteten begonnen. Auch für Eiswürfel hatte er schon gesorgt. Unsere alkoholischen Vorräte waren vollständig und bedurften keiner Ergänzung. Sie lagen Wolfe immer ganz besonders am Herzen. Als wir mit unseren Vorbereitungen fertig waren, kehrte Fritz in die Küche zurück. Ich setzte mich wieder an meinen Schreibtisch und versuchte es nochmals mit der lieben Miss Frazee.

Wer hätte das geglaubt? Diesmal erwischte ich sie mühelos. Ja, sagte sie, sie könne sich noch an mich erinnern. Ihre Stimme hatte einen frostigen Klang, als sie mich fragte, was ich eigentlich von ihr wünsche. Um so herzlicher und wärmer klang meine eigene Stimme.

»Ich rufe Sie an«, flötete ich, »um Sie für heute abend um neun zu einem geselligen Beisammensein im Büro von Mr. Wolfe einzuladen. Auch die anderen Teilnehmer am Preisausschreiben werden kommen. Ebenso Mr. Heery und die Herren von Lippert, Buff und Assa.«

»Und was soll das Ganze?«

»Wir wollen uns nett und gemütlich über den jetzigen Stand der Dinge unterhalten. Da die Teilnehmer am Preisausschreiben von unbekannter Seite eine Liste mit den Lösungen erhalten haben, müssen nun natürlich . . .«

»Junger Mann, wir leben in einer Zeit, in der nichts mehr natürlich ist. Das ist ja gerade der Grund, warum ich meine Liga gegründet habe. Aber lassen wir das. Ich, Gertrude Frazee, habe keine solche Liste erhalten. Weder von unbekannter noch von bekannter Seite. Mittwoch früh werde ich von meinen Freundinnen in Los Angeles das gewünschte Material bekommen. Ich werde meine Lösungen fristgemäß einreichen. Was Sie mir da eben erzählen, ist nichts als ein gemeiner Trick. Ich will davon nichts hören. Lassen Sie mich gefälligst in Ruhe.«

Und dann herrschte eisiges Schweigen. Sie hatte aufgelegt.

Ich dachte eine Sekunde nach, dann ging ich zum Haustelefon und rief Wolfe oben in seinem Treibhaus an.

»Legen Sie Wert darauf, daß Miss Frazee heute abend erscheint?« fragte ich ihn.

»Ich wünsche, daß alle kommen. Das habe ich Ihnen ja bereits gesagt.«

»Tja, das weiß ich. Dann werde ich sie also tot oder lebendig herbeischaffen müssen. Sie hat mir gerade am Telefon mitgeteilt, daß sie keine Liste mit den Lösungen erhalten hat. Das sei alles nur ein gemeiner Trick, hat sie mir gesagt. Und dann hat sie aufgelegt. Wenn sie gescheit war, hat sie den Umschlag und den Zettel mit den Lösungen in lauter kleine Fetzen gerissen und durchs WC hinuntergespült. Bestehen Sie eigentlich auf der Anwesenheit von Miss Frazee?«

»Ja. Wie wär's wenn Sie noch mal anrufen?«

»Hat keinen Zweck. Die gute Dame ist nicht in Plauderstimmung.«

»Dann werden Sie sich wohl auf die Beine machen müssen.«

»Gut«, sagte ich, ging in die Küche, um Fritz zu bitten, die Kette hinter mir vorzulegen, holte mir Hut und Mantel und zog ab.

Als ich die Eingangshalle des Hotels Churchill betrat, war es fünf

Uhr siebzehn. Während der Fahrt im Taxi hatte ich mir drei verschiedene Schlachtpläne überlegt, sie aber sofort wieder verworfen. Ich war daher so tief in Gedanken versunken, daß ich nicht einmal das Individuum bemerkte, das sich mit mir zusammen in den Fahrstuhl hineingezwängt hatte. Aber als wir dann beide im achtzehnten Stock ausstiegen, sah ich mir meinen Reisebegleiter etwas näher an. Es war Bill Lurick von der *Gazette,* der sich nur dann mit weniger blutrünstigen Themen als Mord zu befassen pflegt, wenn Mordfälle mal ausnahmsweise Mangelware sind. Zum Teufel, dachte ich mir, ein übles Vorzeichen. Der Junge hat's auch auf Miss Frazee abgesehen. Aber das hinderte mich nicht daran, ihn mit einem freundlichen Hallo zu begrüßen.

»Hallo, Goodwin, sagte er ebenso freundlich. »Haben Sie auch was mit der Sache zu tun? Was wird hier gespielt?«

»Woher soll ich das wissen? Ich bin nur hier, um Abonnenten für eine Zeitschrift zu werben. Und was machen Sie hier?«

Er kam gleich zur Sache. »Wir haben gehört, daß Miss Frazee eine Pressekonferenz abhalten wird.«

Das war natürlich nur ein Scherz. Doch als wir um die Ecke des Korridors bogen, zu Zimmer 1814 gelangten und ich einen ersten forschenden Blick durch die offene Tür warf, sah ich gleich, daß es doch kein Scherz gewesen war. Ich entdeckte drei männliche und ein weibliches Wesen. Zwei davon waren mir bekannt: Al Riordan von der *Associated Press* und Missy Coburn vom *World Telegram.* Lurick fragte jemanden, der in der Nähe der Tür stand, ob er schon was versäumt habe. Und der Mann sagte, nein, Miss Frazee habe mit der Pressekonferenz nicht anfangen wollen, bis alle erschienen seien. Worauf Lurick bemerkte, das sei auch ganz in Ordnung, man werde auch mit dem Jüngsten Gericht nicht beginnen, ehe nicht der Vertreter der *New York Times* da sei. Dann tauchte ein Mann auf, der von einigen der Anwesenden kollegial begrüßt wurde. Jemand sagte: »All right, Miss Frazee. Hier ist Charles Winston von der *Times.«*

Sie war noch immer nicht befriedigt. »Von der *New York Times?«*

»Stimmt. Alle anderen Zeitungen gleichen Namens sind nur Imitationen. Erste Frage: Glauben Sie, daß einer der Teilnehmer am Preisausschreiben Louis Dahlmann ermordet hat?«

»Weiß ich nicht. Geht mich auch nichts an.« Ich konnte sie nicht sehen. Doch sie sprach laut und deutlich. »Ich habe Sie hergebeten, damit die amerikanische Öffentlichkeit, vor allem die Frauen dieses

Landes, erfahren, was für ein gigantisches Schwindelmanöver hier im Gang ist. Drei Personen haben gegen mich die infame Anschuldigung erhoben, ich hätte mit der Post eine Liste mit den Lösungen des Preisausschreibens erhalten. Das ist unwahr. Ich habe sie nicht erhalten. Man erklärt, auch die anderen Teilnehmer hätten eine solche Liste erhalten. Ob das stimmt oder nicht, weiß ich nicht. Doch niemand hat das Recht, mich zu beschuldigen. Dieser Angriff auf mich ist eine Verunglimpfung der Frauen Amerikas. Es ist ein gemeiner Trick, um das Preisausschreiben platzen zu lassen. Man will sich um die Auszahlung der Preise drücken. Das ist ein perfider Trick. Ein Schwindel. Und ich bin es, die man beschwindeln will. Man hat Angst vor mir und meiner Liga. Man fürchtet, daß meine Liga nun endlich die Publicity erhält, die wir schon lange wünschten, und daß die Frauen Amerikas . . .«

»Verzeihen Sie, Miss Frazee. Wir möchten gern noch einige Fakten wissen. Sie sagten, drei Personen hätten Sie beschuldigt. Wer waren diese drei Personen?«

»Einer war ein Polizist. Aber nicht in Uniform. Ich weiß seinen Namen nicht. Der andere war ein Mann namens Hansen. Ein Rechtsanwalt. Er vertritt die Leute, die das Preisausschreiben organisiert haben. Und der dritte war ein gewisser Archie Goodwin, der für dieses Monstrum von einem Detektiv arbeitet. Sie wissen schon, wen ich meine: Nero Wolfe. Alle drei ziehen am gleichen Strang. Es handelt sich hier um eine niederträchtige Verschwörung. Man will . . .«

Ich hielt mein Notizbuch in der Hand und schrieb mit. Genau wie die anwesenden Journalisten. Aber das Mitschreiben lohnte sich kaum. Immer wieder kam Miss Frazee auf ihre Liga zu sprechen. Die Journalisten waren aber an der Liga nicht weiter interessiert. Sie wollten weitere Einzelheiten über die Liste mit den angeblichen Lösungen erfahren. Das war Material, das man für die Titelseite brauchen konnte. Da Miss Frazee aber behauptete, sie habe die Liste nicht erhalten, konnten die Reporter nichts aus ihr herausholen. Sie versuchten es trotzdem immer wieder. Plötzlich rief Lurick: »Wenden wir uns doch an Goodwin. Er ist hier.«

Ich hätte nun leicht die Flucht ergreifen können. Statt dessen postierte ich mich in der Nähe der Tür. Man muß sich immer einen guten Abgang sichern. Die Reporter drängten sich um mich. Ehe ich mich's versah, war ich von ihnen eingekeilt. Alle wollten von mir wissen, ob die Teilnehmer am Preisausschreiben tatsächlich eine Liste mit den Lösungen hätten. Wenn ja, wann, wie, von wem?

»Zunächst möchte ich Sie meinerseits etwas fragen, meine Herren. In welcher Lage befindet sich ein Mann, an dem man von zwei Seiten zerrt?«

Charles Winston von der *New York Times* sagte: »In einer anomalen Lage.«

»Danke schön. Anomal war das Wort, das ich hören wollte. Ich würde schrecklich gern meinen Namen in der Zeitung sehen. Und auch den Namen meines Arbeitgebers Nero Wolfe. Wolfe mit einem e am Ende. Aber leider kann ich von dieser günstigen Gelegenheit keinen Gebrauch machen. Wenn die Teilnehmer am Preisausschreiben von irgend jemand eine solche Liste erhalten haben, dann ist das natürlich für den weiteren Verlauf der Mordsache Dahlmann von größter Wichtigkeit. Das wissen Sie selbst, meine Herren. Sie sind ja gewiegte Reporter. Ich muß mich daher über diese Dinge ausschweigen. Darüber kann Ihnen nur die Polizei oder die Staatsanwaltschaft Auskunft geben.«

»Ach, Archie, zieren Sie sich nicht so«, sagte Missy Coburn.

»'raus mit der Sprache«, sagte Bill Lurick.

»Wollen Sie etwa behaupten«, fragte Charles Winston von der *New York Times* sehr höflich, aber entschieden, »daß ein Staatsbürger das Recht hat, das freie Wort der Presse zu unterdrücken, wenn er über Informationen in einer Mordsache verfügt? Wollen Sie behaupten, daß sich die Presse in einem solchen Fall mit Befragung der amtlichen Stellen begnügen muß?«

Ich wollte es nicht mit der *New York Times* verderben. »Liebe Freunde«, sagte ich, »ich bin nicht redescheu, und ich habe auch nichts gegen die Presse. Im Gegenteil. Aber aus Gründen, die ich zur Zeit nicht darlegen kann, muß ich jetzt schweigen. Es hat keinen Sinn, mich weiter ausquetschen zu wollen. Also geben Sie's auf. Versuchen Sie's doch mal mit Inspektor Cramer oder mit den Herren von der Staatsanwaltschaft. Lauter liebe Menschen, die immer hilfsbereit sind. Sie haben ja gehört, daß Miss Frazee außer mir auch noch einen Juristen erwähnt hat, einen Anwalt namens Rudolph Hansen. Auch ein lieber Mensch. Ich hätte Ihnen gern seine Anschrift und Rufnummer genannt, damit Sie sich vielleicht zwecks weiterer Informationen an ihn wenden können. Aber, wie gesagt, mein Mund ist versiegelt.«

Ein paar ganz besonders zähe Reporter ließen noch immer nicht locker. Aber schon bald zog einer der Herren ab, und natürlich folgten ihm die anderen sofort, damit seine Zeitung keinen Vorsprung gewann. Als sich der Raum völlig geleert hatte, ging ich auf Miss

Frazee zu. Sie trug noch immer die gleichen Museumsklamotten wie vor fünf Tagen, nur war sie ohne Hut. Sie blickte mich hart und eisig an.

»Ich habe Ihnen nichts mehr zu sagen. Sie können jetzt gehen. Bitte, machen Sie die Tür hinter sich zu.«

Mit allem Charme, der mir zur Verfügung stand, sagte ich: »Sie müssen doch zugeben, Miss Frazee, daß ich Ihre Pressekonferenz nicht gestört habe. Oder doch? Ich habe mich bescheiden im Hintergrund gehalten. Aber was konnte ich machen, als sich die Pressemeute auf mich stürzte? Ich habe es glattweg abgelehnt, den Reportern irgendwas zu erzählen. Und wissen Sie warum? Weil ich Ihnen gegenüber fair sein wollte. Es war ja Ihre Pressekonferenz, und da wollte ich mich nicht einmischen.«

Sie blieb eisig wie bisher. »Was wollen Sie eigentlich von mir?«

»Im Augenblick nichts. Ich wollte Ihnen nur erklären, warum Ihnen viel daran gelegen sein müßte, heute abend bei der Zusammenkunft im Büro von Mr. Wolfe dabeizusein. Aber ich nehme an daß Sie jetzt nicht mehr daran interessiert sind.«

»Ja, warum denn nicht?«

»Weil Sie die ganze Sache schon ausposaunt haben. Außenstehende sollten von dieser Zusammenkunft nichts wissen. Vor allem die Presse nicht. Nun werden die Reporter allen Beteiligten nachschnüffeln und nachjagen. Und natürlich werden sie alles herausbekommen. Sie werden sich auf der Vortreppe von Mr. Wolfes Wohnung häuslich niederlassen, es sei denn, daß sie auch noch zu unserem geselligen Beisammensein eingeladen werden. Die anderen – Sie wissen schon, wen ich meine – werden nun erfahren, daß Sie der Presse Ihre Version der Geschichte mitgeteilt haben. Und das wird ihnen keine Ruhe lassen. Die anderen werden sich nun auch bemühen, Kontakt mit der Presse aufzunehmen. Wenn Sie also heute abend zu uns kommen, könnte es zu wilden Auftritten in Gegenwart der Presse kommen. Ich könnte mir vorstellen, daß Ihnen solche Szenen sehr unangenehm wären.«

Ihr Gesichtsausdruck blieb unverändert. Doch ich hatte das sichere Gefühl, daß sie nun anbeißen würde. So fuhr ich fort: »Ja, die Einladung interessiert Sie sicher nicht mehr. Da bin ich eben umsonst hergekommen. Verzeihung, falls ich Sie gestört haben sollte. Wenn Sie genau wissen wollen, was sich eben bei Ihrer Pressekonferenz abgespielt hat, würde ich Ihnen dringend raten, morgen früh die Zeitungen zu lesen, besonders die *New York Times*.« Ich war im Begriff zu gehen.

Ihre Stimme hielt mich zurück: »Junger Mann, um wieviel Uhr ist die Zusammenkunft?«

»Um neun.«

»Ich werde kommen.«

»Schön, Miss Frazee, wenn Sie unbedingt wollen ... Aber wie die Dinge nun einmal liegen, möchte ich bezweifeln ...«

»Ich werde kommen.«

Ich grinste sie an. »Also auf Wiedersehen bis nachher.«

Als ich nach Hause kam, war es bereits nach sechs. Wolfe hätte schon unten sein müssen. Denn er bleibt immer nur bis Punkt sechs in seiner Orchideenplantage auf dem Dach. Aber er war nicht unten. Ich ging in die Küche, wo Fritz gerade dabei war, zwei junge Enten in den Bratofen zu befördern. Ich fragte ihn, was los sei, und erfuhr von ihm, daß Wolfe pünktlich wie immer das Treibhaus verlassen habe. Er sei aber mit dem Fahrstuhl nur einen Stock heruntergefahren, um in sein Zimmer zu gehen. Das war höchst ungewöhnlich, doch in keiner Weise beunruhigend. Ich kümmerte mich also noch um einige Vorbereitungen für den Abend. Auf dem Tisch, den Fritz und ich vorhin im Büro aufgestellt hatten, standen nun acht Flaschen Whisky, lauter verschiedene Marken, zwei Flaschen Gin, zwei Flaschen Kognak, eine Karaffe mit Port, eine andere mit Sherry. Außerdem gab's noch vier verschiedene Fruchtliköre. Cocktailkirschen, Oliven und Zitronenschale waren im Kühlschrank und sollten erst kurz vor Erscheinen unserer lieben Gäste herausgeholt werden. Wie ich so vor diesem Tisch stand und die Flaschen ordnete, schoß mir der Gedanke durch den Kopf, welchen Drink wohl der Mörder bevorzugen würde. Aber sofort verbesserte ich mich und formulierte die Frage nun so: welchen Drink wohl der Dieb der Brieftasche bevorzugen würde, denn der Mord interessierte uns ja nicht.

Um halb sieben dachte ich mir, es könnte nichts schaden, wenn ich mich mal ein wenig um Wolfe kümmern würde. Vielleicht war ihm ein Schuhband gerissen oder die Hose geplatzt. Ich kletterte die Treppe zu seinem Zimmer hinauf und klopfte an die Tür. Als ich das mir wohlvertraute Grunzen vernahm, trat ich ein. Aber da stockte mir der Atem. Voll angezogen – und sogar mit Schuhen angetan – lag Wolfe auf dem Bett, auf der schönen seidenen Steppdecke. Nanu, das hatte ich noch nie erlebt.

»Um Himmels willen, was fehlt Ihnen?« fragte ich besorgt.

»Nichts«, brummte er.

»Soll ich Doktor Vollmer rufen?«

»Nein.«

Ich trat näher ans Bett, um ihn genau zu betrachten. Er sah nicht so aus, als ob er in der nächsten halben Stunde sterben würde. Ich hielt mich also mit meiner Botschaft nicht weiter zurück. »Miss Frazee wird nun doch kommen. Sie hat eben eine Pressekonferenz abgehalten. Wünschen Sie einen ausführlichen Bericht?«

»Nein.«

»Verzeihen Sie die Störung«, sagte ich sehr kühl und wandte mich zum Gehen. Doch schon nach drei Schritten, ich setzte gerade zum vierten an, rief er mich zurück. Mühsam stützte er sich auf die Ellbogen, schwang seine Beine über die Bettkante, richtete sich auf und holte tief Atem.

»Ich habe einen furchtbaren Fehler begangen«, sagte er.

Ich stand da und schwieg.

Er holte nochmals tief Atem. »Wie spät ist es?«

Ich sagte ihm, es sei fünfundzwanzig Minuten vor sieben.

»Noch zweieinhalb Stunden. Und essen müssen wir auch noch. Ich hatte zuversichtlich gehofft, daß mir die jüngste Entwicklung der Dinge zu einem Genieblitz, zu einem guten taktischen Einfall verhelfen würde. Und ich habe mich geirrt. Ich will damit nicht sagen, daß ich ein Esel war. Ich habe mich zu sehr auf meinen Einfallsreichtum verlassen. Und nun sitze ich da. Ja, ich habe einen argen Fehler begangen. Alle möglichen Leute wollten mich heute nachmittag sprechen. Und ich habe alle abgewimmelt. Ich dachte, mir würde von selbst schon etwas Geniales einfallen. Auch ohne diese Gespräche mit all den aufdringlichen Leuten. Aber mir ist nichts eingefallen. Ich hätte die Leute nicht abwimmeln sollen. Natürlich sitzen wir deswegen heute abend noch längst nicht fest. Glück muß der Mensch haben. Vielleicht gelingt mir trotz allem noch der große Coup. Aber ich habe leichtsinnig gehandelt. Eben erst fragten Sie mich, ob ich den Bericht über Miss Frazee hören wollte – und ich sagte nein. Oh, ich Kamel! Ich könnte mich ohrfeigen. Also legen Sie jetzt los.«

»Ja, Mr. Wolfe. Sie hielt also eine Pressekonferenz ab. Als ich Ihr Hotelzimmer betrat . . .«

Von unten herauf schrillte die Glocke an der Haustür. Ich sah Wolfe fragend an. »Gehen Sie, Archie, machen Sie die Tür auf. Ich bin für jeden Besucher zu sprechen. Verstanden?«

17

Es war Vernon Assa.

Er paßte in den roten Ledersessel besser hinein als die halbverhungerte Mrs. Wheelock. Auch seine sonnengebräunte Haut verband sich recht gut mit dem Rot des Sessels. Nur seine Beine waren etwas zu kurz für diese Sitzgelegenheit.

Man hätte nun annehmen können, daß Wolfe nach seinem Anfall von Selbstkritik unseren neuen Besucher huldreich begrüßen würde. Weit gefehlt. Als er herunterkam, setzte er sich mit steifer und unnahbarer Gebärde an seinen Schreibtisch und sagte brüsk: »Ich habe nur ein paar Minuten Zeit, Mr. Assa. Was kann ich für Sie tun?«

Assa sah mich zweifelnd an, dann richtete er den Blick auf Wolfe. »Es handelt sich um die Einladung für heute abend. Sie werden die Sache abblasen müssen.«

»Was Sie nicht sagen!« Wolfe setzte sich in Positur. »Abblasen? Und wer wird mich dazu zwingen?«

»Ja, verstehen Sie ... das ist doch ganz klar, warum diese Zusammenkunft nicht stattfinden kann ...«

»Mir ist es nicht klar. Sie werden sich etwas deutlicher ausdrücken müssen.«

Assa rutschte auf seinem Sessel hin und her. »Ja, sehen Sie«, sagte er, »unser Hauptproblem ist ja nun gelöst. Und das verdanken wir Ihnen. Am vorigen Mittwoch haben wir uns in dieser Sache an Sie gewandt. Wir befanden uns damals in einer Art Panik. Wir sahen keine Möglichkeit, wie das Preisausschreiben nach dieser furchtbaren Geschichte mit Dahlmann noch weitergeführt werden könnte. Dahlmann war tot. Seine Brieftasche war verschwunden. Alles sah so aus, als ob wir unaufhaltsam in eine grausige Katastrophe hineinschlittern müßten. Das haben Sie nun verhütet. Hansen ist der Ansicht, daß wir vom juristischen Standpunkt aus nun völlig gedeckt sind. Nachdem die Teilnehmer am Preisausschreiben vor Ablauf der Einsendefrist in den Besitz der Lösungen gelangt sind, können wir mit ruhigem Gewissen die alten Verse für ungültig erklären. Natürlich werden wir sie durch neue ersetzen. Gegen diese Regelung ist nichts einzuwenden. Kein Gericht würde gegen uns entscheiden, falls einer der Beteiligten gegen uns prozessieren sollte. Zwar behauptet Miss Frazee, sie habe den Zettel mit den Lösungen nicht erhalten. Doch damit wird sie nicht weit kommen. Jedenfalls haben Sie, Mr. Wolfe, unseren Wettbewerb durch einen Genieblitz gerettet.«

»Mr. Assa«, sagte Wolfe und sah ihn aus halbgeöffneten Augen an, »sprechen Sie für meinen Mandanten, die Firma Lippert, Buff und Assa? Oder sprechen Sie nur für sich selbst?«

»Na ja ... ich bin natürlich ein Partner von LBA. Das ist Ihnen ja bekannt. Aber ich kam aus eigener Initiative und auf eigene Verantwortung zu Ihnen.«

»Wissen Ihre Kollegen, daß Sie mich aufgesucht haben und weshalb Sie kamen?«

»Nein. Ich wollte keine lange und schwierige Diskussion mit den anderen. Ich habe diesen Beschluß erst vor einer halben Stunde gefaßt. Ihre Sitzung beginnt um neun. Und jetzt ist es schon fast sieben.«

»Aha. Und Sie vermuten also, daß ich es war, der die Zettel mit den Lösungen an die Teilnehmer des Preisausschreibens verschickte – oder zumindest verschicken ließ?«

Assa ließ seine Zunge langsam über die Lippen gleiten. »So kraß habe ich mich nicht ausgedrückt. Aber es kommt wohl auf die Formulierung nicht an. Goodwin genießt ja Ihr uneingeschränktes Vertrauen. Ich konnte mir einfach nicht vorstellen, warum einer der fünf Teilnehmer die Zettel verschickt haben sollte, nachdem er Dahlmann ermordet und die richtigen Antworten in der Brieftasche gefunden hatte. Blieben also nur noch Sie übrig.«

»Nein. Es ist durchaus nicht unmöglich, daß die Zettel von einem der fünf verschickt wurden. Es kann ihm oder ihr ja plötzlich ein Licht aufgegangen sein, daß die Lösungen nunmehr, so wie sich die Dinge entwickelt hatten, völlig wertlos waren.«

Assa nickte. »Ja, daran habe ich natürlich auch gedacht. Aber ich hielt es dennoch für völlig unmöglich. Und dann gab es noch einen anderen Grund, warum ich meinen Partnern nicht mitgeteilt habe, daß ich Sie aufsuchen würde. Ich weiß, daß Sie nicht zugeben können, auf welche Weise und in welchem Ausmaß Sie uns geholfen haben. Ganz gewiß würden Sie es nicht zugegeben haben, wenn mehrere von uns LBA-Direktoren gekommen wären, noch dazu in Begleitung von Hansen. Wir wollen auch gar nicht, daß Sie über die Sache reden. Aber dann wird man wahrscheinlich annehmen, daß wir selbst diese Zettel verschickt haben. Und das wäre eine neue Katastrophe für uns. Ich hoffe, Sie verstehen nun, warum ich mich etwas vorsichtiger ausgedrückt habe.«

»Sehr nett und rücksichtsvoll von Ihnen«, sagte Wolfe trocken. »Aber warum muß die Zusammenkunft heute abend abgeblasen werden?«

»Weil nichts Gutes dabei herauskommen kann. Versprechen Sie sich denn etwas davon?«

Wolfes Augen waren noch immer halb geschlossen. »Ich könnte mir auf diese Weise mein Honorar verdienen. Mein Auftrag lautet, wie Mr. Hansen es formuliert hat, ›ausfindig zu machen, wer die Brieftasche an sich nahm und in den Besitz des Zettels gelangte‹. Diesen Auftrag habe ich bisher noch nicht erfüllt.«

»Er muß ja auch nicht mehr erfüllt werden. Das Preisausschreiben ist nicht mehr in Gefahr. Sie haben sich Ihr Honorar verdient und werden es auch erhalten.«

»Aber Sie sagten vorhin selbst, Mr. Assa, daß Sie nur im eigenen Namen sprechen.«

Und wieder glitt seine Zungenspitze langsam über seine Lippen. »Ich verbürge mich für Ihr Honorar«, sagte er.

Wolfe schüttelte den Kopf. »Bedaure. Darauf kann ich mich nicht einlassen. Ich habe eine vertragsmäßige Verpflichtung meinem Klienten gegenüber. Der Vertrag ist ein zweiseitiges Rechtsgeschäft. Mein Klient hat die Verpflichtung, mir ein Honorar zu zahlen. Diese Verpflichtung ist nicht übertragbar. Was das Abblasen der Zusammenkunft heute abend betrifft, so kommt das überhaupt nicht in Frage. Wenn die Herren Buff, O'Garro, Hansen, Heery und Sie einstimmig ein solches Ansuchen an mich stellen würden, nun ja, dann ließe sich die Sache erwägen, vorausgesetzt natürlich, daß gute Gründe angeführt werden könnten. Aber auch dann würde ich wahrscheinlich ein solches Ansuchen ablehnen. Aber so, wie die Dinge jetzt liegen, kann ich Ihren Wunsch überhaupt nicht in Betracht ziehen.«

Assa sah mich an. Dann fiel sein Blick auf den Tisch mit den Getränken. »Ich sehe da eine Flasche Pernod«, sagte er. »Dürfte ich Sie um ein Glas Pernod bitten?«

Ja, sagte ich, das dürfe er, und fragte ihn, ob er auch etwas Eis wünsche, was er aber verneinte. Ich reichte ihm den Pernod in einem unserer besten Gläser, eine anständige Portion. Er kippte ihn hinunter, als ob's ein gemeiner Fusel wäre. Ich stellte die Flasche neben ihn. Er schenkte sich auch tatsächlich nochmals ein.

Diesmal nippte er bedächtig am Glas. »Ich kann Ihre Haltung nicht verstehen, Mr. Wolfe«, sagte er. »Was wollen Sie denn erreichen? Sie werden Ihr Honorar erhalten. Was das Preisausschreiben betrifft, so ist es von unserem Standpunkt aus völlig gleichgültig, wer die Brieftasche an sich nahm. Für die Morduntersuchung kann diese Frage natürlich immer noch von Bedeutung sein. Aber wir haben Sie nicht engagiert, um den Mord aufzuklären. Das ist Sache der Polizei. Warum bestehen Sie also auf der Zusammenkunft?«

»Weil ich meinen Auftrag abschließen möchte.«

»Aber es besteht doch die Möglichkeit, daß Sie alles wieder verderben, was Sie bisher erreicht haben. Die Polizei weiß jetzt – wir haben es auf Ihren Rat hin mitgeteilt –, daß sich eine Kopie der Lösungen seit vorigem Mittwoch in Ihrem Besitz befindet. Wieweit man sich auf die Diskretion der Polizei verlassen kann, weiß ich nicht. Aber es ist denkbar, daß der eine oder andere Teilnehmer am Preisausschreiben Wind von der Sache bekommen hat. Und wenn das der Fall ist, weiß Gott, was dann noch alles bei der Zusammenkunft heute abend geschehen kann. Vielleicht wird man Sie sogar derart in die Enge treiben, daß Sie Farbe bekennen müssen. Sie werden dann nicht mehr leugnen können, daß Sie es waren, der den Teilnehmern am Preisausschreiben die Zettel mit den Lösungen zugeschickt hat. Man würde dann LBA dafür verantwortlich machen, und wir säßen noch tiefer in der Patsche als zuvor.«

»Allerdings«, gab Wolfe zu. »Aber diese Sorge können Sie sich schenken. Ich werde ein solches Eingeständnis nicht machen.«

»Und was werden Sie machen? Was werden Sie besprechen?«

»Das kann ich Ihnen beim besten Willen nicht verraten. Ich habe gewisse Überlegungen angestellt, die ich im Verlauf des Abends überprüfen möchte. Deswegen habe ich diese Zusammenkunft angesetzt. Und dabei bleibt es.«

Assa sah ihn eine halbe Minute schweigend an. Dann sagte er: »Als Ihr Assistent Mr. Goodwin uns am vorigen Freitag in unserem Büro aufsuchte, verlangte er eine einstimmige Erklärung darüber, daß Sie diesen Fall weiter für Lippert, Buff und Assa bearbeiten sollen. Wir haben diese Erklärung abgegeben. Jeder von uns. Ich auch. Aber nun ziehe ich meine Zustimmung zurück. Es liegt also keine einstimmig erteilte Vollmacht mehr vor. Ich ersuche Sie hiermit, jede weitere Tätigkeit für LBA zu unterlassen, bis ich die Angelegenheit mit meinen Partnern durchgesprochen habe – sagen wir, bis morgen mittag um zwölf Das ist keine Bitte, Mr. Wolfe, sondern eine strikte Weisung.«

Wolfe schüttelte abermals den Kopf. »Es tut mir leid, Mr. Assa, daß ich Ihrem Wunsch nicht entsprechen kann. Die Zeit drängt. Der Funke hat gezündet. Es ist zu spät.«

»Zu spät, um was zu tun?«

»Zu spät, um alles einzustellen.«

Assa senkte den Blick. Er starrte auf seine rechte Hand, fand da nichts, was ihn ermutigen konnte. »Na schön«, sagte er, stand langsam auf und ging zur Tür. Nach der seltsamen Entwicklung, die dieses Gespräch genommen hatte, hätte ich mich weiß Gott nicht gewundert, wenn Wolfe mir den Befehl erteilt hätte, Assa am Schlafittchen zu packen und ihn bis neun Uhr in unserem Vorzimmer einzusperren. Aber Wolfe sagte nichts dergleichen. Ich half Assa in den Mantel, öffnete ihm die Tür, ohne es ihm zu verübeln, daß er sich für mein höfliches Benehmen nicht bedankte. Seine Gedanken waren sicher anderweitig in Anspruch genommen.

Als ich ins Büro zurückkam, sagte ich zu Wolfe: »Es kommt wohl nicht darauf an, wer das Streichholz angezündet hat. Hauptsache – es brennt.«

»Ja. Und nun verbinden Sie mich mit Cramer.«

Ich wählte die Nummer. Es war ein ungünstiger Zeitpunkt, um Cramer zu erwischen. Aber wenn große Ereignisse ihre Schatten vorauswarfen, blieb er bisweilen im Büro und aß aus der Tüte. So auch jetzt.

Wolfe übernahm das Gespräch. »Hallo, Mr. Cramer? Ich dachte mir, Sie hätten vielleicht Lust, heute abend in mein Büro zu kommen. Es werden auch noch einige andere Leute dasein. Wir wollen den Fall Dahlmann besprechen. Es wird Sie gewiß . . .«

»Wer wird den Fall besprechen?«

»Alle, die mit der Sache zu tun haben – das heißt alle, von denen ich annehme, daß sie damit zu tun haben. Unsere Diskussion wird sich naturgemäß auf den Diebstahl der Brieftasche beschränken, da ich mich ja nur mit dieser Seite der Angelegenheit befasse. Aber zweifellos werden dabei auch Dinge gestreift werden, die für Sie von Interesse sind. Ich lade Sie hiermit ein. Natürlich nur als Beobachter.«

Schweigen.

»Was haben Sie auf Lager?« wollte er schließlich wissen.

»Für mich eine ausbaufähige Hoffnung. Für Sie die Möglichkeit einer Enthüllung, die vielleicht nicht so ohne ist. Habe ich Sie schon jemals mit Lappalien belästigt?«

»Nein. Das wäre der letzte Vorwurf, den ich Ihnen machen würde. Es hat keinen Sinn, daß ich Sie über den Fernsprecher noch weiter befrage... Stebbins wird in zehn Minuten bei Ihnen sein.«

»Nein. Das wird er nicht. Und auch Sie nicht. Ich brauche noch etwas Zeit, um meine Gedanken zu sammeln. Bald wird auch das Abendessen fertig sein. Die Zusammenkunft findet um neun Uhr statt.«

»Ich werde mit Stebbins kommen.«

»Von mir aus. Ich habe nichts dagegen.«

Wir legten auf.

»Hören Sie, Wolfe«, sagte ich, »Sie wissen verdammt gut, daß Purley Handschellen mitbringen wird – und er nimmt sie nur höchst ungern zurück . . .«

Ich wollte eigentlich noch weiterreden. Doch ich sah, wie Wolfe sich zurücklehnte und die Augen schloß. Seine Lippen gerieten in Bewegung, schoben sich hin und her . . . Er hatte endlich mit der Arbeit angefangen. Ich ging in die Vorhalle, um noch zwei Stühle zu holen.

18

Wenn es das Zeichen für den Erfolg einer Sitzung ist, daß alle kommen, dann war unsere garantiert ein hundertprozentiger Erfolg. Tatsächlich kamen einige sogar zu früh. Gertrude Frazee erschien um acht Uhr fünfunddreißig. Wolfe und ich waren noch im Speisezimmer. Ich trank ein Täßchen Kaffee mit ihr im Büro, als Philip Younger ankam. Eine Minute später traf Talbot Heery ein. Patrick O'Garro und Oliver Buff kamen zusammen. Professor Harold Rollins folgte ihnen fast auf dem Fuß. Als Inspektor Cramer und Sergeant Stebbins erschienen, war es erst zehn vor neun. Natürlich verlangten sie sofort, Wolfe zu sprechen. Ich führte sie ins Speisezimmer und ließ sie mit ihm allein. Der nächste Gast war Vernon Assa, der noch immer verstimmt war. Dann erschien Susan Tescher von der Zeitschrift *Clock*. Ich hatte gehofft, bei dieser Gelegenheit auch ihren Boss, Mr. Tite, persönlich kennenzulernen. Aber sie hatte sich mit der Begleitung von Mr. Hibbard begnügt. Punkt neun fand sich Mrs. Wheelock ein, dreißig Sekunden später Rechtsanwalt Hansen. Und damit waren nun alle versammelt.

Ich warf einen forschenden Blick durch die Tür zum Büro. Ja, Fritz waltete seines Amtes als Majordomus. Offenbar hatten alle unsere Gäste einen gesunden Durst. Jedenfalls zogen sie das Trinken dem Reden vor. Hoch erfreut über diesen gelungenen Auftakt unserer kleinen Abendgesellschaft, ging ich nun zu Wolfe ins Speisezimmer, um ihm pflichtgemäß zu melden, daß inzwischen alle versammelt seien. Doch beim Betreten des Speisesaals blieb ich betreten stehen. Cramer hatte seine groben Fäuste auf den Tisch gestützt und las Wolfe das Gesetz betreffend Verbrechen und Vergehen wider die öffentliche Ordnung vor. ›Wenn sich eine Menschenmenge öffentlich zusammenrottet und mit vereinten Kräften gegen Personen oder Sachen Gewalttätigkeiten begeht, so wird jeder ...‹ Purley stand hinter ihm und lächelte zufrieden. Was offenbar Cramer an der ganzen Sache so wurmte, weshalb er auch nicht so froh und wohlgemut dreinschaute wie Purley, war der Umstand, daß Wolfe eine Versammlung von Mordverdächtigen einberufen hatte und nun von ihm, dem Vertreter der hohen Obrigkeit, verlangte, daß er mucksmäuschenstill dabeisitzen sollte.

Das nun folgende Gespräch zwischen Wolfe und Cramer hatte ich schon mindestens zwanzigmal gehört. Cramer verlangte das Unmögliche. Erstens wollte er im voraus wissen, was Wolfe sagen würde. Wirklich eine Zumutung. Meist wußte es Wolfe ja selbst nicht. Zweitens wollte er das Recht haben, einzugreifen, wann es ihm beliebte, während Wolfe darauf bestand, daß die Verhandlungsführung ausschließlich ihm überlassen blieb. Nur im Fall einer Schießerei oder eines allgemeinen Kampfes wollte er Cramer das Recht zubilligen, von seiner amtlichen Autorität Gebrauch zu machen. Da Cramer nur gekommen war, weil er bisher im dunkeln tappte und bei uns auf einen kleinen Lichtstrahl hoffte, war er natürlich der Schwächere. Also erreichte er auch nichts.

Während sich Wolfe und Cramer noch stritten, verkündete ich mit Stentorstimme, daß unsere Gäste vollzählig versammelt seien, und ging dann ins Büro.

Einige Kleinigkeiten mußten noch rasch erledigt werden. So hatte sich Miss Frazee im roten Ledersessel häuslich niedergelassen, der für Cramer reserviert war. Mit beredten Worten bewegte ich sie zu einer Sitzortänderung. Buff und Hansen standen so, daß sie Wolfe die freie Sicht auf meine Person genommen hätten. Und das ging auch nicht. Durch freundliches Zureden brachte ich sie dazu, ihren Stehkonvent abzubrechen und sich auf zwei Stühlen niederzulassen. Ehe er sich setzte, ließ sich Buff noch rasch einen Whisky mit Soda und Eis geben. Hibbard saß neben Miss Tescher in der vordersten Reihe. Ich dachte, er würde jetzt endlich sein Schweigen brechen. Doch er brach es nicht. Vernon Assa machte mir Sorge. Er stand in der äußersten Ecke, starrte in die Gegend und hielt ein Glas in der Hand. Als ich auf ihn zuging, musterte er mich von oben bis unten. Mir gefiel das nicht. Vielleicht hatte er einen Schwips. Doch als ich ihm sanft und milde vorschlug, sich doch hinzusetzen, sagte er mit absolut klarer Stimme, daß er keine Milieuveränderung brauche. Also schön, dachte ich, und drehte mich um. In diesem Augenblick hielten Wolfe, Cramer und Stebbins ihren Einzug.

Wolfe ging sofort auf seinen Schreibtisch zu. Cramer blieb einen Augenblick stehen, um sich die Versammlung anzuschauen. Dann nahm er auf dem roten Ledersessel Platz. Für Purley hatte ich einen Stuhl an der Wand reserviert. Von hier aus konnte er alles gut überblicken. Das Gespräch verstummte. Alle Augen waren auf Wolfe gerichtet.

Er holte tief Atem. »Meine Damen und Herren. Zunächst möchte ich Ihnen mit ein paar Worten erklären, warum sich Inspektor Cramer von der New Yorker Kriminalpolizei unter uns befindet. Ich habe ihn eingeladen, aber nicht . . .«

Plötzlich hörte man aus dem Hintergrund zwei Geräusche. Das erste klang wie ein Verzweiflungsschrei, das zweite wie ein Klirren, so als ob irgend etwas zu Boden gefallen war. Alle drehten sich um. Und da sahen wir, wie Vernon Assa auf uns zuwankte. Er hatte beide Hände auf den Mund gepreßt. Und dann sank er zu Boden. Kaum war er hingestürzt, war ich auch schon zur Stelle. Doch da auch Purley Stebbins und Cramer herbeigeeilt waren, machte ich wieder kehrt. Im Nu war ich an meinem Schreibtisch und wählte die Nummer von Dr. Vollmer. Er war gleich am Apparat, und ich sagte ihm, er solle doch sofort mal 'rüberkommen. Als ich gerade den Hörer auflegte, begann Cramer zu brüllen. Er hatte gesehen, daß Susan Tescher und Hibbard im Begriff waren, den Raum zu verlassen. »Hiergeblieben!« schrie er sie an. Dann wandte er sich an mich. »Ich will die Zentrale anrufen. Verfrachten Sie die ganze Gesellschaft in den Speisesaal! Passen Sie auf, daß niemand entwischt. Ich verstehe da keinen Spaß.« Und dann griff er zum Telefon.

Ich blickte mich um. Alles in allem benahmen sich unsere lieben Gäste sehr anständig, mit Ausnahme von Susan Tescher und ihrem schweigsamen Begleiter, der sicher den mißglückten Fluchtversuch angeregt hatte. Niemand hatte geschrien. Nicht einmal Miss Frazee. Wolfe saß kerzengerade, soweit das sein Körpergewicht erlaubte, auf seinem Sessel, die Lippen hart zusammengepreßt. Seine Augen waren fast geschlossen. Nur zwei Schlitze waren sichtbar. Ich warf ihm einen Blick zu, ohne daß er es bemerkte. O'Garro, Heery und Hansen waren aufgestanden, um sich um Assa zu kümmern. Aber Purley, der neben Assa kniete, hatte sie wieder auf ihre Plätze verwiesen. Ich ging zur Tür, die zur Vorhalle führte, und drehte mich dann um.

»Durch diese Tür, wenn ich bitten darf«, sagte ich. Aber niemand rührte sich. »Wenn es geht, möchte ich jeden Stimmaufwand vermeiden, da der Herr Inspektor gerade telefoniert. Er wünscht, daß Sie jetzt alle das Büro verlassen. Vielleicht sind die Herren so freundlich und nehmen ein paar Stühle mit.«

Diese kleine Ansprache wirkte. Philip Younger ergriff sofort einen Stuhl und marschierte durch die Tür. Die anderen folgten ihm. Ich hatte inzwischen die Tür zum Speisesaal geöffnet, und nun zogen alle im Gänsemarsch an mir vorbei. Fritz stand unmittelbar neben mir. Es würde noch eine ganze Schar von Besuchern kommen, sagte ich ihm. Er müsse nicht jedesmal die Kette wieder vorlegen. In dieser Sekunde läutete es auch schon an der Haustür. Fritz machte auf. Es war Dr. Vollmer, der sich auf einen freundlichen Wink von mir sofort ins Büro begab.

Ich stellte mich an der Tür des Speisesaals auf und musterte meine Herde. Mrs. Wheelock und Philip Younger hatten sich hingesetzt. Die übrigen standen noch, und ich bat sie, Platz zu nehmen.

Der einzige, der eine kleine Szene machte, war Rudolph Hansen. »Vernon Assa ist mein Klient und Freund«, sagte er, »und ich muß mich darum kümmern, daß er auch . . .«

»Sie brauchen sich um nichts mehr zu kümmern«, beruhigte ich ihn. »Er ist in besten Händen. Der Arzt ist schon da. Und ein guter obendrein.« Ich hob meine Stimme ein wenig. »Bitte, meine Herrschaften, regen Sie sich nicht auf. Ich wäre Ihnen dankbar, wenn Sie alle Privatgespräche unterlassen würden.«

»Was ist mit Mr. Assa geschehen?« wollte Miss Frazee wissen.

»Weiß ich nicht. Aber ich kann Ihnen etwas Stoff zum Nachdenken geben. Als Mr. Wolfe das Büro betrat, stand Mr. Assa hinten im Saal und hielt ein Glas in der Hand. Im Glas befand sich eine Flüssigkeit. Sie haben alle gehört, wie das Glas zu Boden fiel. Ich habe es auch gehört. Doch als das Glas zu Boden klirrte, enthielt es offenbar keine Flüssigkeit mehr. Das ist ein Punkt, über den Sie jetzt im weiteren Verlauf des Abends nachdenken können.«

»Im Glas befand sich Pernod«, sagte Patrick O'Garro. »Ich sah, wie er sich aus der Flasche einschenkte. Pernod war schon immer sein Lieblingsgetränk. Er stellte das Glas auf den Tisch, als Hansen ihm etwas zurief, und ging dann . . .«

»Patrick, bitte machen Sie jetzt einen Punkt«, zischte ihn der Anwalt an. »Es kann sich hier um einen Zwischenfall handeln, der von größter Bedeutung ist. Ich hoffe nicht, daß das der Fall ist. Aber die Möglichkeit besteht.«

»Sehen Sie, meine Herrschaften«, wandte ich mich nun wieder an unsere Gäste, »wie recht ich hatte, als ich Sie bat, alle Privatgespräche gefälligst zu unterlassen. Auch ein Jurist wie Mr. Hansen pflichtet mir bei.«

»Ich möchte telefonieren«, sagte Heery.

»Geht im Augenblick nicht. Das Telefon ist besetzt. Aber ich amtiere hier bloß als behelfsmäßiger Wachhund. Man wird mich ablösen, und dann ...«

Und dann – brach ich mitten im Satz ab, um mir erst einmal unsere neuen Besucher anzusehen, die Fritz hereingelassen hatte: zwei uniformierte Beamte der New Yorker Polizei. Sie steuerten auf mich zu, doch ich zeigte mit dem Finger auf die Tür zum Büro, und so machten sie eine Wendung nach rechts. Und nun begann ein richtiger Aufmarsch der Polizei. Eine Minute später erschienen zwei weitere Beamte in Uniform, dann drei in Zivil, von denen ich zwei kannte. Bald tauchte auch ein Mann mit einem kleinen schwarzen Sack auf. Unsere Gäste hatten sich einigermaßen beruhigt. Ununterbrochen trafen weitere Polizisten im Haus ein, darunter auch Leutnant Rowcliff. Er war mit einem Kollegen erschienen. Rowcliff kannte sich natürlich bei uns aus und nahm sofort Kurs auf das Büro. Doch nur wenige Augenblicke später erschien er wieder in meinem Blickfeld. Er marschierte auf den Speisesaal zu, und ich mußte rasch zur Seite springen, um nicht von ihm überrollt zu werden.

Als sie beide im Speisezimmer waren, machte der Kollege die Tür hinter sich zu. Rowcliff wandte sich an die versammelten Gäste. »Sie werden diesen Raum hier bis auf weiteres nicht verlassen dürfen. Vernon Assa ist tot. Ich bin Kriminalleutnant Georg Rowcliff. Sie werden alle als Tatzeugen vernommen werden.«

Freundlich klang das gerade nicht, und juristisch war das wohl auch nicht ganz einwandfrei. Man kann doch nicht Zeugen einfach in Haft halten. Aber da sich unsere beiden Anwälte, Hansen und Hibbard, nicht rührten, wollte ich mich auch nicht einmischen. Anwälte sind immer etwas empfindlich, wenn man ihnen ins Gehege kommt.

Ich befand mich wieder einmal in einer Lage, die mein Freund von der *New York Times* als anomal bezeichnet hätte. Gern hätte ich die Tür geöffnet, a) um festzustellen, ob Wolfe mich brauchte, b) um den Experten von der Polizei bei der Arbeit zuzuschauen und c) um Rowcliff energisch anzufahren, falls er etwa glauben sollte, daß ich auch zu seinen Häftlingen gehörte. Dann dachte ich mir aber, daß es doch ein ganz besonders unverschämter und gefährlicher Bursche sein müßte, der die Stirn hatte, in der Höhle des Löwen einen Mord zu begehen. So ein gemeingefährliches Individuum konnte man nicht von Rowcliff allein bewachen lassen. Ich stand noch sinnend an die Wand gelehnt und überlegte, was ich tun sollte, da ging die Tür auf. Cramer trat ein. Unmittelbar vor dem Eßtisch blieb er stehen und ließ seine Blicke in die Runde schweifen.

Dann sagte er: »Ich bitte Buff, O'Garro, Hansen und Heery vorzutreten.« Die vier genannten traten vor. »Ich möchte Ihnen jetzt etwas zeigen«, fuhr Cramer fort, »und Sie fragen, ob Sie diesen Gegenstand identifizieren können. Schauen Sie sich den Gegenstand genau an, aber ohne ihn zu berühren. Haben Sie mich verstanden? Nicht anfassen!«

Inspektor Cramer hob nun behutsam mit Daumen und Zeigefinger eine Brieftasche aus braunem Leder hoch. Die vier Befragten starrten die Brieftasche an. Keiner sprach ein Wort.

»Auf der Innenseite der Tasche sind links die Initialen ›LD‹ eingepreßt«, sagte Cramer. »In der Brieftasche befinden sich einige Schriftstücke mit dem Namen Louis Dahlmann. Ich frage Sie nun: Können Sie diesen Gegenstand als die Brieftasche identifizieren, die Dahlmann bei der Zusammenkunft am vorigen Dienstag abend im Hotel Churchill bei sich hatte?«

»Natürlich nicht«, sagte Hansen schroff. »Mit absoluter Sicherheit läßt sich eine solche Erklärung nicht abgeben.«

Eine Stimme aus dem Hintergrund: »Sie sieht aber ganz genauso aus.« Es war unsere liebe Miss Frazee. Rowcliff packte sie am Ellbogen. Doch Miss Frazee ließ sich nicht beirren. »Ja, sie sieht ganz genauso aus!«

»Also gut«, sagte Cramer. »Ich verlange nicht, daß Sie nun mit absoluter Sicherheit erklären, dieser Gegenstand sei tatsächlich die Brieftasche von Mr. Dahlmann. Ich frage Sie nur, ob dieser Gegenstand hier eine gewisse Ähnlichkeit mit der Brieftasche aufweist, die Dahlmann an jenem Abend im Hotel Churchill bei sich hatte. Wollen Sie bitte diese Frage beantworten, Mr. Hansen?«

»Nein, das werde ich nicht, weil ich sie nicht beantworten kann. Ich war bei jener Zusammenkunft nicht zugegen. Auch Mr. Buff war nicht dabei.«

»Ach so«, sagte Cramer ganz ruhig, ohne über diese Fehlzündung verärgert zu sein. »Und wie steht es mit Ihnen, Mr. O'Garro? Meine Frage haben Sie ja gehört.«

»Ja«, sagte O'Garro.

»Und Sie, Mr. Heery?«

»Sie sieht wie die Brieftasche von Dahlmann aus. Und Assa hatte sie bei sich?«

Cramer nickte. »In seiner Brusttasche.«

»Ich hab's ja immer gewußt!« schrie Miss Frazee. »Ein gemeiner Trick! Eine elende Schwindelei! Ich wußte von Anfang an . . .«

Rowcliff packte sie jetzt fest am Arm, doch sie drehte sich blitzschnell um ihre Achse und versetzte dem Kriminalleutnant mit der freien Hand eine schallende Ohrfeige. Ich beschloß sofort, ihrer Liga bei nächster Gelegenheit einen größeren Geldbetrag zu stiften. Jetzt mischten sich auch die anderen ein. Sie richteten Fragen an Cramer oder wollten ihm etwas mitteilen. Dieser machte eine abweisende Handbewegung. »Sie werden alle noch Gelegenheit haben, sich zu äußern, ehe Sie diesen Raum verlassen. Bleiben Sie jetzt hier, bis man Sie rufen wird.«

»Sind wir verhaftet?« fragte Harold Rollins gelassen.

»Nein. Sie sind nicht verhaftet. Sie werden nur zur Durchführung weiterer Ermittlungen von der Polizei am Tatort festgehalten. Wer lieber verhaftet werden möchte, braucht sich nur zu melden.« Er drehte sich um und suchte offenbar mich. Als er mich entdeckt hatte, sagte er barsch: »Folgen Sie mir, Goodwin!«

19

Ich dachte, er würde mich nun ins Büro mitnehmen. Aber nein. Er ließ mich in der Vorhalle warten. Im Büro wäre auch sowieso kein Platz für mich gewesen. Da waren die Experten vom Spurensicherungsdienst an der Arbeit und schnüffelten überall herum. Fritz saß auf Wolfes Sessel am Schreibtisch. Aber wo war Wolfe? Ich konnte ihn nicht entdecken. Durch die Tür sah ich, wie sich Cramer nun zu meinem Schreibtisch begab und dort die Brieftasche behutsam in einer Schachtel deponierte. Nachdem er dann noch einige Befehle erteilt hatte, kam er auf mich zu und sagte: »Wolfe ist oben in seinem Zimmer.« Er ging die Treppe hinauf. Ich folgte ihm.

Wolfes Tür war geschlossen. Aber Cramer klopfte nicht. Er ging einfach hinein. Das zeigte wieder mal, daß er keine Kinderstube hatte.

Wenigstens lag Wolfe nicht im Bett. Er saß im großen Sessel unter der Stehlampe und las ein Buch. Als er uns sah, legte er den

Band neben sich auf den Tisch. Ich rückte einen Stuhl für Cramer herbei. Dabei gelang es mir, einen raschen Blick auf den Titel des Buches zu werfen. Es waren die Essays von Montaigne.

»War er bereits tot, als Sie das Büro verließen?« fragte Cramer.

Wolfe nickte: »Jawohl. Ich habe bis dahin gewartet.«

»Er ist noch immer tot.« Man kann alles mögliche über Cramer sagen. Aber ein Trottel ist er gewiß nicht. Er stellte nur eine Tatsache fest. Er schob seinen Stuhl ein wenig zurück, wobei er ein paar Falten in den Teppich schlug. »Es war Zyankali. Natürlich müssen wir noch die chemische Untersuchung abwarten. Doch es war zweifellos Zyankali. Auf dem Fußboden, am unteren Ende der Couch, fanden wir ein zerknittertes Stück Papier. Toilettenpapier. Doch nicht die Marke, die Sie in Ihrem Badezimmer benutzen.«

»Ich bin Ihnen für diese Feststellung sehr verbunden«, sagte Wolfe trocken.

»Ja, ich weiß. Sie können nicht der Täter sein. Sie waren ja die ganze Zeit mit mir zusammen. Goodwin war es nicht, wenigstens nicht die ganze Zeit. Doch ich bin bereit, einen realistischen Standpunkt einzunehmen. Auf dem Stück Papier befand sich noch etwas weißer Puder. Als wir einen Tropfen Wasser auf den Puder gaben, hatten wir sofort den üblichen Zyankaligeruch. Auch das Glas schien nicht frei von diesem Geruch zu sein, doch er war vom Alkohol überdeckt.« Er blickte mich an. »Setzen Sie sich, Goodwin. Wissen Sie zufällig, was das für ein Getränk war?«

»Nein«, antwortete ich. »Aber O'Garro sagte, es sei Pernod gewesen. Er will gesehen haben, wie Assa sich Pernod einschenkte und dann das Glas auf den Tisch stellte, als ihm Hansen etwas zurief. Und dann . . .«

»Der Teufel soll Sie holen.« Cramer explodierte. »Sie hatten also die Stirn, auf eigene Faust Ermittlungen anzustellen. Verflucht noch mal! Sie wußten doch ganz genau . . .«

»Quatsch!« sagte ich, und es klang fast so gut wie bei Philip Younger. Auf alle Fälle sprach ich das Wort Quatsch sehr deutlich aus. »Ich habe keine Fragen gestellt. O'Garro hat mir diese Information von sich aus gegeben. Und als Assa heute abend bei uns erschien, es war kurz vor unserem Abendessen, da trank er auch Pernod – genauer gesagt, er stürzte ihn hinunter. Pernod sei sein Lieblingsgetränk, erklärte er.«

»Er war schon vorher bei Ihnen? Schon vor dem Abendessen?«

»Ja – es sei denn, daß Mr. Wolfe erklärt, er sei nicht hiergewesen.«

»Was wollte er?«

»Fragen Sie Mr. Wolfe.«

»Nein«, sagte Wolfe und machte eine abweisende Handbewegung. »Nein. Mein armes Gehirn ist jetzt völlig durcheinander. Erzählen Sie Mr. Cramer, was Assa sagte und was ich sagte. Berichten Sie ihm genau über das ganze Gespräch.«

Ich holte mir nun auch einen Stuhl, schloß meine Augen einen Augenblick, erstens weil ich das so oft bei Wolfe gesehen hatte, wenn er Nachdenken vortäuschte, und zweitens, weil ich wirklich meine Gedanken sammeln mußte. Ich habe an sich ein gut trainiertes Gedächtnis, aber in der letzten Stunde waren so viele andere Dinge durch meinen Kopf gegangen, daß ich erst einmal überlegen mußte. Nachdem das geschehen war, öffnete ich die Augen wieder und erstattete meinen Bericht. Als ich damit fertig war, sagte ich: »Und das ist alles. Schade, daß wir kein Tonbandgerät haben. Dann könnten wir jetzt das Band mit meinem Bericht vergleichen. Haben Sie noch einige Fragen?«

Keine Antwort. Cramer hatte sich eine Zigarre in den Mund gesteckt und kaute an ihr herum. »Gehen Sie 'runter ins Büro«, sagte er, »und holen Sie Ihre Schreibmaschine und etwas Papier. Sagen Sie Stebbins, ich hätte Sie beauftragt. Setzen Sie sich dann irgendwo hin. Tippen Sie alles, was Sie mir eben erzählt haben. Aber auch alles. Jedes Wort.«

»Das kann er später erledigen«, sagte Wolfe sehr barsch und brummig. »Das kann warten, bis wir hier fertig sind. Ich wünsche, daß Goodwin hier bleibt. Ich brauche ihn.«

Cramer drängte nicht weiter. Er nahm die Zigarre aus dem Mund und sagte: »Und dann haben Sie mich angerufen?«

»Ja. Sowie Assa das Haus verlassen hatte.«

»Zu dumm, daß Sie mir nicht gleich erzählten, was los war. Assa würde noch am Leben sein.«

»Vielleicht.«

Cramer grinste. »Sieh mal einer an. Sie geben das also zu?«

»Ich bin bereit, alles zuzugeben, um Ihnen einen Gefallen zu tun. Ich habe schon früher in meinem Leben, Mr. Cramer, manch Herzeleid erfahren, bittere Erfahrungen gesammelt und dafür teuer bezahlt. Aber was ich jetzt erlebt habe, übertrifft alles. Ich habe nie geahnt, daß man sich so erbärmlich vorkommen kann. Es ging mir durch Mark und Bein. Wenn Mr. Assa die Brieftasche tatsächlich bei sich gehabt hätte – ja . . . das hätte mir den Rest gegeben.«

»Er hatte sie aber bei sich.«

»Was hatte er?«

»Er hatte die Brieftasche bei sich. In der Brusttasche. Sie ist als die Brieftasche identifiziert worden, die Dahlmann an jenem Abend im Hotel Churchill aus der Tasche holte. Doch in der Brieftasche befand sich kein Zettel mit den Lösungen.«

Wolfe schluckte. Er schluckte dann noch mal. »Ich bin beschämt, Mr. Cramer. Ich kann Ihnen gar nicht sagen, wie. Gehen Sie jetzt 'runter und verhaften Sie den Mörder. Aber schließen Sie mich vorher in meinem Zimmer ein. Ich würde Ihnen sonst nur alles verpfuschen. In den anderen Räumen des Hauses können Sie schalten und walten, wie es Ihnen Spaß macht.«

Cramer und ich betrachteten Wolfe. Nicht ohne Mitleid. Wir beide kannten ihn ja nur zu gut. Natürlich war er jetzt verbittert. Er hatte die Szene für eine seiner großen Galavorstellungen vorbereitet. In der Hauptrolle Nero Wolfe. Ja, der erste Akt hatte bereits begonnen. Und dann hatte ihm ein anderes prominentes Mitglied des Ensembles alles verpfuscht und war ihm einfach vor der Nase weggestorben. Klar, daß ihn das verdrießen mußte. Doch weder Cramer noch ich waren einfältig genug, um anzunehmen, daß ihm dieses Mißgeschick das Herz gebrochen hatte.

Cramer stand nicht auf, um ihm voll Mitleid auf die Schulter zu klopfen. Er fragte nur: »Und was würden Sie sagen, wenn er überhaupt nicht ermordet wurde? Vielleicht hat er das Gift selbst in seinen Drink geschüttet.«

»Pfui«, sagte Wolfe. »Wenn er das tat, dann muß er das Stück Papier mit dem Zyankali bei sich gehabt haben. Ich halte es aber für ausgeschlossen, daß er dann ausgerechnet mein Büro als Schauplatz für seinen Selbstmord gewählt haben würde. Er wußte, wen er hier treffen würde.«

»Mag sein, daß sich etwas Besonderes ereignet hat, als er schon bei Ihnen war.«

»Nein. Auch das bezweifle ich. Er hatte vorher ausgiebig Gelegenheit, mit seinen Partnern von LBA zu sprechen.«

»Vielleicht war es seine Absicht, auf irgend jemanden den Verdacht zu lenken.«

»Dann hat er für einen gescheiten Menschen erstaunlich dumm gehandelt. Es sei denn, Sie verfügen über gewisse Fakten, die mir unbekannt sind.«

»Nein. Ich glaube, daß er ermordet wurde.« Cramer nahm seinen angekauten Zigarrenstummel aus dem Mund. »Nachdem Assa bei Ihnen gewesen war und sich bemüht hatte, Sie zum Abblasen der

Zusammenkunft zu bewegen, da nahmen Sie an, daß er es gewesen war, der Dahlmann ermordet und seine Brieftasche an sich genommen hatte. Sie wollten ihn heute abend überführen. Das war doch Ihre Absicht, nicht wahr? Oder habe ich Sie mißverstanden?«

»Nein. Das war nicht meine Absicht. Sie übersehen, Mr. Cramer, daß mich der Mord nicht interessierte. Natürlich nahm ich an, daß wir heute abend auch Dinge streifen würden, die mit dem Mord zusammenhängen. Deswegen habe ich Sie eingeladen. Ich nahm auch an, daß Assa sich die Brieftasche angeeignet hatte, da er ja ...«

»Klar, daß Sie das annahmen«, platzte Cramer heraus, »da Assa ja überzeugt war, daß Sie den Teilnehmern am Preisausschreiben die Lösungen zugeschickt hatten. Er wußte, daß niemand außer Ihnen das getan haben konnte. Und warum er das so genau wußte, lag ja auf der Hand. Das war eine ganz einfache Schlußfolgerung für Sie.«

»Nichts dergleichen.« Wolfes Stimme klang nicht verbittert, nicht gedemütigt. Doch ich will nicht behaupten, daß er vorhin nur Theater gespielt hatte. Ich will nur sagen, daß er sich von dem Schock schon wieder erholt hatte. »Im Gegenteil, Inspektor. Wenn Assa nicht gewußt hätte, wer die Lösungen verschickt hatte, dann hätte er es nicht riskiert, mich aufzusuchen. Daraus folgere ich, daß er sie verschickte, und zwar nachdem er sie Dahlmanns Brieftasche entnommen hatte. Natürlich bestand die vage Möglichkeit, daß er sich diese Lösungen aus der Kassette im Bankschließfach verschafft hatte. Aber das war kaum anzunehmen, da er es sicher nicht gewagt hätte, allein zur Bank zu gehen und um die Kassette zu bitten. Der Genieblitz, durch den das Preisausschreiben gerettet wurde und den er mit schmeichelhaften Komplimenten auf mein Konto verbuchte, kam von ihm. Daher wußte ich: Entweder hatte er die Brieftasche selbst an sich genommen, oder es war ihm bekannt, wer es getan hatte. Die erste Alternative war die wahrscheinlichere, da er mich aus eigener Initiative aufsuchte, ohne vorher Rücksprache mit seinen Partnern zu nehmen. Selbstverständlich war ihm daran gelegen, daß die Zusammenkunft abgeblasen wurde.«

»Und warum in aller Welt haben Sie die Zusammenkunft nicht abgeblasen?« fragte Cramer.

»Weil ich eine doppelte Verpflichtung hatte. Erstens meinem Klienten gegenüber, der Firma Lippert, Buff und Assa. Es war meine Pflicht, die mir übertragene Aufgabe durchzuführen. Zweitens hatte ich eine Verpflichtung mir selbst gegenüber, mich nicht hinters Licht führen zu lassen.« Er hielt inne, preßte die Lippen zusammen und schloß seine Augen halb. »Ich wollte mich nicht täuschen lassen«, sagte er bitter. »Und nun sehen Sie mich an!«

Er öffnete die Augen wieder. »Man hat mich irregeführt. Und das hat nicht ein gewisser Mr. Assa getan, der ein Parfüm-Preisausschreiben retten wollte. Das hat ein Mann getan, der schon einen Mord auf dem Gewissen hatte und bereit war, einen zweiten Mord zu begehen. Ich nahm an, daß sich Assa die Brieftasche von Dahlmann angeeignet hatte, doch nicht, daß er ihn ermordet hatte. Der Mord ging mich ja auch nichts an. Das war Ihre Sache, Mr. Cramer. Nun liegen die Dinge völlig anders. Die Annahme, daß Assa lediglich deswegen getötet wurde, weil jemand wußte, daß er die Brieftasche gestohlen und die Lösungen an die Teilnehmer des Preisausschreibens verschickt hat, diese Annahme ist kindisch. Die Annahme, daß Assa wußte, daß Hansen oder Buff, O'Garro oder Heery die Brieftasche gestohlen und die Lösungen verschickt hatte und daß dann einer von diesen vier Herren Assa umbrachte, um so den Verdacht von sich zu lenken, diese Annahme ist mehr als kindisch. Es gibt nur eine Hypothese, die halbwegs plausibel ist: Assa wußte, daß einer der vier Herren, die ich eben nannte, Dahlmann ermordet hat. Das – und nur das – würde erklären, warum Assa aus dem Weg geräumt wurde. Doch es entschuldigt nicht, daß man ihn ausgerechnet in meinem Büro umgebracht hat!«

»Tja«, sagte Cramer, »das hätte man nicht tun sollen. Das war schon mehr als unverschämt.« Er nahm den angeknabberten Zigarrenstummel aus dem Mund. »Warum verdächtigen Sie nur diese vier Gentlemen? Und die Teilnehmer am Preisausschreiben?«

»Es ist reinste Zeitverschwendung, sich mit ihnen abzugeben. Schicken Sie die Leute nach Hause. Oder glauben Sie ernsthaft, daß man sich mit ihnen noch weiter befassen müßte?«

»Nein«, gab Cramer zu. »Doch ich werde sie nicht nach Hause schicken. Sie waren anwesend, als das Gift in den Drink geschüttet wurde. Sie werden jetzt einzeln verhört. Ich hoffe, Sie haben nichts dagegen, daß wir verschiedene Räume Ihres Hauses für diese Vernehmungen benutzen.«

»Ich bin nicht in der Lage zu protestieren.« Es war doch ein harter Schlag für den armen Nero Wolfe. »Ich habe volles Verständnis dafür, daß Sie die übliche Routine beachten wollen. Bitte, lassen Sie sich bei den Vernehmungen nicht stören. Doch ich glaube nicht, daß der Täter so ungeschickt vorging und wartete, bis alle sehen konnten, wie er das Gift ins Glas schüttete. Wenn Sie Pech haben, erfahren Sie auch viel mehr, als Sie eigentlich wissen möchten. Miss

Frazee wird Ihnen unter Umständen erzählen, daß sie beobachtet hat, wie alle nacheinander etwas ins Glas taten, erst die Leute von LBA und dann ihre Mitbewerber. Wenn ich Ihnen einen guten Rat geben kann, Inspektor, verschweigen Sie dieser Dame, daß der Zettel mit den Lösungen gefunden wurde. Da fällt mir übrigens noch etwas ein. Sie sagten mir doch am vorigen Mittwoch, daß weder Hansen und Heery noch die Herren von LBA, und zwar einschließlich Assa, den Beweis erbringen konnten, sie seien an jenem Abend, an dem Dahlmann ermordet wurde, nicht zu ihm in die Wohnung gegangen. Stimmt das noch immer?«

»Allerdings. Warum fragen Sie?«

»Es interessiert mich nur.«

»Und warum? Sind Sie jetzt hinter dem Mörder her?«

»Meine Aufgabe lautet, ausfindig zu machen, wer die Brieftasche an sich nahm. Diese Aufgabe ist noch immer nicht erfüllt. Wer jetzt etwa glaubt, ich würde mich damit abfinden, daß Assa es getan hat, irrt sich gewaltig.« Und plötzlich – ohne Vorwarnung – explodierte Wolfe. Er brüllte: »Da hat jemand einen Mord in meinem Büro begangen. Mit meinem Alkohol. Mit Gift in meinem Glas. Und das soll ich mir gefallen lassen?«

»Ja, das war eine verdammte Schweinerei«, sagte Cramer beschwichtigend. »Aber bleiben wir trotzdem bei der bisherigen Arbeitsteilung. Sie bleiben bei Ihrem Leisten und ich bei meinem. Aber kommen wir wieder auf die vier Herren zurück, die wir eben erwähnten. Zwei davon sind Ihre Klienten.«

»Nein. Ich vertrete eine Firma.«

»Na schön. Aber Hände weg von der Mordsache. Mir gefällt Ihr Gesichtsausdruck nicht, doch das tut er selten. Sie sind also fest davon überzeugt, daß die Teilnehmer am Preisausschreiben nicht in Frage kommen?«

»Ja, das bin ich.«

»Warum? Verfügen Sie über Informationen, die Sie mir nicht mitgeteilt haben?«

»Nein.«

»Gibt es irgendein Motiv, das einen von diesen vier Herren zum Mord veranlaßt haben könnte?«

»Nein, außer daß alle eifersüchtig auf Dahlmann waren. Ist Ihnen ein Motiv bekannt?«

»Bisher nicht. Aber wir werden der Sache jetzt gründlich nachgehen. Verfügen Sie über Informationen, die auf einen der vier besonders hindeuten?«

»Nein.«

»Falls Sie etwas erfahren, lassen Sie es mich wissen. Aber Sie selbst lassen Ihre Finger aus dem Spiel! Auch die Sache mit der Firma gefällt mir nicht, ich meine, daß Sie immer von der Firma als Ihrem Klienten sprechen. Ich kenne Sie nun schon ... Herein!«

Auch das zeugte natürlich wieder von Cramers schlechten Manieren. Schließlich war es ja nicht seine Tür, an die man geklopft hatte. Ein Polizeibeamter trat ins Zimmer.

»Der Leutnant möchte Sie sprechen, Inspektor. Er befindet sich mit einer der Frauen unten in der Küche.«

Cramer sagte, er würde gleich 'runterkommen, und stand auf. Der Polizist entfernte sich. Cramer wandte sich an mich: »Holen Sie sich nun Ihre Schreibmaschine und tippen Sie den Bericht über das Gespräch mit Assa. Bringen Sie die Maschine 'rauf und tippen Sie hier, damit Sie auf Ihren Boß aufpassen können. Es wäre doch zu schade, wenn er noch mal gedemütigt werden würde.« Sprach's und verließ das Zimmer.

Ich sah Wolfe an. Wolfe sah mich an. Bescheiden und unaufdringlich fragte ich: »Haben der Herr besondere Wünsche?«

»Im Augenblick nicht. Mag sein, daß ich Sie im Verlauf des Abends oder der Nacht noch rufen werde. Ich werde mich nicht schlafen legen. Während ein Mörder durch mein Haus strolcht und ich wehrlos bin und ...«

»Er strolcht nicht durchs Haus. Da können Sie ruhig ein Nickerchen riskieren. Natürlich müssen Sie die Tür zusperren. Ich werde schon nach dem Rechten sehen, bis unsere lieben Gäste das Haus verlassen haben. Apropos liebe Gäste ... Was machen wir mit der Bewirtung? Nach all dem Zuzug, den wir erhalten haben, reichen die marinierten Pilze und Pasteten nicht aus. Sollen wir einfach belegte Brote und Kaffee servieren?«

»Ja.« Er schloß die Augen. »Archie, lassen Sie mich allein.«

»Mit dem größten Vergnügen.«

Ich ging nach unten. Als ich in die Küche kam, um Fritz zu sagen, er möge sich um die Brote und den Kaffee kümmern, sah ich nur Cramer und Rowcliff, Susan Tescher und Hibbard. Ich zog gleich wieder ab. Drei Gäste in Uniform befanden sich in der Vorhalle. Einer von ihnen bewachte die Eingangstür. Die beiden Türen zum Speisezimmer und zum Vorderzimmer waren geschlossen. Auch die Tür zum Büro war zu. Ich öffnete sie und trat ein. Die Leiche war nicht mehr da. Ein halbes Dutzend Experten von der Kriminalpolizei war noch immer an der Arbeit. Sie schnüffelten überall herum.

Purley Stebbins und ein Beamter von der Staatsanwaltschaft standen am Büfett und bearbeiteten Patrick O'Garro. Das konnte noch Stunden so weitergehen mit diesen Einzelvernehmungen. Fritz saß noch immer an Wolfes Schreibtisch. Ich ging auf ihn zu.

»Netter Abend und nette Gesellschaft, was?«

»Ich bin nicht zum Scherzen aufgelegt, Archie.«

»Ich scherze nie. Ich bin hier, um Sie abzulösen. Sieht mir ganz so aus, als ob nichts für die Bewirtung unserer lieben Gäste vorbereitet wäre. Da müssen Sie wohl in die Küche, Fritz, und ein paar Brote schmieren. Auch ein paar Liter Kaffee könnten nicht schaden. Unten in der Küche werden Sie auf einige seltsame Individuen stoßen. Einfach ignorieren. Sollten sie sich mausig machen, sagen Sie: Bedauere, aber ich handle auftragsgemäß. Mr. Wolfe brauchen Sie nichts hinaufzutragen. Er sitzt in seinem Zimmer und kaut Nägel und will nicht gestört werden.«

Fritz sagte, er würde ihm doch etwas Bier bringen. Ich hatte nichts dagegen, wenn er es riskieren wollte. Dann zog Fritz ab. Was mich betraf, so übernahm ich nun die Wache. Noch war es nicht so weit, Purley zu sagen, daß ich Befehl von Cramer hätte, mich mit der Schreibmaschine an einem anderen sonnigen Plätzchen unseres trauten Heims anzusiedeln, und er möge doch die große Güte haben, mir selbiges zu gestatten. Jedenfalls hatte ich noch keine Lust, die schwere Maschine zwei Stockwerke hinaufzuschleppen. Es war viel interessanter und lehrreicher, gutausgebildeten Experten von der Kriminalpolizei bei der Lösung eines Verbrechens zuzuschauen.

Ich ging an meinen Schreibtisch, schnallte meinen kleinen Schießprügel ab und legte ihn in die Lade, die ich dann zuschloß. Aus einer anderen Schublade holte ich mir ein paar Bogen und etwas Kohlepapier, schob die Schreibmaschine zu Wolfes Schreibtisch hinüber, setzte mich auf seinen Sessel und begann zu tippen.

20

An jenem Dienstag habe ich nur drei Stunden geschlafen. Geweckt wurde ich durch das Klingeln des Telefons. Ich wälzte mich auf die andere Seite, machte die Augen auf. Nach meiner Weckeruhr war es sieben Uhr fünfundzwanzig. Verschlafen angelte ich nach dem Telefonhörer.

»He, was ist los?«

»Guten Morgen, Archie. Können Sie in einer halben Stunde unten sein? Ich frühstücke mit Saul, Fred, Orrie und Bill.«

Ich antwortete Wolfe, ich würde mein Bestes tun. Verärgert kroch ich aus dem Bett. Verärgert ging ich ins Badezimmer. Sonst habe ich meist ein paar Minuten Zeit, um tüchtig zu gähnen.

Genau eine halbe Stunde später war ich unten. Sie saßen alle im Speisezimmer und tranken Kaffee. Ich wünschte allerseits einen guten Morgen. Ehe ich mich's versah, stellte Fritz auch schon ein Glas Orangensaft vor mich hin.

Ich war noch immer verärgert. »Eine schöne Gemeinheit, einen jungen Menschen in den besten Entwicklungsjahren so früh aus dem Bett zu holen.«

Bill Gore lachte. 1948 habe ich mal was Komisches zu ihm gesagt, und seither hat er die Angewohnheit, mich immer anzulachen, wenn ich den Mund aufmache. Bill ist nicht gerade einer der Klügsten. Aber er ist ein zäher Bursche und läßt sich nicht so leicht abwimmeln. Orrie Cather hat ganz bestimmt mehr Grips. Ein brauchbarer Junge, der hin und wieder von uns beschäftigt wird, seit er vor ein paar Jahren den Plan aufgab, mich aus meiner Stellung zu verdrängen. Fred Durkin ist und bleibt Fred Durkin. Er hält Wolfe für ein Wundertier, das jedes Rätsel zu lösen vermag. Saul Panzer bedarf keiner weiteren Einführung mehr.

Nach dem Orangensaft machte ich mich an die Pfannkuchen heran. Während ich mit Behagen Pfannkuchen Nummer eins verzehrte, sagte mir Wolfe, gleich nachdem ich schlafen gegangen sei, habe er Saul und Fred, Bill und Orrie angerufen, denn er habe sich nun einen Plan zurechtgelegt.

»Fein«, sagte ich und schmierte etwas Butter auf Pfannkuchen Nummer eins. »Wir haben also einen Plan. Bezieht er sich nur auf diese Gentlemen hier?«

»Nein«, erwiderte Wolfe, und seine Stimme war voller Schmelz. »Der Plan geht uns alle an. Ich habe unseren Freunden hier alles erklärt, soweit es notwendig war, um sie mit dem Fall vertraut zu machen. Es ist ein Plan der Verzweiflung. Erfolgschancen eins zu zwanzig. Ich habe ihn heute nacht ausgeheckt. Vielleicht taugt er nichts. Doch mir fiel nichts Besseres ein. Wie ihr alle wißt, nahm ich an, daß einer dieser vier Herren – Hansen, Buff, O'Garro oder Heery – Dahlmann umgebracht und sich die Brieftasche angeeignet hat und daß Assa davon wußte oder es zumindest vermutete und deswegen nun seinerseits umgebracht wurde.«

»Das haben Sie ja auch Cramer gesagt.«

»Und nicht nur ihm. Auch mir selbst.«

»Aus welchem Grund soll einer der vier Dahlmann ermordet haben?«

»Weiß ich nicht. Aber wenn er ihn umbrachte, wird er schon ein Motiv gehabt haben. Zur Lösung fehlen also zwei Dinge: erstens das Motiv und zweitens die Feststellung, wer der Täter war. Die Suche nach Motiven bedingt immer lange und mühselige Ermittlungen. Und selbst wenn man Motive findet, hat man seinen Fall noch nicht gelöst. Ich zog es daher vor, mich auf die Person des Täters zu konzentrieren. Wer von den vier konnte für die Täterschaft in Frage kommen? Immer wieder sann ich über jedes einzelne Wort nach, das sie geäußert hatten. Im Gespräch mit Archie. Im Gespräch mit mir. Ich versuchte, mich an ihren Tonfall zu erinnern, an ihre Blicke, an ihre Gesten. Aber ich kam damit nicht weiter. Ich überprüfte nochmals, welche verschiedenen Ermittlungen man möglicherweise anstellen könnte. Aber entweder hatte sie die Polizei bereits angestellt oder stellte sie gerade an. Um fünf Uhr früh blieb von allen Einfällen der Nacht ein einziger Einfall übrig, der mir nicht völlig hoffnungslos erschien. Vielleicht bestand die Möglichkeit, eine zufriedenstellende Antwort auf die Frage zu finden: Wo hat sich der Täter das Gift beschafft?«

Ich war inzwischen bei Pfannkuchen Nummer zwei angelangt. Bei Wolfes Worten fiel mir fast die Gabel aus der Hand. »Du meine Güte«, sagte ich, »das sieht ja schön aus, wenn das Ihr bester Einfall ist. Cramer hat bereits eine ganze Armee von Polizisten mobilisiert. Und wir sind sechs Leute. Amtliche Ausweise haben wir auch nicht. Wenn wir nun ...« Ich brach mitten im Satz ab, da ich seine Augen sah. »Haben Sie eine bestimmte Spur?«

»Vielleicht keine Spur. Doch einen Strohhalm, nach dem man greifen kann. Läßt sich vielleicht die Vermutung rechtfertigen, daß der Entschluß, Mr. Assa umzubringen, erst gestern nachmittag gefaßt wurde? Die Teilnehmer am Preisausschreiben hatten mit der Post die Zettel mit den Lösungen erhalten. Dadurch hatte sich die Lage wesentlich verändert. Sollte diese Veränderung der Lage den Entschluß zur Ermordung von Mr. Assa bedingt haben? Verschiedene Umstände deuten darauf hin, daß ...«

»Sie können sich die Begründung im einzelnen schenken. Ich habe mir darüber auch schon den Kopf zerbrochen. Ich bin da ganz Ihrer Ansicht.«

»Irgendwann gestern nachmittag – und nicht früher – beschloß der Täter dann, Mr. Assa zu ermorden. Er verfiel auf den Gedanken, Zyankali zu benutzen. Wo, zum Teufel, bekam er aber das Zyankali her?«

»Tja ... das ist so'ne Sache. Wenn wir das wüßten ...«

»Überlegen wir mal. Wählte er Zyankali, weil er wußte, daß es ein rasch wirkendes Gift ist? Ging er nun los, um sich irgendwo Zyankali zu kaufen? Wohl kaum. Natürlich hätte er sich's leicht beschaffen können, etwa in einem Fotogeschäft. Aber er war kein Narr. Nein, er wußte genau, wie und wo er sich Zyankali beschaffen konnte, ohne daß er dabei beobachtet wurde. Wo? Da gibt es natürlich wieder tausend Möglichkeiten. Es kann durchaus sein, daß er eine dieser tausend Möglichkeiten für seine Zwecke wählte. Ich bin der Sache nicht weiter nachgegangen, denn, wie ich so nachdachte, sah ich eine dieser Möglichkeiten deutlich vor mir. Oder genauer gesagt, ich sah sie nicht. Sie, Archie, haben sie vor sich gesehen.«

»Bitte, was sagen Sie da?« Fast hätte ich meinen Kaffee verschüttet. »Ich? Ich soll was gesehen haben?«

»Ja.«

»Und es Ihnen berichtet haben?«

»Ja.«

»Na also. Das ist wirklich interessant.« Nach bewährtem Muster schloß ich meine Augen, machte sie dann wieder auf. Plötzlich knallte ich mit der Faust auf den Tisch, daß Pfannkuchen Nummer drei in die Höhe schnellte. »Ach du grüne Neune. Jetzt geht mir ein Licht auf. Die Schaukästen im Büro von LBA. Ich hätte sicher auch daran gedacht, wenn ich die ganze Nacht wach geblieben wäre wie Sie. Aber ich kann mich nicht erinnern, daß ich da auch Zyankali sah.«

»Sie haben nicht danach Ausschau gehalten. Sie erzählten mir aber, daß es sich um an die tausend Artikel gehandelt habe. Wir werden uns nun mal die Schaukästen etwas näher betrachten.«

»Nachdem das Zyankali verschwunden ist? Wenn er's weggenommen hat, ist es nicht mehr da.«

»Es gibt für uns zwei Möglichkeiten. Entweder finden wir die Lücke, wo es früher stand – oder wir finden sie nicht. Bestimmt ist eine Liste vorhanden, die ganz genau alle Artikel in den Schaukästen registriert. Es besteht also keine Notwendigkeit, vor Bürobeginn zu LBA zu gehen. Wir haben reichlich Zeit. Und nun zu den Einzelheiten. Ich werde mitkommen, aber ihr müßt wissen, was ich für alle Fälle geplant habe.«

Er gab uns dann die nötigen Verhaltensmaßregeln.

Wer nun glaubt, daß Wolfe eine seiner heiligsten Regeln durchbrach, die Regel, niemals seine Wohnung in beruflichen Angelegenheiten zu verlassen, der ist auf dem Holzweg. Hier ging es um mehr als nur Berufliches. Er hatte es auf den Mann abgesehen, der seine Gastfreundschaft verletzt hatte. Das war unverzeihlich. Er hatte es auf den Mann abgesehen, dessentwegen er sich vor Cramer hatte demütigen müssen. Das war eine Schmach, die gesühnt werden mußte.

Es war eine Minute vor halb zehn, als wir sechs den Fahrstuhl des Wolkenkratzers betraten, in dem sich das Büro von LBA befand. Wir stiegen im zweiundzwanzigsten Stock aus, und siehe da – saß meine hübsche Brünette an ihrem Empfangstisch.

Ich wünschte ihr einen guten Morgen. »Verzeihen Sie, wenn wir jetzt eine kleine Störung verursachen werden. Aber wir haben hier etwas zu erledigen. Darf ich vorstellen ... dieser Herr hier ist Nero Wolfe.«

Wolfe, der neben mir stand, nickte. »Ja, wir müssen jetzt eine Durchsicht der Schaukästen vornehmen. Der Tod von Mr. Assa ... Sie sind darüber ja sicher schon informiert.«

»Ja ... ich habe ... ich habe schon davon erfahren.«

»Wir müssen uns daher unverzüglich an die Arbeit machen.«

Unser kleiner Spähtrupp verlor keine Zeit. Saul Panzer trat an einen Schaukasten heran, der an der linken Wand stand, entfernte die Glasscheibe und machte sich Notizen. Fred Durkin tat das gleiche mit einem Kasten an der rechten Wand. Den Rest besorgten Bill und Orrie. Mir fiel ein Stein vom Herzen, als ich sah, daß die Kästen mühelos geöffnet werden konnten. Ich hatte bei meinem früheren Besuch keine Schlösser entdeckt. Doch man weiß ja nie. Es hätte ebensogut auch einen Trickverschluß geben können. Auf alle Fälle hatten wir eine kleine Musterkollektion von Schlüsseln mitgebracht. Aber es hätte unsere Arbeit unnötig erschwert und verzögert, wenn wir erst alle Schlüssel hätten ausprobieren müssen.

»Ich weiß nichts von dieser Kontrolle«, sagte die Brünette. »Wer hat Ihnen den Auftrag erteilt?«

»Die Bestandsaufnahme erfolgt im Rahmen eines Auftrags, den mir die Herren Buff, O'Garro und Assa am vorigen Mittwoch erteilt haben. Falls Sie weitere Auskünfte wünschen, verweise ich Sie an diese Herren. Archie, folgen Sie mir.«

Wir gingen auf die Schaukästen an der rechten Wand zu, die den Fahrstühlen am nächsten waren. Als wir näher kamen, entfernte sich Fred, um Saul zu helfen. Das war alles planmäßig, wie wir es beim Frühstück festgelegt hatten. Ich machte mir gar nicht erst die Mühe, mein Notizbuch hervorzuholen, denn ich wollte beide Hände frei haben, falls es was zu verschieben geben sollte. Beim ersten Schaukasten gab's aber nichts zum Verschieben. Sein Inhalt bestand aus dem Bild eines Ozeandampfers, aus einigen Miniatursäcken mit Düngemitteln, einigen Zigarettenschachteln, einem Staubsauger und einigen anderen Gegenständen. Auch das untere Fach des zweiten Schaukastens enthielt nichts, was uns interessierte. Da war ein Außenbordmotor. Daneben Seifen und Waschmittel, einige Konserven, Bier in Flaschen und Dosen. Interessanter war das Fach darüber. Es enthielt eine Reihe von Gegenständen in Pappkartons. Es war zwar nicht gerade wahrscheinlich, daß man Zyankali unmittelbar neben Haferflocken, Backpulver und Nudeln ausgestellt hatte. Aber wir hatten ein striktes Arbeitsprogramm. Jede Packung mußte auf ihren Inhalt geprüft werden. Ich war gerade damit beschäftigt. Wolfe stand hinter mir. Auf einmal hörte ich eine herrische Stimme.

»Sind Sie Nero Wolfe? Was geht hier vor?«

Ich drehte mich um. Ein baumlanger Kerl mit einer Boxervisage hatte sich vor Wolfe aufgepflanzt. Da er nicht mit dem Fahrstuhl gekommen war, mußte er wohl aus einem der Büroräume aufgetaucht sein. Sicher hatte ihn die Empfangsdame herbeigerufen.

»Ich habe der Dame am Empfangstisch bereits alles erklärt«, sagte Wolfe.

»Ich weiß, daß Sie mit ihr gesprochen haben. Doch da scheint was nicht zu stimmen. Lassen Sie die Schaukästen in Ruhe. Warten Sie hier, bis ich mich erkundigt habe.«

Wolfe schüttelte den Kopf. »Es tut mir leid, Mister ...«

»Falk ist mein Name.«

»Es tut mir leid, Mr. Falk, daß wir Ihrem Wunsch nicht entsprechen können. Ich wurde von Mr. Buff und Mr. O'Garro engagiert. Und auch von Mr. Assa, der jetzt leider verstorben ist. Wir haben mit unserer Arbeit angefangen. Wir werden sie auch zu Ende führen. Ich würde Ihnen erstens raten, einen anderen Ton anzuschlagen – und zweitens, mit Mr. Buff oder Mr. O'Garro zu sprechen. Wo sind die Herren?«

»Nicht da.«

»Sie müssen wissen, wo sie sich befinden. Rufen Sie sie an.«

»Das werde ich tun. Aber inzwischen Hände weg von den Schaukästen.«

»Bedaure«, sagte Wolfe, ohne die Ruhe zu verlieren. »Ich habe durchaus Verständnis für Ihren Gemütszustand, Mr. Falk. Nach den Ereignissen der vergangenen Nacht kann man sich nicht wundern, wenn Sie jetzt etwas durcheinander sind. Aber bitte merken Sie sich eines, Mr. Falk: Ich bin kein Bandit, kein Einbrecher. Diese Herren hier arbeiten in meinem Auftrag. Es wird Ihnen sicher keine Mühe machen, Mr. Buff oder Mr. O'Garro telefonisch zu erreichen. Bitte, tun Sie das. Ich habe nichts dagegen.«

Man erkennt einen guten Angestellten daran, wieviel Zeit er benötigt, um zu begreifen, daß er bei einer Auseinandersetzung den kürzeren gezogen hat. Falk war zweifellos ein guter Angestellter. Er machte sofort kehrt und ging auf eine Tür zu, die zu den inneren Büroräumen führte. Wolfe und ich nahmen unsere Untersuchung der verschiedenen Packungen mit Nudeln, Haferflocken und so weiter wieder auf. Dann kam das nächste Fach an die Reihe: Malfarben in Eimern und Dosen, elektrische Bügeleisen und ähnliche nützliche Dinge.

In der nächsten halben Stunde kamen etwa acht oder neun Leute mit dem Fahrstuhl nach oben. Die meisten entfernten sich nach kurzer Zeit und fuhren wieder mit dem Fahrstuhl nach unten. Niemand störte uns. Alles in allem hätten wir kaum unter besseren Bedingungen arbeiten können. Einen Augenblick sah es so aus, als ob Wolfe und ich auf der richtigen Spur wären, als wir zu den Mustern von Jonas Hibben & Co. kamen, einer Firma, die pharmazeutische Produkte herstellte. Aber alles schien intakt zu sein. Nirgends war eine Lücke. Wir entdeckten keine Schachtel oder Flasche, aus der jemand eine Dosis Zyankali entfernt haben konnte. Schließlich gaben wir die Untersuchung dieser Muster auf und wandten uns dem letzten Schaukasten an dieser Wand zu. Auf einmal rief uns Saul zu, wir sollten doch mal zu ihm 'rüberkommen. Gemeinsam mit Fred stand er vor einem Schaukasten und blickte intensiv auf das zweite Fach.

Die Aufschrift besagte: Erzeugnisse der Allcoran Laboratories Corp. Man sah ein paar Dutzend große und kleine Schachteln, die kleinen standen vorn und die großen hinten. Außerdem gab's da noch drei Reihen von Flaschen. Alle braun. Alle von gleicher Größe, Fassungsraum etwa ein halber Liter.

Saul sagte: »Mittlere Reihe. Vierte Flasche von links. Sie müssen die davorstehende Flasche etwas beiseite schieben, wenn Sie das Etikett sehen wollen.«

Wolfe trat näher heran. Statt die vordere Flasche wegzuschieben, hob er sie mit Daumen und Zeigefinger hoch, um einen klaren Blick zu gewinnen. Ich sah ihm über die Schulter. Oben auf dem Etikett stand in großen schwarzen Lettern: KCN. Darunter in großen roten Lettern: GIFT! Was dazwischen stand, war zu klein gedruckt, als daß man es über Wolfes Schulter hinweg hätte entziffern können. In der Flasche befand sich irgend etwas Weißes. Sie war fast bis zum Hals gefüllt.

»Glück muß der Mensch haben«, sagte ich.

Wolfe wandte sich an Saul. »Haben Sie die Flasche angefaßt?« Natürlich wußte er ganz genau, daß Saul das nicht getan hatte, denn wir hatten strikte Weisung, nichts zu berühren, ehe wir nicht wußten, was es war – oder sagen wir lieber: ehe wir nicht wußten, daß es sich dabei nicht um den gesuchten Gegenstand handelte. Saul verneinte die Frage von Wolfe, der nun Bill und Orrie bat, ein paar Stühle herbeizuschaffen. Auch Saul und Fred holten zwei Sitzgelegenheiten. Die vier Stühle wurden nun in einer Reihe vor dem Schaukasten aufgestellt, und zwar mit dem Rücken zum Kasten, so daß man sitzenderweise den Raum und die Fahrstuhltüren überschauen konnte. Ich glaube, in der ganzen Geschichte der Menschheit ist noch nie eine Flasche Gift so sorgsam behütet worden.

Da saßen sie und warteten. Das war das Bild, das sich Oliver Buff, Patrick O'Garro, Rudolph Hansen und Talbot Heery bot, als sie aus dem Fahrstuhl in den Empfangsraum traten.

»Guten Morgen, meine Herren!« begrüßte sie Wolfe, und seine Stimme klang so zischend und unheildrohend, wie ich es noch nie von ihm gehört hatte.

Die vier Gentlemen kamen auf uns zu.

21

Alle vier machten einen höchst deprimierten Eindruck. Wahrscheinlich hatten sie eine unangenehme, schlaflose Nacht hinter sich. Vielleicht waren sie überhaupt nicht ins Bett gekommen. Nicht einmal unser Anblick schien sie aufzumuntern und zu erheitern. Drei von ihnen, und zwar Buff, O'Garro und Hansen, sprachen zur gleichen Zeit. Sie wollten wissen, warum und wieso und aus welchem Grund wir uns hier befänden. Sie sprachen laut und erregt, ohne Rücksicht auf einen Kunden zu nehmen, der in einer anderen Ecke saß.

Wolfe wurde durch die vielen Fragen nicht liebenswürdiger. »Meine Herren«, sagte er, »ich glaube, es wäre das Beste, wenn wir uns in einen Raum zurückziehen, wo wir ungestört sprechen können. Es gibt gewisse Dinge, die man nicht in aller Öffentlichkeit erörtern kann.«

»Können Sie uns sagen, wer diese Leute sind?« fragte Buff.

»Diese Herren, die Sie als Leute bezeichnen«, sagte Wolfe, »arbeiten für die Firma Lippert, Buff und Assa. Sie sind von mir engagiert worden. Ich habe sie beauftragt . . .«

»Ich verlange, daß sich diese Leute, die Sie als Herren bezeichnen, sofort entfernen.«

»Nein! Diese Herren haben hier einen Auftrag von mir zu erfüllen. Sie haben einen Gegenstand zu bewachen, der sich hier in diesem Schaukasten befindet. Ich werde in Kürze die Polizei anrufen, damit sie herkommt und diesen Gegenstand in Verwahrung nimmt. Bis dahin bleiben diese Herren hier. Verstanden? Alle vier sind bewaffnet. Ich kann daher . . .«

»Zum Teufel auch, was soll dieser Unsinn?« platzte O'Garro heraus. Aber Hansen packte ihn am Arm und sagte: »Kommen Sie, gehen wir hinein.« Buff schien einen leichten Erstickungsanfall zu haben, beherrschte sich dann aber doch und ging auf die Tür zu, die zu den inneren Büroräumen führte. O'Garro und Rechtsanwalt Hansen folgten ihm. Hinter den dreien ging Heery, Wolfe und ich durch die Tür. Unsere vier Schildwachen blieben zurück.

Das Konferenzzimmer sah diesmal viel manierlicher aus als bei meinem ersten Besuch. Kaum war die Tür geschlossen, da wollte O'Garro wieder loslegen. Aber Hansen packte ihn abermals beim Arm und zwang ihn, sich hinzusetzen. Wir nahmen nun alle Platz.

»Was ist das für ein Gegenstand im Schaukasten?« fragte O'Garro, kaum daß Wolfe sich niedergelassen hatte. »Was soll dieser Unsinn?«

»Es dürfte sich empfehlen«, sagte Wolfe, nicht gerade zischend, doch noch immer drohend, »es dürfte sich empfehlen, wenn ich Ihnen zunächst mal die Lage schildere. Wir können dann . . .«

»Die Lage ist uns bekannt«, warf Hansen ein. »Wir möchten wissen, was Sie hier treiben.«

»Ach so«, meinte Wolfe, »das möchten Sie wissen? Die Frage läßt sich leicht beantworten. Ich will in Erfahrung bringen, wer von Ihnen Louis Dahlmann getötet und dann die Brieftasche an sich genommen hat – und natürlich auch, wer der Mörder von Vernon Assa ist.«

Drei Augenpaare begnügten sich damit, Wolfe fassungslos anzustarren. Nur Talbot Heery blickte so gelassen drein wie immer. »Ist das alles?« fragte er mit einem Anflug von Ironie.

Ehe Wolfe noch darauf eingehen konnte, sprach Hansen schon wieder. »Ich möchte Ihnen dringend empfehlen, Mr. Wolfe, sich etwas vorsichtiger auszudrücken – und auch vorsichtiger zu handeln. Es könnte Ihnen sonst leicht Ihre Konzession kosten. Verstehen Sie mich? Und nicht nur Ihre Konzession. Auch Ihren Ruf. Worum geht es hier? Was ist das für ein geheimnisvoller Gegenstand, der sich da draußen im Schaukasten befinden soll?«

»Eine Flasche mit Zyankali. Die Flasche gehört zu den Ausstellungsprodukten der Allcoran Laboratories Corp. Die Flasche war ursprünglich oben versiegelt. Das Siegel ist aufgebrochen worden. Mit an Sicherheit grenzender Wahrscheinlichkeit ist anzunehmen, daß etwas aus der Flasche entfernt wurde. Ob das tatsächlich der Fall ist, wird sich bei näherer Untersuchung genau feststellen lassen.«

»Und die Flasche befindet sich hier in einem der Schaukästen?« Hansen schien es einfach nicht fassen zu können.

»Jawohl.«

»Ein tödliches Gift? Und man hat es nicht unter Verschluß gehalten?«

»Bitte, Mr. Hansen, regen Sie sich nicht auf. Sie wissen ebensogut wie ich, daß es unzählige Gifte gibt, die nicht unter besonderem Verschluß gehalten werden. Man kann sie überall kaufen. Dazu gehört auch Zyankali. Das wissen Sie ganz genau. Aber wenn Ihnen daran gelegen ist, daß Ihre Verwunderung über diese öffentliche Schaustellung von Zyankali aktenkundig wird, so können wir das zu Protokoll nehmen. Soll ich die anderen Herren fragen, ob sie darüber ebenfalls erstaunt sind?«

»Nein ...« Hansen wandte sich an seine Mandanten, Buff und O'Garro. »Hören Sie, ich kann Ihnen als Ihr Rechtsberater nur einen Rat geben: Geben Sie keine Antwort. Dieser Mann ist gefährlich.«

Wolfe errötete sanft, wie er das immer tut, wenn man ihm unerwartet ein Kompliment macht. »Um so besser. Das wird die Sache nur beschleunigen. Ich werde die Polizei möglichst bald über diese Flasche Gift informieren müssen. Je weniger Sie mich unterbrechen, desto rascher werden wir die Sache erledigen können. Aber wenn Sie es prinzipiell ablehnen, überhaupt etwas zu sagen, dann kann ich mir natürlich alle weiteren Ausführungen schenken. Dann ist es besser, wenn ich die Polizei sofort anrufe. Es gibt nur ein paar Punkte, über die ich nähere Aufklärung wünsche. Sie, Mr. Buff, und Sie, Mr. O'Garro, waren doch sicher gestern nachmittag hier im Büro. Und Sie, Mr. Hansen? Waren Sie auch hier?«

»Ja.«

»Und wann?«

»Es dürfte so von vier bis kurz nach sechs gewesen sein.«

»Und Sie, Mr. Heery?«

»Ich war zweimal hier. Kurz vor dem Mittagessen für ein paar Minuten. Dann nochmals am Nachmittag für eine halbe Stunde. Das muß so um halb fünf herum gewesen sein.«

»Wirklich Pech«, sagte Wolfe. Er stützte seine Hände auf die schön polierte Mahagoniplatte des Tisches, auf der diesmal kein Stäubchen zu sehen war – keine Asche und keine Zigarrenstummel. »Ich will mich so kurz wie möglich fassen. Wenn ich mit meinen Ausführungen fertig bin, können wir uns immer noch überlegen, ob ich mich gegen die beleidigenden Äußerungen von Mr. Hansen zu verteidigen habe oder nicht. Also hören Sie bitte genau zu, meine Herren. Bis zu dem Augenblick, da Mr. Assa in meinem Büro zusammenbrach, das heißt bis gestern abend, kümmerte ich mich nur um den mir erteilten Auftrag – und dazu gehörte nicht die Aufdeckung eines Mordfalles. Ich hatte Inspektor Cramer nur deswegen eingeladen, weil ich mit Entwicklungen rechnete, die sowohl die Teilnehmer am Preisausschreiben als auch Sie, meine Herren, von jedem Verdacht befreien würden. Und das war ja immerhin ein recht erstrebenswertes Ziel. Es ging mir zunächst darum, den Teilnehmern am Preisausschreiben klarzumachen, daß der Wettbewerb mit den bisherigen Versen nicht mehr fortgesetzt werden könnte, da sie ja die Lösungen mit der Post zugeschickt erhalten hatten. Ich wollte sie dazu bewegen, sich damit einverstanden zu erklären, daß nunmehr neue Versaufgaben an die Stelle der alten treten müßten.«

»Das behaupten Sie jetzt«, erklärte Hansen, der noch immer den ungläubigen Thomas spielte.

»Nein, Mr. Hansen. Ich habe sogar Beweise dafür, daß dies ursprünglich meine Absicht war. Ich war fest davon überzeugt, daß es mir gelingen würde, die Teilnehmer am Preisausschreiben zu überzeugen. Sie hatten ja auch keine andere Wahl. Dann wollte ich mich gestern abend etwas näher mit Ihnen befassen, ich meine mit den jetzt anwesenden Herrschaften. Ich gebe allerdings zu, daß ich mir über die Art und Weise, wie das geschehen sollte, nicht recht klar war – nicht recht klar bis gestern abend um sieben, als plötzlich Mr. Assa in meinem Büro erschien ... Wußten Sie übrigens, Mr. Hansen, daß mich Mr. Assa gestern abend um diese Zeit aufsuchte?«

»Nein. Ich weiß es auch jetzt noch nicht.«

»Wußten Sie es, Mr. Buff?«

»Nein.«

»Und Sie, Mr. O'Garro?«

»Nein.«

»Und Sie, Mr. Heery?«

»Ich wußte es nicht.«

Wolfe nickte. »Einer von Ihnen lügt. Und das ist gut so. Vielleicht hilft uns das. Also, Mr. Assa suchte mich auf. Wir unterhielten uns. Mr. Goodwin war zugegen und hat einen ausführlichen Bericht über dieses Gespräch für Inspektor Cramer angefertigt. Mr. Goodwin könnte Ihnen jetzt mitteilen, was wir besprochen haben, Wort für Wort. Mr. Goodwin verfügt über ein ausgezeichnetes Gedächtnis. Doch das würde uns unnötig lange aufhalten. Ich will also den Inhalt des Gesprächs kurz zusammenfassen. Mr. Assa erklärte, er spreche nur für sich, nicht namens und im Auftrag der Firma. Weiter sagte er, er habe seine Partner nicht verständigt. Er gratulierte mir zu meinem Genieblitz, das war der Ausdruck, den er gebrauchte, zu meinem Genieblitz, den Teilnehmern am Preisausschreiben die Lösungen zugeschickt zu haben. Dadurch hätte ich das Preisausschreiben gerettet. Er sagte, er sei bereit, eine persönliche Bürgschaft dafür zu übernehmen, daß ich mein Honorar in voller Höhe erhalten würde. Er trank dann ein Glas Pernod, dann noch ein zweites. Zu Beginn unseres Gesprächs bat er mich, die für den Abend angesetzte Zusammenkunft abzusagen. Diese Bitte wiederholte er, ehe er fortging. Ich habe ihm erklärt, daß ich seinen Wunsch leider nicht erfüllen könnte. Im übrigen habe ich bestritten, daß ich es war, der die Lösungen an die Teilnehmer des Preisausschreibens verschickt hatte. Er verließ mein Büro ziemlich erregt.«

Wolfe holte tief Atem. »Mehr brauchte ich nicht. Die absolute Gewißheit, mit der Mr. Assa annahm, daß ich die Lösungen versandt hatte, war natürlich gespielt. Daraus war nur ein Schluß zu ziehen: Er hatte die Lösungen selbst versandt, nachdem er sie sich aus der Brieftasche von Dahlmann verschafft hatte – oder zumindest wußte er ganz genau, wer das getan hatte. Letztere Alternative erschien mir sogar wahrscheinlicher. Jetzt war ich mir auch darüber klar, wie ich bei Ihnen, meine Herrschaften, vorzugehen hatte. Wie gesagt, zunächst hätte ich mit den Teilnehmern am Preisausschreiben gesprochen. Nach ihrem Fortgang hätte ich mich mit Mr. Assa und mit Ihnen befaßt, und zwar in Gegenwart von Mr. Cramer. Ich nahm nicht an, daß Mr. Assa der Mörder von Dahlmann war. Im Gegenteil, ich war überzeugt, daß er dieses Verbrechen nicht begangen hatte, da er es sonst wohl kaum gewagt hätte, aus freien

Stücken und allein zu mir ins Büro zu kommen. Meine Vermutung war, daß er in die Wohnung von Dahlmann gegangen war, ihn dort tot aufgefunden und dann die Brieftasche an sich genommen hatte – eine Hypothese übrigens, die auch Inspektor Cramer für möglich hielt. Wenn sich nun die Sache wirklich so abgespielt hatte, dann mußte man Mr. Cramer Mitteilung davon machen. Je eher, desto besser. Nicht nur, damit die Gerechtigkeit ihren Lauf nehmen konnte, nein, auch im Interesse meiner Klienten, das heißt der Firma Lippert, Buff und Assa. Diese Aufklärung des Sachverhalts mußte notgedrungen für Mr. Assa sehr peinlich sein. Allen anderen Beteiligten war aber damit gedient. Die Teilnehmer am Preisausschreiben wären durch diese Enthüllung aus der Gruppe der Verdächtigen ausgeschieden – und auch, was Sie betrifft, meine Herren, hätte diese Aufdeckung des Sachverhalts zu einer Abschwächung der gegen Sie vorliegenden Verdachtsmomente geführt. Es war daher mein Plan, Ihnen die Situation vor Augen zu führen. Ich wollte, daß Sie mir dabei halfen, auf Mr. Assa Druck auszuüben. Ich war fest davon überzeugt, daß ich mit meinem Plan Erfolg haben würde.«

Wolfe holte wieder tief Atem. »Wie Sie sicher bereits bemerkt haben, handelt es sich hierbei um das Eingeständnis eines fast schon monumentalen Irrtums. Ja, meine Herren, ich habe mich geirrt. Ich hatte die Möglichkeit nicht genügend erwogen, daß Mr. Assa vielleicht auch nur das Opfer einer Täuschung war. Nun mache ich mir natürlich die größten Vorwürfe. Hätte ich allerdings gestern abend um neun ganz genau gewußt, was noch alles . . .«

»An Ihren Selbstvorwürfen sind wir nicht interessiert«, fiel ihm Hansen mit schneidender Stimme ins Wort. »Sagen Sie uns lieber, inwiefern wurde Assa getäuscht?«

»Mag sein, daß er sich selber täuschte. Mag sein, daß er es für bare Münze nahm, als ihm jemand sagte, er sei bei Dahlmann in der Wohnung gewesen, habe ihn dort aufgefunden und dann die Brieftasche an sich genommen. Immerhin bestand ja die Möglichkeit, daß die Person, die ihm diese Mitteilung machte, Dahlmann ermordet hatte. Daran hätte Mr. Assa denken können. Er tat es aber nicht . . .«

»Augenblick mal«, warf Heery ein. »Sie haben doch selbst angenommen, daß Assa es war, der die Brieftasche entwendet hatte.«

»Ich sagte ja schon, daß ich mich geirrt habe. Wie oft soll ich das noch wiederholen? Es fiel mir wie Schuppen von den Augen, als Assa plötzlich starb. Jetzt war alles klar. Jetzt wußte ich genau, wie sich alles abgespielt hatte. Nur noch ein Punkt war ungeklärt. Noch wußte ich nicht, wer von Ihnen, meine Herren, dafür verantwortlich war.«

O'Garro unterbrach ihn. »Sie sagten eben: ›Jetzt war alles klar.‹ Was war klar?«

»Dann muß ich mich etwas ausführlicher äußern.« Wolfe lehnte sich ein wenig zurück. »Auf irgendeine Weise erfuhr Assa gestern nachmittag, daß einer von Ihnen im Besitz von Dahlmanns Brieftasche war. Ob er es durch Zufall oder sonstwie erfuhr, darauf kommt es nicht an. Er erfuhr es jedenfalls und stellte Sie, meine Herren, daraufhin zur Rede. Sie ...«

Nun hielt es Heery wieder einmal für geboten, eine kleine Zwischenbemerkung zu machen. »Eben sagten Sie doch noch, Sie vermuteten, daß Assa die Brieftasche an sich genommen hatte. Und man hat dann die Brieftasche ja auch bei ihm gefunden.«

»Pfui«, sagte Wolfe – und wenn er pfui sagt, so ist das immer ein schlechtes Zeichen. »Wenn Assa die Brieftasche nahm, wer hat ihn dann ermordet? Und warum hat man ihn dann ermordet? Sein Tod hat alle bisherigen Hypothesen über den Haufen geworfen. Auch meine eigenen Annahmen. Assa hat Sie gestern zur Rede gestellt, nachdem er erfahren hatte, daß sich einer von Ihnen im Besitz der Brieftasche befand. Der Betreffende sagte ihm, jawohl, er sei an jenem Abend zu Dahlmann in die Wohnung gegangen, habe ihn dort tot aufgefunden und dann die Brieftasche an sich genommen. Assa hat das geglaubt. Entweder redete nun der Betreffende, wie ich ihn vorläufig noch nennen möchte, Assa ein, er habe die Lösung an die Teilnehmer des Preisausschreibens gesandt – oder aber er leugnete es. Dann hat der Betreffende mit Assa besprochen, was nun zu tun sei – oder vielleicht hat man es auch nicht besprochen. Mag sein, daß Mr. Assa die Überlegungen allein anstellte und dann seine eigenen Pläne machte. Auf alle Fälle wäre es ganz interessant zu erfahren, ob er darauf bestand, nunmehr die Brieftasche an sich zu nehmen, oder ob das auf den ausdrücklichen Wunsch des Betreffenden geschah. Ich wollte, ich wüßte es. Dann würde ich auch genau wissen, wer der Betreffende war.«

Wolfes Stimme wurde immer schärfer. »Gleichviel, ob Sie nun wußten, daß er mich aufsuchen würde, oder nicht, das Resultat der Unterredung mit mir war Ihnen jedenfalls bekannt, und wenn ich ›Ihnen‹ sage, so meine ich damit den Betreffenden. Diesem Betreffenden sagte Assa, ich hätte es abgelehnt, die für den Abend angesetzte Zusammenkunft abzusagen, und es sei daher notwendig, daß er und der Betreffende abends bei mir erscheinen. Und damit kommen wir nun zu einem interessanten Punkt. War es dieser Bericht über die Unterredung mit mir, der den Betreffenden so alarmierte, daß er den Beschluß faßte, Assa zu ermorden, dann muß es nach sieben Uhr gewesen sein, als er sich das Gift aus dem Schaukasten holte. Hatte er diesen Beschluß schon vorher gefaßt, so hätte er sich das Gift schon früher beschafft, das heißt vor sieben Uhr. Aber ich glaube nicht, daß das der Fall war. Es war sicher der Bericht über die Unterredung mit mir, der die weitere Entwicklung auslöste. Zunächst war der Betreffende recht befriedigt. Assa hatte also nicht den leisesten Verdacht, daß er es gewesen war, der Dahlmann ermordet hatte. Aber diese Befriedigung hielt nicht lange an. Bald bekam er es mit der Angst zu tun. Sollte ein solcher Verdacht doch noch in Assa aufsteigen? Oder verdächtigte ihn Assa bereits? Und die Angst ließ ihn nicht mehr los. Vielleicht war ich es, der ihn verdächtigte. Und wenn ich es nicht war, vielleicht hatte die Polizei schon Lunte gerochen. Als Assa dem Betreffenden sagte, er habe mich nicht zur Absage der Zusammenkunft überreden können, da wurde die Angst zur völligen Fassungslosigkeit. Todesschrecken ergriff den Betreffenden. Und das war der Augenblick, da er den Beschluß faßte, Assa zu ermorden. Deshalb ...«

Hansen unterbrach ihn schroff. »Glatter Unsinn, reine Spekulation. Haben Sie auch nur den geringsten Beweis, um diese wilden Behauptungen zu erhärten?«

»Mein Beweis steht draußen«, sagte Wolfe und zeigte mit dem Daumen über seine Schulter hinweg. »Der Beweis würde noch eindeutiger sein, wenn sich auf der Flasche identifizierbare Fingerabdrücke befinden sollten. Doch ich bezweifle, daß der Betreffende derart von Sinnen war, daß er alle Vorsichtsmaßnahmen unterließ. Und nun möchte ich eine Frage an Sie stellen, meine Herren. Mr. Assa verließ mein Büro gestern abend zehn Minuten nach sieben. Wer befand sich zu dieser Zeit hier im Büro von LBA? Waren Sie hier, Mr. Hansen?«

»Nein. Das habe ich Ihnen ja schon gesagt. Ich war hier von vier Uhr an. Vor halb sieben bin ich weggegangen.«

»Und Sie, Mr. Heery?«

»Nein. Ich sagte Ihnen ja schon, wann ich hier war.«

»Mr. O'Garro?«

Hansen mischte sich ein. »Antworten Sie nicht, Mr. O'Garro. Wir haben es hier mit einem gefährlichen Burschen zu tun.«

Wolfe errötete wieder sanft, was aber keinerlei Einfluß auf seine

Stimme hatte. »Bitte, Mr. O'Garro, wenn Sie sich über etwas ausschweigen wollen, was sich so leicht feststellen läßt ... Von mir aus ... ich werde Sie nicht weiter drängen.«

O'Garro war jetzt ganz ruhig und gefaßt. Seine frühere Erregung war wie weggeblasen. Er sah Wolfe fest ins Auge. »Ich bin dafür«, sagte er, »daß es jetzt zwischen uns zu einer offenen Aussprache kommt. Ich war gestern den ganzen Nachmittag über im Büro. Ich habe während dieser Zeit mehrfach mit Assa gesprochen, doch immer nur in Gegenwart anderer Personen. Etwa um halb acht haben Buff und ich dann gemeinsam das Büro verlassen. Wir haben uns später mit Assa in einem Restaurant getroffen und eine Kleinigkeit gegessen. Von dem Restaurant aus sind wir zu Ihnen gegangen ... das heißt Buff und ich. Assa hatte noch etwas zu erledigen und kam allein nach.«

»Was hatte er noch zu erledigen?«

»Weiß ich nicht. Er hat nichts darüber gesagt.«

»Was hat er Ihnen im Restaurant über den Besuch bei mir erzählt?«

»Nichts. Er hat diesen Besuch überhaupt nicht erwähnt. Ich habe davon erst jetzt erfahren. Durch Sie, Mr. Wolfe.«

»Wann haben Sie die Verabredung mit ihm getroffen, sich im Restaurant zu treffen?«

»Ich habe sie nicht getroffen.«

»Wer denn?«

O'Garro machte einige ruckweise Bewegungen mit seinem Unterkiefer. Er schwieg. Endlich sagte er: »Zu diesem Punkt möchte ich mich nicht äußern.«

»Eben sagten Sie doch noch, Sie seien dafür, daß es jetzt zu einer offenen Aussprache kommt.«

Hansen griff wieder ein. »Ich ermahne Sie nochmals, Mr. O'Garro. Ich spreche zu Ihnen als Ihr Rechtsberater. Beantworten Sie keine weiteren Fragen mehr. Und das gilt auch für Sie, Mr. Buff. Dieser Mann hier war in einer vertraulichen Angelegenheit von Ihnen engagiert worden. Er hat das in ihn gesetzte Vertrauen schändlich mißbraucht. Jetzt will er Sie durch seine Fragen belasten. Antworten Sie ihm nicht!« Dann wandte er sich an Wolfe: »Haben Sie uns sonst noch etwas mitzuteilen?«

Wolfe nahm keine Notiz von ihm. Sein Blick war jetzt auf Buff gerichtet. »Gott sei Dank, Mr. Buff, kann ich mir die Mühe sparen, Sie zu bitten, der Weisung Ihres Anwalts nicht Folge zu leisten. Mr. O'Garro hat mir diese Mühe abgenommen, indem er mir mitteilte, daß Sie sich gestern bis etwa halb acht Uhr hier in den Geschäftsräumen von LBA befanden. Ich bestreite, daß ich einen Vertrauensbruch begangen habe. Mein Klient ist die Firma Lippert, Buff und Assa. Bis zum Tode von Mr. Assa habe ich mich nach besten Kräften bemüht, den mir erteilten Auftrag auszuführen. Ja, ich tue das auch jetzt noch. Doch die Umstände haben sich geändert. Die Frage lautet nun: Wie kann ich unter den Umständen, die jetzt vorliegen, dieser Firma am besten dienen? Wie kann ich meinen Auftrag ausführen und feststellen, wer die Brieftasche an sich nahm, ohne zugleich den Mörder zu entlarven? Es ist unmöglich. Völlig unmöglich, meine Herren!«

Er stützte sich mit beiden Händen auf den Tisch. »Mr. Dahlmann, der offenbar dazu ausersehen war, der Firma wieder die alte Vitalität zu verleihen, die sie zu Lebzeiten Mr. Lipperts hatte, Mr. Dahlmann ist ermordet worden – und einer von Ihnen, meine Herren, hat diesen Mord begangen. Mr. Assa, der leichtfertig ein großes persönliches Risiko auf sich nahm, um der Firma zu helfen, ist ebenfalls ermordet worden. Und auch diesen Mord hat einer von Ihnen begangen. Wer hat hier heimtückisch gehandelt? Wer hat das in ihn gesetzte Vertrauen gebrochen? Wer hat die altangesehene Firma Lippert, Buff und Assa in eine Lage versetzt, die möglicherweise den Ruin der Firma bedeuten kann? Wenn Sie von mir mit Recht verlangen können, daß ich in erster Linie die Interessen meiner Klienten wahrnehme, dann kann ich mit gleichem Recht dasselbe von Ihnen verlangen. Sie müßten sehr einfältig sein, wenn Sie nicht begreifen, daß die Interessen der Firma Lippert, Buff und Assa eine rasche Entlarvung des Mörders bedingen.« Er faßte Hansen scharf ins Auge. »Sie sind doch der Rechtsberater der Firma Lippert, Buff und Assa?«

»Allerdings.«

»Sind Sie auch der persönliche Rechtsvertreter von Mr. Buff?«

»Nein.«

»Oder der persönliche Rechtsvertreter von Mr. O'Garro?«

»Nein.«

»Dann erhebe ich gegen Sie den Vorwurf, daß Sie Ihre Berufspflichten als Anwalt verletzen. Ich erkläre, daß Sie den wahren Interessen Ihres Mandanten zuwidergehandelt haben, als Sie die Herren Buff und O'Garro ermahnten, keine Frage von mir zu beantworten ... Nein, Sie brauchen jetzt nichts zu erwidern. Wenn's Ihnen Spaß macht, können Sie morgen in aller Ruhe eine Beleidigungsklage einreichen.« Wolfe wandte sich dann wieder den beiden Partnern von LBA zu. »Mir ist aufgefallen, daß bisher keiner von Ihnen die Frage eines möglichen Mordmotivs angeschnitten hat. Ich habe es auch nicht getan, weil ich so gut wie nichts darüber weiß ... ich meine, über die Gründe, die vielleicht zur Ermordung von Dahlmann geführt haben könnten. Mr. Cramer hat sich auch mit der Frage des Motivs befaßt. Er hat eine ganze Liste von Motiven zusammengestellt. Was mich betrifft, so wüßte ich absolut kein Motiv für Mr. Hansen. Und mehr oder minder gilt das auch für Mr. Heery. Außerdem befanden sich die Herren in der kritischen Zeit nicht in den Geschäftsräumen von LBA. Auch gegen Mr. Buff liegen keine schlüssigen Beweise vor, doch allerlei Anhaltspunkte, um gewisse Vermutungen anzustellen. Soweit ich in Erfahrung brachte, verdankt er seine prominente Stellung in der Firma dem Umstand, daß er von Mr. Lippert ausgebildet wurde und nach dessen Tod gleichsam als Hüter der Lippertschen Tradition galt. Und doch war er alles in allem eine Niete. Nur auf einem sehr beschränkten Feld leistete er halbwegs brauchbare Arbeit. Allgemein rechnete man damit, daß Dahlmann eines Tages die Leitung der Firma an sich reißen würde. Ich weiß nicht, wieweit sich Mr. Buff darüber Sorge machte. Aber Sie, meine Herren, müssen es wissen.« Er wandte sich nun an den Seniorchef der Firma. »Und vor allem Sie, Mr. Buff, Sie müßten es wissen. Wollen Sie sich dazu äußern?«

Buff warf dem Anwalt einen fragenden Blick zu, doch Mr. Hansen gab ihm keine weiteren Instruktionen. Buffs Gesicht sah noch röter aus als sonst. Sein weißes Haar hing ihm in Strähnen in die Stirn.

Buff bewahrte aber seine äußere Würde – trotz der Haare, die ihm so unschön in die Stirn hingen. Schließlich war er ja ein Mann in gehobener Position, und es handelte sich hier um eine sehr wichtige Angelegenheit. »Ihr Versuch, ein Motiv für mich zu finden«, sagte er, »ist nicht geglückt. Wir hatten alle eine gewisse innere Abneigung gegen Dahlmann. Er ging uns auf die Nerven. Einige von uns, zum Beispiel O'Garro, haßten ihn sogar. O'Garro haßte ihn von Anfang an. Aber bei Ihrer Suche nach einem Motiv haben Sie etwas übersehen, Mr. Wolfe. Nehmen wir an, ich hätte Dahlmann ermordet, um zu verhindern, daß er mich eines Tages aus der Firma hinausdrängen würde. Wäre ich dann so dumm gewesen, die Brieftasche an mich zu nehmen? Dieser Umstand war es ja gerade, der unsere Firma in solche Schwierigkeiten brachte. Halten Sie mich für einen Einfaltspinsel?«

»Durchaus nicht.« Wolfe fing seinen Blick auf. »Möglicherweise gingen Sie nur zu Dahlmann, um die Brieftasche an sich zu nehmen. Sie steckten die Pistole nur ein, weil Sie sich die Brieftasche unter allen Umständen beschaffen wollten. Als Sie dann aber in der Wohnung von Dahlmann waren, als sich Ihnen die Gelegenheit bot, Ihren Widersacher aus dem Wege zu räumen, da war die Versuchung zu groß. Sie drückten ab. Beim Weggehen haben Sie dann sicher noch rasch die Brieftasche an sich genommen. Deswegen waren Sie ja zu ihm gegangen. Auf alle Fälle wollten Sie nicht, daß man die Brieftasche mit den Lösungen des Preisausschreibens bei der Leiche fand. Ihre Geistesverfassung war nicht so, daß Sie sich über die Folgen dieser Handlung klar sein konnten. Was haben Sie übrigens mit dem Zettel getan? Er muß sich in der Brieftasche befunden haben, da Sie ja den Teilnehmern am Preisausschreiben die Lösungen zugeschickt haben.«

»Das geht nun aber doch zu weit, Mr. Wolfe.« Buff hob ein wenig die Stimme. »Aus der Suche nach einem möglichen Motiv ist plötzlich eine Anklage geworden. Sie beschuldigen mich des Mordes. Vergessen Sie nicht, daß Zeugen anwesend sind. Doch was Sie vorhin über die wahren Interessen unserer Firma sagten, da stimme ich mit Ihnen völlig überein. In einer Krise, wie wir sie jetzt erleben, müssen die persönlichen Interessen den Interessen der Firma nachstehen. Und ebenso alle persönlichen Erwägungen. Ich möchte Sie daher auf einen kleinen Fehler aufmerksam machen, den O'Garro begangen hat. Ich will nicht behaupten, daß es absichtlich geschah. Mag sein, daß er sich nicht mehr daran erinnern konnte, daß er die Verabredung für uns getroffen hat, Assa im Restaurant zu treffen. Er war in seinem Privatbüro und kam in mein Büro, um mir mitzuteilen, Assa habe angerufen, und er habe vereinbart, daß wir uns zu dritt Viertel vor acht im Lokal von Graingers treffen sollten.«

Ich befürchtete schon, daß sich O'Garro auf seinen Freund und Kollegen stürzen würde. Er sprang auf. Seine Augen funkelten. Er hielt die Fäuste geballt, bereit zum Losschlagen. Doch er schlug nicht zu. Mit den Fäusten stützte er sich auf den Tisch und beugte sich vorwärts. Immer näher zu Buff heran, der auf der anderen Seite des Tisches saß.

»Nur Ihr Alter schützt Sie vor meinen Fäusten«, sagte er, wobei seine Zähne bedrohlich knirschten. »Sie sind mir zu alt und zu schmutzig, als daß ich Sie anrühren würde. Sie sagten, ich habe Dahlmann gehaßt. Kann sein, daß ich ihn nicht gerade geliebt habe. Doch ich haßte ihn nicht. Sie haßten ihn. Sie fürchteten ihn. Sie hatten Angst, daß er Sie um Ihre Stellung als Seniorchef bringen könnte. Kein Wunder, daß Sie ihn haßten. Ich konnte das nur zu gut verstehen. Und weil ich es verstand, hatte ich Mitleid mit Ihnen.«

O'Garro richtete sich wieder auf und sah uns an. »Ich hatte Mitleid mit ihm. Da sieht man, was für ein Narr ich war. Ich hatte Mitleid mit ihm.« Er sah Wolfe an. »Sie fragten mich, wer die Verabredung mit Assa getroffen hat. Ich habe Ihnen diese Frage nicht beantwortet. Jetzt werde ich antworten. Es war Buff, der diese Vereinbarung getroffen hat. Er kam in mein Büro und sagte mir, wann und wo wir uns mit Assa treffen würden. Haben Sie sonst noch Fragen zu stellen, Mr. Wolfe?«

»Noch ein oder zwei Fragen an Mr. Buff.« Wolfe sah ihn mit halbgeschlossenen Augen an. »Mr. Buff, wann waren Sie gestern nachmittag allein mit Mr. Assa zusammen? Wann und wie lange?«

»Ich verweigere die Antwort.« Buff hatte Schwierigkeiten mit seiner Stimme. »Auf Weisung meines Rechtsberaters lehne ich die Beantwortung dieser Frage ab.«

»Wer ist Ihr Rechtsberater?«

»Rudolph Hansen.«

»Er hat doch eben erklärt, daß er es nicht ist.« Wolfe sah Hansen an. »Haben Sie inzwischen die Vertretung von Mr. Buff übernommen?«

»Nein.« Das klang sehr fest und bestimmt. »Wie die Dinge jetzt liegen, könnte ich die Vertretung nicht einmal übernehmen, wenn ich es wollte, da ein Interessenkonflikt vorliegt. Buffs Anwalt ist Arnold Duffen. Seine Kanzlei ist nur ein paar Minuten von hier entfernt.«

Buff starrte Hansen an. »Duffen ist vielleicht im Augenblick unabkömmlich. Ich möchte Sie jetzt privat konsultieren, Mr. Hansen, und zwar sofort.«

»Nein. Geht nicht.«

»Dann muß ich sehen, wie ich Duffen erreichen kann.« Buff erhob sich. »Ich werde ihn anrufen. Aber nicht von hier. Von meinem eigenen Büro aus.«

Ich hielt ihn am Arm fest. Er versuchte, sich loszureißen. Aber da ich einen Mörder nicht ganz so sanft anzupacken pflege wie ein kleines Mädchen – es gibt da eben gewisse Unterschiede –, landete er wieder auf seinem Stuhl. Ich ließ seinen Arm los, blieb aber vorsichtshalber neben ihm stehen.

»Ich möchte Ihnen, meine Herren«, sagte Wolfe, »keine weiteren Unannehmlichkeiten bereiten. Doch es ist an der Zeit, daß die Polizei nun die Verantwortung für die Sicherstellung der Giftflasche übernimmt. Oder haben wir noch etwas zu besprechen, ehe die Polizei erscheint?«

Drei Sekunden Schweigen. Dann sagte O'Garro: »Das Telefon steht links. Bitte, bedienen Sie sich.«

22

Einige Monate später, im Juni, wurde Oliver Buff wegen Mordes an Vernon Assa angeklagt und für schuldig befunden. Inspektor Cramer und die Anklagebehörde hatten umfangreiches Beweismaterial gesammelt, darunter auch einen guten Fingerabdruck von der Flasche mit KCN. Die Bevölkerung von New York war natürlich an diesem Sensationsprozeß sehr interessiert. Uns persönlich, das heißt Wolfe und mich, interessierte aber ein anderes Ereignis weit mehr, das viel früher stattgefunden hatte. Um ganz genau zu sein, schon gleich am nächsten Tag nach unserem Besuch in den Geschäftsräumen der LBA. Rudolph Hansen rief an, es war gerade nach dem Mittagessen, und wir vereinbarten, daß er mit O'Garro und Heery um sechs Uhr abends zu uns kommen solle. Die drei Herren erschienen auch auf die Minute genau. Der Fahrstuhl surrte. Wolfe stieg aus seinem Orchideen-Himmel zur Erde nieder – zu uns gewöhnlichen Sterblichen, die wir nur mühselig eine Kuckucksblume von einem Kohlröschen zu unterscheiden vermögen. Ich führte unsere Gäste ins Büro und sorgte dafür, daß O'Garro den roten Ledersessel erhielt, denn er war ja schließlich der einzige überlebende Partner der Firma, wenn man Buff, dessen Tage sowieso gezählt waren, nicht mitrechnete.

Unsere Gäste sahen noch immer so aus, als ob ihnen Schlaf ganz guttun würde, sagen wir mindestens eine Woche Schlaf. Sie waren sehr höflich, wenn auch noch immer recht deprimiert. Zunächst sprachen wir über einige neue Entwicklungen des Falles. Buffs Privatsekretärin hatte zum Beispiel ausgesagt, Assa sei am Montag nachmittag im Büro von Buff gewesen und habe eine braune Brieftasche in der Hand gehalten, während er mit ihrem Chef sprach. Dann ergriff Hansen das Wort. Trotz allem, was vorgefallen sei, so erklärte er, würde man es begrüßen, wenn das Preisausschreiben seinen Fortgang nehmen würde. Natürlich müßte alles hieb- und stichfest sein. Alles müßte so geregelt werden, daß auf die Verteilung der Preise kein Rattenschwanz von Prozessen folge. Und das sei auch der Grund, weshalb er jetzt noch mal zu Wolfe gekommen sei. Er würde Wolfe bitten, bei der endgültigen Regelung des Preisausschreibens zu helfen. Wolfe wollte wissen, auf welche Weise er dabei behilflich sein könne.

»Wir wollen«, sagte Hansen, »daß Sie das Preisausschreiben in die Hand nehmen. Wir wollen, daß Sie die neuen Verse dichten und auch alles Weitere übernehmen. Sie verteilen dann die Verse an die letzten fünf Teilnehmer des Wettbewerbs. Sie bestimmen die Bedingungen, die für die Teilnahme gelten sollen. Sie setzen den Einsendetermin fest, prüfen die Einsendungen und verteilen die Preise. Mit anderen Worten: Sie übernehmen alles. Mr. Heery will unter keinen Umständen, daß sich LBA weiter mit dieser Sache befaßt – und ich kann ihm das auch nicht verdenken. Schließlich ist es ja auch sein Geld, um das es hier geht. Sie werden unbeschränkte Vollmacht haben. Niemand wird sich einmischen. Für die Durchführung dieser Aufgabe bietet Ihnen LBA ein Honorar in Höhe von fünfzigtausend Dollar.«

»Bedauere sehr, kommt überhaupt nicht in Frage«, sagte Wolfe sehr bündig.

Heery war sehr überrascht, als er diese bündige Antwort hörte. »Zum Teufel auch, Mr. Wolfe, das geht nicht«, sagte er. »Sie müssen diesen Auftrag übernehmen.«

»Nein, Verehrtester, das muß ich nicht. Bisweilen habe ich Dinge getan, die sich nur schwer mit meiner Würde vereinbaren ließen. Ich habe Kompromisse gemacht, um mich einigermaßen durchzuschlagen und mein Brot zu verdienen. Aber alles hat seine Grenze. Ich werde keine parfümierten Verse für ein Parfüm-Preisausschreiben dichten. Ich nicht! Das soll kein überheblicher Angriff auf die persönliche Würde eines meiner Mitmenschen sein, der sich vielleicht für diese Aufgabe hergibt. Jeder Mensch hat seine eigene Würde. Bitte drängen Sie mich nicht weiter. Dieser Auftrag ist für mich überhaupt nicht diskutabel. Ich gebe zu, daß die Ablehnung Ihres Angebots ein großes, fast untragbares Opfer für mich bedeuten würde, hätte es sich nicht zufällig so gefügt, daß ich gerade im Begriff bin, der Firma Lippert, Buff und Assa eine Rechnung in Höhe genau des gleichen Betrages zu senden, das heißt von fünfzigtausend Dollar. Plus Spesen.«

»Wofür?« fragte Hansen so kühl, als hätte er einen Eisberg verschluckt.

»Für den Auftrag, mit dem man mich betraut hat und den ich nun durchgeführt habe.«

»Wir haben die Honorarfrage schon unter uns erörtert«, sagte O'Garro. »Wir sind da nicht Ihrer Ansicht.«

Hansen sekundierte ihm: »Sie haben den Auftrag nicht ausgeführt.«

»Nein? Wer denn?«

»Niemand. Hier haben Umstände mitgespielt, auf die Sie auch nicht den geringsten Einfluß hatten. Wenn man schon eine Person nennen will, dann könnte es höchstens Buff sein, denn er hat die Lösungen an die Teilnehmer am Preisausschreiben geschickt. Dadurch, und nur dadurch, wurde das Preisausschreiben gerettet.«

»Das geben Sie also zu?«

»Selbstverständlich geben wir das zu. Es liegt doch klar auf der Hand.«

»Also gut. Diese Auseinandersetzung war wohl unvermeidlich.« Wolfe wandte sich an mich: »Archie, geben Sie Mr. Hansen einen Dollar.«

Ich holte einen Dollar aus meiner Tasche und reichte ihn Hansen. Aber er nahm ihn nicht. »Was soll das?« fragte er.

»Dieser Dollar ist ein Vorschuß. Ich will, daß Sie nach wie vor mein Rechtsvertreter bleiben. Wie Sie mir bei unserer ersten Begegnung liebenswürdigerweise mitteilten, obwohl ich es schon längst wußte, ist jede Unterhaltung zwischen einem Anwalt und seinem Mandanten durch die Vorschriften über die Wahrung des Berufsgeheimnisses geschützt. Ich möchte daher zwischen Ihnen und mir, zwischen Anwalt und Mandant, jenes Vertrauensverhältnis herstellen, das einen Schutz gegen die unbefugte Offenbarung von Privatgeheimnissen bietet.«

Hansen nahm den Dollar. Man kann nicht sagen, daß er es mit Begeisterung tat. Ich setzte mich wieder an meinen Schreibtisch. »Bitte, fahren Sie fort«, sagte er.

»Schade um den schönen Dollar«, knurrte Wolfe. »Ich hätte meine Privatgeheimnisse lieber für mich behalten. Doch es ist besser, Sie werden mit diesem Dollar glücklich, als daß wir uns noch eine Ewigkeit über mein Honorar streiten. Wenn Sie meine Spesenabrechnung erhalten, die ich der Rechnung beifügen werde, dann werden Sie auf folgenden Betrag stoßen: ›82 Dollar – für eine gebrauchte Schreibmaschine, Marke Underwood‹. Die Schreibmaschine liegt jetzt tief unten auf dem Grunde des Hudson. Ich habe sie in den Fluß werfen lassen, um alle unliebsamen Zwischenfälle zu vermeiden. Ich besitze jedoch einige Seiten, die auf dieser Maschine getippt wurden – oder sagen wir lieber: ich weiß, wo sie sich befinden, und kann sie mühelos beschaffen. Wenn Sie sich von Kommissar Cramer einen der Zettel beschaffen, der die Lösungen enthielt, die den Teilnehmern am Preisausschreiben mit der Post zugeschickt wurden, zur Not genügt auch ein gutes Faksimile, dann werde ich Ihnen bereitwilligst die Gelegenheit zur Vergleichung der Schrifttypen geben. Sie werden sich dann mit eigenen Augen davon überzeugen können, daß die Zettel mit den Lösungen auf der Maschine getippt worden sind, für die ich in meiner Spesenrechnung zweiundachtzig Dollar angesetzt habe.«

Heery lachte laut auf. Die Ereignisse der letzten Tage waren so dramatisch gewesen, daß ich schon fast vergessen hatte, was für ein guter Lacher er war. Er prustete und wieherte. Als er sich einigermaßen beruhigt hatte, sagte er: »Sie sind doch ein Teufelskerl, ich hab's ja immer gewußt!« Und dann prustete und wieherte er weiter. Hansen und O'Garro waren starr. O'Garro blickte finster.

Als Heery sich etwas gefangen hatte und eine Fortsetzung des Gesprächs möglich war, sagte Hansen: »Sie wollen also behaupten, daß Sie die Lösungen an die Teilnehmer des Preisausschreibens geschickt haben?«

»Sie wurden von jemandem abgeschickt, der bei mir angestellt ist. Wenn Sie darauf bestehen, kann ich Ihnen den Absender nennen. Ich würde es allerdings vorziehen, wenn er anonym bleiben könnte.«

»Ich glaube, wir lassen es dabei. Meinen Sie nicht auch, O'Garro?«

»Ja.« O'Garros Stirn hellte sich auf. »Donnerwetter noch mal!«

»Jetzt verstehe ich«, sagte Hansen zu Wolfe, »warum Sie unser Gespräch durch die Vorschriften zur Wahrung des Berufsgeheimnisses schützen wollten. Durch diese Erklärung von Ihnen hat sich ja alles geändert.«

»Allerdings«, bemerkte Wolfe. »Wie Sie eben zugegeben haben, wurde das Preisausschreiben durch Versendung der Zettel mit den Lösungen gerettet. Auch für die Teilnehmer selbst war es die beste Lösung, daß sie die Antworten erhielten. Für die meisten von ihnen wenigstens. Das war ein Grund, warum ich mich zu diesem Schritt entschloß. Und dann wollte ich dadurch den Fall ins Rollen bringen. Irgendwer sollte daraufhin etwas unternehmen. Wer, wußte ich nicht. Was er tun sollte, wußte ich nicht. Aber etwas sollte geschehen. Und es geschah ja auch dann.«

»Das kann man wohl sagen«, meinte O'Garro. »Es ist sogar reichlich viel geschehen. Doch das war nicht Ihre Schuld.«

»O ja, es war meine Schuld. Mr. Assa müßte noch am Leben sein. Ich habe da einen argen Schnitzer begangen.« Wolfe preßte die Lippen zusammen. »Soll ich Ihnen die Seiten holen, die auf der erwähnten Maschine getippt wurden, damit Sie die Schriftproben vergleichen können?«

»Nein«, sagte Hansen. »Ich lege keinen Wert darauf. Und Sie, O'Garro?«

»Auch nicht.«

»Aber«, sagte Hansen, »auf etwas anderes legen wir noch immer Wert. Wir möchten, daß Sie die Leitung des Preisausschreibens in die Hand nehmen. Die Vergütung dafür erfolgt selbstverständlich zusätzlich zu dem von Ihnen in Rechnung gestellten Betrag.«

»Nein!« Wolfe bellte wie ein Fleischerhund. Er bellte so laut, daß sogar ich etwas durcheinandergeriet. Aber verargen konnte ich's ihm nicht. Es ist keine Kleinigkeit, 50 000 Dollar auszuschlagen nur wegen der privaten Würde, die es nicht zuläßt, daß man ein paar lumpige parfümierte Verslein dichtet. Aber gezwungen zu sein, dieses lockende Angebot immer wieder auszuschlagen, das muß einem wirklich über die Hutschnur gehen. Das ist zuviel. Immer wieder redeten sie auf Wolfe ein. Vor allem Heery gab nicht nach. Aber Wolfe auch nicht. Als sich unsere Gäste schließlich entfernten, begleitete ich sie in die Vorhalle. Nun wollten sie mich dazu bringen, Wolfe zu überreden. Aber das half ihnen auch nichts. Ich war sehr zurückhaltend, um nur ja keine falschen Hoffnungen zu erwecken. Im übrigen war ich auch nicht ganz bei der Sache, hörte nur mit halbem Ohr zu, wie sie mich zu ködern und locken versuchten. Ich dachte über ganz andere Dinge nach, und als ich ins Büro zurückkam, brachte ich diese sofort zur Sprache.

»Also gut«, sagte ich, »das war ein Genieblitz. Ein Meisterwerk. Wirklich prima, wie Sie das gedeichselt haben. Sie haben nicht nur die für unsere Zusammenarbeit geltenden Bestimmungen über den Haufen geworfen und mich glatt angelogen. Sie haben noch ein übriges getan und mir glatt verschwiegen, daß Sie die für unsere Zusammenarbeit geltenden Bestimmungen *nicht* geändert haben. Wie komme ich dazu, Ihnen künftig auch nur ein Wort zu glauben?«

Seine Mundwinkel zuckten. Er schien dies für ein Lächeln zu halten. »Archie«, sagte er, »Sie können mir immer unbedingt vertrauen und mir aufs Wort glauben. Sie haben ein ausgezeichnetes

Gedächtnis. Sie können sich immer an jede Einzelheit erinnern. Als wir allein waren, sagte ich Ihnen – ich zitiere jetzt wörtlich: ›Mit dieser Entwicklung habe ich nicht gerechnet.‹ Und das stimmte auch. Ich brauchte damit nicht zu rechnen. Das tut man nur, wenn es sich um etwas Ungewisses handelt. Hier war alles gewiß. Ich wußte ganz genau, was kommen würde, denn ich hatte die Sache ja eingefädelt. Und dann sagte ich Ihnen, daß ich diese neue Entwicklung der Dinge nicht einkalkuliert hatte. Auch das war richtig. Ich habe Sie nie belogen, Archie, und werde es auch niemals tun. Wenn ich die Wahrheit ein wenig verschleiert habe, so geschah es nur, um Sie der Notwendigkeit zu entheben, der Polizei gegenüber falsche Angaben zu machen, falls man Sie ausquetschen sollte. Habe ich meine früheren Äußerungen richtig zitiert?«

Was war da zu sagen? Ich konnte doch unmöglich erklären, daß mein Gedächtnis vielleicht doch nicht so ausgezeichnet war, wie er anzunehmen beliebte.

Ich schwieg.

Schmollend saß ich da.

»Sind Sie etwa dafür, Archie«, fragte er, »daß wir in unseren privaten Gesprächen künftig alle doppelsinnigen Redensarten vermeiden? Sie und ich?«

»Nein«, sagte ich.

Er grunzte wie in seinen besten Tagen. »Na Gott sei Dank! Wir wären sonst auch in einer Woche so weit, daß wir den Laden zumachen könnten.«

Er drückte auf die Klingel an seinem Schreibtisch.

Fritz brachte Bier.

»Mit Arthur Upfield begann der ethnische Kriminalroman.«

Frankfurter Rundschau

»Seine 30 Krimis gehören zum Besten, was die australische Literatur zu bieten hat.«

Reclams Kriminalromanführer

»Arthur Upfield war ein geborener Geschichtenerzähler. Kaum ein anderer Autor hat es wir er verstanden, eine scheinbar tote Wüste mit solch buntem Leben zu erfüllen, und keinem ist es wie ihm gelungen, die unerwartete Schönheit der australischen Hügel und Wälder und Felsenküsten mitzuteilen.«

Times

ARTHUR W. UPFIELD

MÖRDERISCH GUT!

Tödlicher Kult 5132

weitere Bände:

Der sterbende See	*(214)*
Der neue Schuh	*(219)*
Die Giftvilla	*(180)*
Der Kopf im Netz	*(167)*
Die Leute von nebenan	*(198)*
Der schwarze Brunnen	*(224)*
Der streitbare Prophet	*(232)*
Bony und die schwarze Jungfrau	*(1074)*
Fremde sind unerwünscht	*(1230)*
Bony stellt eine Falle	*(1168)*
Bony wird verhaftet	*(1281)*
Bony und der Bumerang	*(2215)*
Todeszauber	*(6244)*
Höhle des Schweigens	*(5147)*
Bony und die Todesotter	*(2088)*

GOLDMANN